我和祖父这些年

覃晓雯 著

北方文艺出版社

图书在版编目（CIP）数据

我和祖父这些年 / 覃晓雯著. -- 哈尔滨：北方文艺出版社，2023.7
　ISBN 978-7-5317-5815-0

Ⅰ.①我… Ⅱ.①覃… Ⅲ.①散文集–中国–当代 Ⅳ.①I267

中国国家版本馆 CIP 数据核字（2023）第 025186 号

我和祖父这些年
WO HE ZUFU ZHEXIENIAN

作　者 / 覃晓雯

责任编辑 / 赵　芳　　　　　　装帧设计 / 书香力扬

出版发行 / 北方文艺出版社　　网　址 / www.bfwy.com
邮　编 / 150008　　　　　　　经　销 / 新华书店
地　址 / 哈尔滨市南岗区宣庆小区 1 号楼
发行电话 / (0451) 86825533

印　刷 / 四川科德彩色数码科技有限公司　开　本 / 880mm×1230mm　1/32
字　数 / 265 千　　　　　　　　　　　　印　张 / 11.5
版　次 / 2023 年 7 月第 1 版　　　　　　印　次 / 2023 年 7 月第 1 次印刷

书　号 / ISBN 978-7-5317-5815-0　　　　定　价 / 58.00 元

很小就留在老家

在爷爷的脊背上一天天长大

爷爷驮我的脊背开始佝偻

我驮着爷爷的梦在飞

——晓雯心语

序一

家风传承，感恩常在

肖昌斌

晓雯是一个怎样的孩子？在社会眼中，她是"留守"儿童，一岁多便跟在祖父母身边过着"留守"生活；在老师眼中，她是优秀的学生、有责任心的班干部，德智体美劳全面发展；在家人眼中，她是孝顺长辈、传承优良家风的好孩子；在我眼中，晓雯是一个常怀感恩，乐观向上的孩子。

非常有幸受邀为她的《我和祖父这些年》一书作序，能在出版发行之前先睹为快。我与晓雯虽然素未谋面，但是我和她的文字已经打过很多次照面了。晓雯是《小学生天地》和《初中生天地》的忠实读者，也在这两本刊物上发表过很多作品。她的文字朴实可爱，字里行间表达着她对生活、对家人、对老师和对同学的感恩。

大家提起晓雯，常说她是个品学兼优的好孩子。我想，一个人优秀的品质一定离不开好的家风的影响。在这本书中有一篇文章《我的家风》，晓雯她提到"我们家祖祖辈辈代代相传中华传统美德"，她的家风是"忠孝传家，勤俭持家，诚实守信，互敬互爱，艰苦奋斗，奋发图强"，家训是"永远牢记'安全''责任'四个字"。

晓雯描述她的爷爷是一个至真至孝之人,对待工作极其认真,对待亲上极其孝顺。覃爷爷的人生格言是:用忠诚捍卫事业,用热忱铸造师魂,用慈爱演绎人生。在晓雯的成长过程中,覃爷爷也在身体力行地向她传承着覃家家风。

晓雯能够成长为今天这样勤奋好学、乐观向上、艺体兼优的好孩子,少不了爷爷的言传身教——覃爷爷孝顺晓雯的曾祖、爱护晓雯的奶奶、对晓雯细心呵护,覃爷爷的行为如春风化雨、润物细无声般影响着晓雯这种懂得感恩的价值观形成。

《弟子规》中写道:"恩欲报,怨欲忘。报怨短,报恩长。"由此可见,知恩、感恩、报恩,自古至今既是做人做事的基础,更是人性品格的体现。一个懂得感恩的孩子,注定是个不平凡的孩子。

懂得感恩,是晓雯最大的闪光点,也是这本《我和祖父这些年》中感人至深之处。整本书的故事虽是记录生活,但无一不是晓雯对身边人和事的感恩,无一不是晓雯成长中奋发向上的表现。

晓雯的故事,虽是记录生活中的点滴,和家人、老师、长辈之间的故事,但字里行间都透出"感恩"二字。面对她年幼时就离家的父母,她丝毫没有怨念,她笔下有关父母的字句,全是对父母的感恩;面对严厉的老师,她也丝毫没有怨怼,她知道严师出高徒,老师的严厉是为了培养出更好的学生;她作为"留守儿童",也从未抱怨过命运的不公,反而感恩这段"留守"的生活,因为"留守",所以自强,因为自强,所以优秀。

在晓雯的文章里,出现最多的是她和爷爷的故事,她最感恩的就是养育她长大的爷爷。晓雯的成长故事是离不开爷爷的,爷爷的自行车后座,是她成长的小天地——上学,放学,一个个课外补习班。时光荏苒，她在爷爷的背后长大，学识也在一来一去中增长。晓雯眼中的爷爷是"坏爷爷"，会要求她好好学习，完成每一天的写作、练琴任务；爷爷也是个"老黄牛"，一生都在勤恳工作；爷爷更是一个非常了不起的人，她说："爷爷是一位德艺双馨的'人物'，也有许多闪光的成就，堪称一根标杆。"覃爷爷的形象在晓雯的笔下立体而丰富，读起来能感受到浓浓的祖孙情。

晓雯在文学上的成就也离不开爷爷的栽培，儿时定下并严格执行的"写作约定"，培养出晓雯坚持写作的好习惯；带着晓雯参加枝江作协的活动，结识优秀的作家前辈，学习更专业的写作知识；鼓励晓雯在《小学生天地》《初中生天地》等公开平台投稿，锻炼出晓雯日渐成熟的写作风格。

晓雯和爷爷这些年的故事都在这本书里了，我们翻开这本书，不仅是品读晓雯的文字，更是感知贯穿她成长全过程的家风文化。

作者系原湖北长江报刊传媒集团党委书记、董事长

序二

成长散文的魅力

张泽勇

我阅读过成长小说,如杨沫《青春之歌》、刘庆邦《春天的仪式》、余华《十八岁出门远行》等作品,但不曾阅读成长散文。一天,枝江市作协副主席覃明才传来电子文本《我和祖父这些年》。我打开一看,一本成长散文集赫然在目,作者是其孙女覃晓雯。我惊讶,一位中学生的作品,竟然散发着可读性强的魅力。我以为,无论小说,还是散文,可读性强应是重要因素,一篇作品不堪卒读就等于失败。

我历来认为,散文作品可读与否,最关键的还是要叙事。叙什么事?叙人的生存生活之事,即我们通常所说的写人生。不写人生,什么载道呀、言志呀、抒情呀、歌唱呀,都是空中楼阁,无病呻吟。莫看晓雯只是一个学生,她从小学三年级著文开始,写的都是与自己有关的生活之事。正是因为写了人生,作品才有了呼吸、温度和光亮。《"留守"心语》是晓雯的开篇之作,写得既令人心疼,又令人叹息。原来在晓雯只有一岁零八个月时,父母为了生计就前往南方打工,自己只好与爷爷生活在一起。而在中学教书的爷爷,除了要照顾晚年偏瘫的太爷和多病的太奶、奶奶外，还要照顾嗷嗷待哺的晓雯。作者流着泪书写着留守时的磨难，但并没有止于磨难，而是记录爷爷转述"自古雄才多磨难，从来纨绔少伟男"——一位诗人的名句，既激励自己，也写给同龄人，表达了迎难而上、敢做强者的志向。此后，作者写的革命先烈的义举、学校老师的奉献、爷爷奶奶与亲人友人的爱心，无一不与人生紧紧相连，深深吸引着读者的目光。

晓雯散文之所以可读，是因为它记录了一个孩子成长的心灵史。不必讳言，最初我看到晓雯的作品时，字里行间流露的是留守儿童的无奈与孤独，好似长空里一只孤雁，几声低鸣。但很快，她的作品呈现的是活泼、开朗与坚强。何以至此？归功于爷爷的正确引导。《我和祖父这些年》共有六章，作品始终是两条线，一条线是"我眼中的爷爷"，一条线是"爷爷眼中的我"。"我眼中的爷爷"是写爷爷以"信仰、仁爱与感恩"启蒙与唤醒晓雯的心灵；"爷爷眼中的我"是写晓雯从懵懂无知的幼童到宜昌市"新时代好少年"称号的逆袭与成长。这些篇章中，最感人的莫过于《香樟之约》。此篇写的是晓雯小学三年级转学到另一所学校，学校外墙边有一排香樟树，爷孙俩约定每天放学时，于香樟树下相见回家。此后整整四年里，无论是炎热夏天，还是冰封冬天，不管是风雨交加，还是电闪雷鸣，爷爷从未间断。有一次，爷爷在来接晓雯的途中被别人的摩托撞伤了，他依然咬着牙、拖着腿、推着车接她回家。晓雯在结尾写道："我小学毕业那天，爷爷早早地在那棵香樟树下等我。那树长高了，枝叶繁茂了，覆盖了学校院墙外的一方走道，爷爷的那辆自行车却旧了。我和爷爷的香樟之约，深深地铭刻在我的心灵深处。香樟之约，是信守承诺之约，是沉甸甸的亲情之约。"我坚信，这种信守承诺之约，将会永远影响孩子的心灵。

晓雯的散文具有审美意义，是因为她写出了人物的个性，让人过目不忘。在她笔下，爷爷和自己是此书描写和记叙的主要人物。如《标杆》，全方位立体地写出了爷爷的个性特征："老黄牛"一节，通过爷爷独自照顾老少三代四口人的故事，表现了爷爷不畏困难、敢于担当的个性；"老抠儿"一节，通过对爷爷节衣缩食、支撑全家的书写，表现了爷爷牺牲自我、勤俭持家的个性；"老写手"一节，通过对爷爷笔耕不辍、坚持创作的叙述，表现了爷爷身教重于言教的教育理念。晓雯写自己时，则更多的是内省自我，勇敢地正视自己的过去，毫不掩饰自己的缺点。《小小的我》是反思自己缺乏自知之明的勇气；《爱"臭美"的我》是审视自己外在美与内在美有机统一的缺憾；《懂得感恩的我》则是解剖自己不能知行合一的症结。有道是，知耻近乎勇。这就是晓雯著文与做人，从而达到"苟日新，日日新，又日新"境界，以及快速成长的根本原因。

明才老师希望我写几句话鼓励晓雯，我只能说，是她的成长散文闪烁着纯真的美，感染了我。于是，我就写了这篇短文，权当序吧！

2021 年 11 月于宜昌

作者系中国作家协会会员，原宜昌市作家协会主席，三峡晚报社党委书记、社长

目录 Contents

第一章　寸草春晖

"留守"心语	002
幸　运	005
一个有关写作的约定	010
写作是生活吗？	013
梦开始的地方	016
那年六月	019
名　字	022
赋	027
那间办公室	029
校园交响曲	032
懵懂记忆中的幼儿园	033
公园路小学的记忆	036
走过丹阳小学	047
马家店中学	066
亲情无价	083
爷爷原来的样子	085
标　杆	098

心底有一盏点亮友情的明灯	108
我的家风	110
父爱如山，母爱似海	115
可爱的妹妹	117
祖　母	119
外　婆	122
二爷爷和幺奶奶	124
露露姑姑	127
山里的春节	129

第二章　桂馥兰香

遇　见	134
我的班主任夏玉华	136
老　付	139
幸而遇见您	141
学高为师，德高为范	143
深沉的爱	145
她让我迈出第一步	148
愿化红烛照人寰	150
亭亭玉立	152
美丽的使者	154
那些小贴纸	156
曹伍梅老师印象	158
超　哥	160
"老顽童"海爷爷	162
"闲人"龙伯伯	165
雪　梅	168

亲亲罗阿姨	170
给梁春云奶奶的信	173
最美枝江人	175
小镇里的庖丁	177
生活中的美	179
晒晒我们班的牛人	181
我的同伴	183
吾班大将	185
淡紫轩，你还记得我吗？	187
幽默哥哥	189

第三章　桑梓碧玉

枝江博物馆	192
石宝山游记	194
雨中的五柳湖	197
美丽的狮子湾	199
神奇的牛郎山	201
景江华庭	204
家乡的秋天	206
小城旋律	207
表姐，来看我的家乡吧	209
春来了	211

第四章　火树银花

美丽中国，我的梦	
——读《美丽中国》	214

红色之旅	215
革命摇篮井冈山	218
红岩魂	222
大国重器,当惊世界殊	225
勿忘国耻,振兴中华	227
从积极追寻健康的生活方式做起	229
从小自觉培养爱国情怀	
——读《祖国在我心中》有感	232
农家书屋,托起农民书香中国梦想	234
"扫黄打非",我能够做什么	237
"学宪法、讲宪法"节目观后	239
观《开学第一课》有感	241
观《新春第一课》有感	243
读《在人间》有感	245
游岳阳楼	247
香溪源	249
在秀美的峡谷中蜕变	251
花儿为什么这样美	253
古军垒阵法	255
让地球母亲永葆青春	
——从垃圾分类做起	257

第五章　疏影横斜

夏日炎炎	260
冬	262
月　夜	264
童年趣事	266

生命的蜕变	268
一次成功的尝试	270
蚂蚁搬食	272
窃读记	274
布娃娃	276
烦　恼	277
虫虫王国的春天聚会	279
巨人、老树和鸟儿	281
嫦娥的新发现	283
选美大赛	285
登蓟北楼随想	
——《登幽州台歌》改写	287
《过故人庄》改写	289
假如我有七十二变（三稿）	291
读书可以使自己快乐成长	293
悦读伴成长，书香润校园	295

第六章　豆蔻年华

小小的我	298
爱"臭美"的我	299
爱幻想的我	301
懂得感恩的我	304
爱动手的我	306
诚恳的我	308
自信的我	310
自律的我	312
多才多艺的我	314

我是条"虫"　　　　　　　　　　316
我是"小吃货"　　　　　　　　　317

附　文

附文一：斗室之乐　　　　　　　　322
附文二：我的家风、家训、家规　　324
附文三：爷爷的家书（节选）　　　328
附文四：爷爷的手记（节选）　　　334
附文五：覃晓雯当选宜昌市"新时代好少年"　344

第一章

寸草春晖

"留守"心语

我可能是全国年龄最小的"留守儿童"之一，一岁零八个月时，父母去了南方城里打工，我跟着爷爷奶奶生活，准确地说，是跟着爷爷生活。

我原本以为我的家庭比较富裕，后来才知道，我的家庭其实是一个多灾多难的家庭。我的太祖母重病三十余年，太祖父晚年两次中风偏瘫，我幼小时他们相继去世；奶奶1995年得病，一直靠药物维系生命。我爷爷是一位普通的中学教师，一家的生计，仅靠他那微薄的工资维持。我爸爸妈妈结婚时租住在学校的宿舍里，仅买了一张床、一套四件套。

时间走得很快，小孩子天真无邪，但因"留守"，心里有太多的负重。比如看到别人有爸爸妈妈在身边，我就感到自己的孤独。总是觉得，没有爸爸妈妈的陪伴，心里就像丢掉了什么。只不过，我是爷爷背着走、扶着走、引导着走的，日子也就一天天走过。

有一次，市妇联来学校开展关爱"留守儿童"活动，我们班就我一个是"留守儿童"，班主任要我去参加。来的领导在学校老师陪同下，给我们赠送了纪念品，鼓励我们要自立自强，勇敢面对生活，刻苦学习，将来更好地为社会服务。我当时想，发纪念品是一种鼓励,重要的是,领导和学校老师讲的话,让我觉得温暖。

后来,学校登记救助特困家庭学生,也包括"留守儿童",要在几个项目打钩。我对爷爷说:"文件规定,'留守儿童'家里有拿工资的就不能够算需要救助的。"爷爷说:"这个可不能'一刀切',比如有的'留守儿童'家庭有人拿工资,但遭遇了大病大灾的,还是需要帮助或救助啊。"

我曾从电视上看到"留守儿童"们流着泪哭喊的情景,主持人还在一旁说些话。我觉得那些孩子应该不想那样表现。我注意到身边的"留守儿童",大都表现还是不错的,爷爷奶奶管不住的"留守儿童"是极个别的。当然,可能各地的情况不一样吧。

爷爷曾说:"自古雄才多磨难,从来纨绔少伟男。"说的是人生不经历苦难,难成大器的道理。其实,很多"留守儿童"表现很好,有骨气,未来一定是生活的强者,是祖国的栋梁之材。爷爷还说老一辈革命家们,他们的孩子有很多连"留守儿童"的命运都不如,因战争原因,"寄养"在老乡家里,有的孩子不是病死,就是失踪了。

我觉得爷爷说得对,父爱母爱的缺失,这就是上天对"留守儿童"的考验,看他们是不是足够坚强。孩子们虽然过早地承受了与父母分离的痛苦,却多了一份心智的磨炼;没有了父母日常的关怀和呵护,却多了一份人格的独立。这些才是最宝贵的品格。

因此,我呼吁:"留守儿童"们,当生活的重压提前来临,请你们不要哭泣,不要悲伤,要勇敢地面对困难,学会坚强,学会独立,学会思考,学会生活,把自己锻炼成为一个更强大的人。

将孩子留给"老人"的父母们,既然成了父母,你们就要尽到抚育孩子的义务和责任,你们外出打工,先要把孩子的事情解决好,孩子的健康成长比什么都重要。

有些"大人",既然知道"留守儿童"的心理很脆弱,那就要学会安抚,让那些幼小脆弱的心灵能够面对苦难,不要让他们还没有开始成长就变成了经不起风雨的弱苗!

作为"留守儿童"中的一员,我想:既然"留守"不可以选择,那就留住一颗爱国感恩的心,守住中华传统精神的魂!带着感恩上路,带着大爱前行。感恩祖国,感恩家乡,感恩母校,感恩老师,感恩亲友。争当学习和践行社会主义核心价值观的小模范,争当勤奋学习、自觉劳动、勇于创造、全面发展的小标兵。砥砺坚韧,发奋自强,掌握过硬的知识本领,勇敢自信地去迎接未来。这样,前方一定是一条走向成功的路!

幸 运

常常听到人们谈论"命运""幸运",人的命运是自己掌握的,只要自己努力就会有好的结果。那幸运呢?大概就是机会好、运气好吧。

波兰女作家辛波斯卡在《我们何其幸运》中写道:"我们何其幸运/无法确知/自己生活在什么样的世界。"英国生物学家、进化论的奠基人达尔文有句名言:"我必须承认,幸运喜欢照顾勇敢的人。"也有人说,幸运是指自己拥有了挑战自我的机遇和茁壮成长的阳光雨露。这些说法,好像是说,幸运是自己的感觉。

我曾想,像我这样的孩子,从一开始就注定了和别人家的孩子不一样的命运,长时间跟着爷爷、奶奶生活,不能像一般孩子那样享受应该有的父爱和母爱。但渐渐地,我觉得,我原来是一个十分幸运的人。

因为,我出生在一个伟大的国度,一个伟大的时代,拥有好的学校和老师,拥有被温暖和爱包裹着的家庭,更重要的是,我拥有一位好爷爷!

我的祖国,是世界上最伟大的国家,是有着悠久历史的文明古国,拥有着960多万平方公里的陆地面积。如今,全面小康、人民幸福、嫦娥奔月、神舟飞天……令世界刮目相看。我的家乡枝江，是全国文明城市、全国卫生城市；我的学校，是宜昌市示范学校；我的家庭，虽然多灾多难，但已经有了很大改善；我的生活也算是无忧无虑。

我是在爷爷的"脊背"上长大的。

四千多个日日夜夜，年复一年，月复一月，日复一日，爷爷满怀着憧憬和期望，辛辛苦苦，任劳任怨，用伟大、无私而深沉的爱抚育我成长，教育我成人，时时刻刻都生怕我饿了、冷了、冻了、热了、苦了、累了、生病了、摔倒了、走弯路了、落人后了……

最重要的是，爷爷教导我学会做人。他说："成才先成人。首先就要树立远大理想。古人讲，修身齐家治国平天下。作为现在的青少年，更要有鸿鹄之志。"

我刚上小学的时候，爷爷问我将来干什么，我说当教师。后来，老师要填一个表，其中"理想"一栏，我填的就是当一名人民教师。爷爷很高兴，特别期望我的理想成为现实。其实，那么小的孩子哪里懂得"理想"的真实含义。长大了，我觉得理想就是一个需要不断奋斗的目标。

爷爷要我从小就要树立报国之志，传承中华美德。要我看革命战争题材的电影、电视剧，学习老一辈无产阶级革命家和仁人志士为民族解放事业抛头颅洒热血的精神，学习当代的建设强大国家的典型人物的精神。

爷爷还说，有了明确的目标，就要为之奋斗。最重要的是要有爱国感恩之心，要诚实，坦荡做人，言而有信；不要图虚名，要刻苦攻读，雷厉风行，一步一个脚印。特别是要有自知之明，要常常反省自己，不要放过自己的错误，要知错就改、扬长避短，不断完善自我。只有这样，将来才会成为一个有理想、有修养、有担当、学业优秀、对社会有用的人。

爷爷经常跟我讲古今中外名人的故事，要我读古今中外的名著，常用他自己的奋斗历程教导我，说我是一个聪明的孩子，应该懂得对错，懂得"少壮不努力，老大徒伤悲""人贵有自知之明""过而能改，善莫大焉"的道理，也要懂得"盛年不重来，一日难再晨""浪费自己的时间，等于慢性自杀""不积跬步，无以至千里"等道理。

学校发的素质评价表，爷爷都会一条条对照着跟我讲，哪一条做得很好，要发扬光大；哪一条做得不够好，要改进；哪一条需要深刻反省，知错就改。

爷爷说："有了奋斗目标，就要有阶段的计划，在学习上才能出类拔萃。"对于我的学习，他看得比较严却很人性化。他没有给我报任何学科的课外辅导班，也没有布置额外的家庭作业，只要我把老师布置的作业完成了就可以玩。我特别乖巧懂事，学习成绩也不错。

爷爷一直培养我独立的能力。记得我上二年级时，爷爷跟我说："你早上要叫我起床啊！"我早上起来去叫他，他其实已经醒了，或者可能一夜没睡。我起床后，爷爷会给我梳头，告诉我洗漱，接着会问我吃什么早点，再送我去上学，然后自己去上班。若没有时间亲自去送，他就会不断叮嘱我和奶奶要怎么做。傍晚，他只要没有特别重要的事，总会去学校接我回家，回家后又迅速地去做晚餐。

绝大多数时间，爷爷要么陪着我步行或坐公交车上下学，要么骑着自行车接送我上下学，还要送我去上舞蹈、钢琴辅导班。我坐在自行车后座上，总能看见他的衣背都被汗水浸湿了。偶尔晚上，我饿了，他也太累了，就去餐馆给我买饭菜。等我完成家庭作业，要给我洗澡，给我讲故事，等我睡了，他才去做自己的事。记得有一次，我半夜起来上厕所，看见爷爷还在台灯下奋笔疾书，我偷偷地瞄了一眼时钟，已经半夜两点了。

节假日，爷爷会带我出去旅游观光。每一次外出，他都会做好计划，还跟我讨论好多天，有时也会跟我爸爸妈妈打电话说这事。那年我想去黄山，他开始答应了，但最后考虑到奶奶身体受不了才改变了行程。

我的每一个生日，爷爷都会带我去理发店梳头，然后留下生日照，有时请摄影师照，做成生日纪念册。

爷爷总是希望我自己动手。我学做饭炒菜，他总是给予鼓励。有时，我自己都觉得那菜炒得咸淡不宜，而他总是说好吃，还吃得津津有味。

每一次家长会，只要没有特别重要的事，爷爷都会参加。偶尔不能参加，他就会请罗阿姨、张叔叔去。参加家长会，班主任多半会请他讲话。他对每一次讲话都特别认真，事先写好发言稿，他就是希望班风正，也希望我在班上起模范带头作用。

爷爷对我的照顾体贴入微。我要什么，爷爷都会满足。即便已经入夜，我想要什么，只要集市没有关，他就会去买。爷爷出差时，也总会带着我。有时和爷爷一起出差要走很远的路，有时要很晚才找旅馆住宿，他担心我累了，不停地鼓励我。有几次我晚上生病了，他基本上一夜不睡。有时，深夜还一个人把我弄去看医生。有好几次，他都是抱着我睡，一直到天亮。

我的所有开销，除了爸爸妈妈买一些衣物、图书、玩具等，我的学费、生活费、上几个培训班的费用等，全是爷爷给的。十几年来，我的开支是个不小的数目。爷爷要是得了什么奖，都会把奖金全部给我。记得那年他评上了枝江首届名师，得了一千元奖金，回家就给我了，还专门写了鼓励我的短信。

在业余学习中，我参加的绘画班、舞蹈班、钢琴班一个个"夭折"，曾经坚持练字的习惯也未能坚持。有段时间，我受到一些不良事物的影响，特别是上网课后，我迷失了自我、迷恋网络、迷恋"垃圾小说"，甚至屡教不改，耗费掉了不少宝贵的时光。爷爷特别伤心，特别懊恼，也一次次叹气。有时急得都流泪了，会毫不留情地严厉责罚我。他先是劝说，一次，再次，还不改，那就会有"暴风骤雨"。其实，他知道我在想什么、干什么，只是想让我自己觉醒。

我可能是养尊处优惯了，不知道爷爷究竟有多难。爷爷总是说他自己小时候没有人指导，琴棋书画等都是自己看见人家会，非要去学，所以才有了成就。我也从老辈亲戚口中得知，爷爷讲的他小时候的故事都是真实的，没有那样的刻苦，就不会有他今天的成就。当然，现在我长大了，也对爷爷有了更深刻的认识，所以表现也就好了许多。

孟郊曾作《游子吟》："慈母手中线，游子身上衣。临行密密缝，意恐迟迟归。谁言寸草心，报得三春晖。"这清新流畅、淳朴素淡的语言中蕴含着浓郁醇美的诗情画意，歌颂了母爱的伟大与无私，也表达了诗人对母爱的感激以及对母亲深深的爱与尊敬之情。我读到这首诗，联想到自己的生活，也感怀着父爱和母爱的伟大与无私，更感怀爷爷对我付出的伟大与无私。

我注意到，按常理，祖辈对孙辈没有照顾乃至养育的责任和义务，或者叫作"一辈管一辈"。我爷爷似乎不是这么想的，他对我的照顾、培养、教导，远远超出了人们常说的祖辈对孙辈的责任和义务，小到管我吃喝拉撒睡的每一个细节，甚至比我父母还要细致，大到管我前途命运的设想，管我人生的走向和未来职业的选择。

爷爷对我倾注了所有，是我最大的幸运！虽然，我不知道用什么言语表达出我对这种幸运的理解，但在未来的某一天，我一定会做到。

一个有关写作的约定

约定是承诺,约定即永恒。

冥冥之中,有一天,我和爷爷约定,在我初中毕业时,出版一本我的文集。

于是,祖孙俩开始了一段不同凡响的"长途旅行"。

那是 2018 年 3 月 4 日,星期日,我写了个"攒钱计划"。其中的条款是:我每天完成什么任务,就获得相应的报酬。比如,我做一次饭,2 元;写一篇书法,2 元;弹琴 50 分钟,10 元……

没想到爷爷居然同意了。爷爷说,这也算是对我成绩的肯定。不过,爷爷也说,也还要有点惩罚,而且不能乱花钱。我的开支都是爷爷出的,我的零花钱也都是爷爷给的,而且从没有少过。但有时,我确实管不住自己,喜欢买一些不起作用的小饰品、小玩具。老师也曾批评我"上课玩东西"。如果犯这种错,爷爷会开"罚款",也叫"长记性"。

不过这还没有完,爷爷接着说:"既然这样,那就要完善一下作文计划。"

我于是写了新的"作文计划":

1. 每周一篇(除老师布置的作文);
2. 作文体裁包括:诗歌、散文、故事、童话、童谣等;

3. 周一命题，一周内完成；

4. 初中毕业前出版一本自己的著作。

爷爷规定的奖惩：按照计划完成每篇作文奖励 10 元；完不成任务扣 15 元。

说归说，做起来却是很难的。每天都有繁重的学习任务，哪有时间去写作文？就算写出来，那作文能算优秀作文吗？一般的作文出版，有没有价值？爷爷鼓励我说："不管写出的是不是优秀作文，那是自己的劳动成果，是有价值的！"

那段时间，我的确做到了按照计划去执行，先听爷爷讲作文该怎么构思，然后写作。每个星期天，我都会写一篇作文。爷爷口头点评哪些地方做得好，再指出需要注意的方面。爷爷还会用电脑把作文打出来。如果还有时间，当天还会指导修改，并标明"初稿""二稿"或"修改稿"。

过了些日子，爷爷说："既然要出版文集，必须完善计划，从现在起，就要坚持以'爱国感恩'为主题，写成一篇长文章，叫《我和祖父这些年》。"也就是把我以前的作文都编列进去。爷爷还指导我列出了大致提纲，找出了他留存的一些资料。

从此，在爷爷的指导下，我开始写这样一篇很长的文章，除了记述我们祖孙这些年相依为命的生活，以及我成长的脚步，也表达我对那些曾经为我的成长无私付出的人，对学校，对家乡，对祖国的深切感恩。

必须要提的是，在爷爷写的很多文章中，都有关于我成长的片段。在我家屋内的走廊里，至今都还张贴着爷爷写的"雯雯，真棒！加油！"系列日记，那一个学期，爷爷每天深夜会写好，打印出来，然后贴在墙上。爷爷写的内容，大都是我每天表现好的地方，偶尔也有值得改进的方面。我看到那些鼓励和表扬我的文字，心里自然很高兴，也希望第二天会做得更好。

这只是爷爷和我的一个约定。我完成了一个阶段的写作任务，而爷爷为我付出了太多的心血。爷爷的人生之路是多么不容易，为什么每天要凌晨两三点钟才睡觉？爷爷对于我而言，究竟意味着什么？

未来的路漫长而艰辛，我希望自己能够永远保持一份纯净、一份豁达，去迎接一次次新的挑战。

写作是生活吗？

中学语文课文《散步》的作者、著名作家莫怀戚生前称视写作为生活的一部分；写作必得使其愉快，否则不写。

我比较肤浅的体会是，作为学生，写作就是一种学习任务。学习是我们生活的最重要组成部分，这样说来，写作就等于生活的一部分。而这个"写作"，跟作家所说的"写作"是有根本区别的，因为学生还处在练习写作的阶段。

小时候，爷爷会记下我说的话。大概从那时起，我就算开始了写作。

一年级开始，老师就要我们写句子、写文章，我写的那些爷爷都会留存下来。到了三年级，基本上一个学期都会有一部"作文集"——六年级寒假的作文，还是妈妈帮助打的字。

不可否认，我的写作受爷爷的影响。但很多时候都是被爷爷"逼"着写的。有不少的时候，我没完成写作任务，自认倒霉，就扣掉了"工资"（"作文计划"里规定的条款）。

六年级以后，奶奶身体越来越差，里里外外都靠爷爷一个人。而我似乎"不懂事"了，时常跟爷爷闹脾气。实际上，我的学习紧张多了，每周完成一篇作文很难，要构思，要布局谋篇，还要让文章达到出版的水平。而爷爷说："既然有计划，就要执行计划。如果因为贪玩，不完成写作任务，那就会不客气。""棍棒下面出才子。"有时还会"家法伺候"。

奶奶经常叮叮："你爷爷只差到天上为你摘星星了，怎么不争气……"

后来的一段时间，我基本上能够完成写作任务。有时撒娇，有时是感觉很难、想放弃，有时因学习任务紧张，或贪玩而磨蹭。那种懒惰，连我自己都说不清楚是怎么回事。原本以为撒娇、磨蹭就可以过去了，可在爷爷那就是两个字："没门！"爷爷说自己是"教育专家"，教出了不少好的学生，怎么会在我这里有点卡壳？

爷爷在组织枝江作协活动的时候，如果条件允许，总是会带着我。他希望我能向作协的爷爷奶奶、叔叔阿姨们学习，写出能够表达真情实感的文章。

2015年秋季，爷爷开始筹备成立枝江市少年作家协会。我那时不懂，他耐心地解释说："枝江市作家协会组织成立枝江市少年作协，其宗旨在于播撒文学梦想的种子，培育文学的幼苗，培养枝江文坛二十年后的生力军。"

2016年4月9日，在枝江一中文英楼多媒体报告厅召开了枝江市少年作家协会代表大会，来自枝江市各中小学近三百名学生参加。董云、王红琴、王运智、邓熙蓉、张同、程应海、周德富等一些枝江名人都为枝江市少年作家协会会员颁发了会员证书。田雷、张晓春、金华、岳雷、曾榆琳以及其他学校的老师也出席了大会。会议是我爷爷主持的，我光荣地出席了此次盛会，非常激动，非常自豪，心想，以后要认真地读书和写作。

2017年10月28日，我写了一首小诗《孤单》。爷爷看了，如获至宝，还抱着我的脑袋摇晃，说："写得太好了。"还故意反问："是你写的吗？"后来，爷爷请郭黛萍阿姨看了稿子，郭阿姨说写得不错,还帮助修改了几处。爷爷又和我将原稿和那修改稿对比,认为最能够表达我的感情的句子要保留。定稿后,爷爷将稿子发表在了枝江作家网和《丹阳文学》杂志。后又请宜昌市作家协会主席张泽勇爷爷看,张爷爷大加赞赏,将文章发表在宜昌作家网。再后来,爷爷将稿子投给湖北《小学生天地》杂志,竟然也得到了发表。这是我公开发表的第一首诗歌,心里特别高兴。

上了中学,我写的《石宝山游记》在《中学生天地》发表了。《湖北教育》发来了祝贺信,湖北长江报刊传媒集团董事长肖昌斌先生来信为我祝贺,我的语文老师孙泽华老师还在班上组织评点。我的心情其实很复杂,我也没有什么了不起的,我的文章的写作和修改,饱含了我爷爷以及众多老师的心血。我应该要更加珍惜,更加努力,写出更多更精美的文章才对。

我其实感到很惭愧。我似乎除了老师布置的作文,没有花更多的精力去努力写作。这是需要反省,今后必须改进的。我希望自己今后能够真正把写作当作生活的一部分,从中享受一种抒发内心情感的快乐。

梦开始的地方

每个人，应该都热爱自己的故乡。即便漂洋过海，这种情感也应该不会改变吧。

我五岁时，有天跟爷爷说："我的故乡是安福寺。"爷爷说："按说你的故乡是顾家店，安福寺是出生地。"我辩驳道："出生的地方难道不是故乡吗？"爷爷说："也算吧。你能够有这样的心情，是很了不起的。当然，顾家店是你的老家，你的户籍在那里。不过，你到了外地，就说你的故乡是枝江。"我听了，也是非常高兴的。

我也不知道我为什么非常喜欢安福寺。

爷爷曾对我说："那是你与那块土地有缘。你出生的时候，安福寺新集镇还没有成型，老街成了'背街'，新建了一个丁字形的新街，街面、新规划的居民区都没有修好，民居参差不齐，流经安福寺的著名玛瑙河也因挖沙石被挖得乱糟糟的，污水横流。在安福寺新工业园区开始建设，才开始举办桃花节。"

我在安福寺出生，首先是爷爷命中注定会去那里工作。

爷爷内心是不想离开顾家店的，因为那边离老屋近，方便照顾老人。另外一个原因是，要调出顾家店，就要找人帮忙，可我们的亲戚都是普通人。当年全市的高中学校缺老师，有很多人去竞聘，爷爷也就报了名。而只有安福寺高中（当时叫作枝江市第四高级中学）缺语文老师，爷爷本来教过数理化，但那是二十年前的事了，所以只能去应聘语文老师。最后，爷爷以第一名的成绩被录用了。

安福寺高中坐落在安福寺中心集镇的东北面，据说曾经是在宜昌市都非常有名气，也是全市办学历史最悠久的学校，培养出了特别多的能人，像留美博士张大清、最高法院副院长江必新等。

学校远离闹市区域，绿树成荫，清静优美，建筑也很养眼。校园面积不是很大，东面靠北是运动场，有正规环形跑道、篮球场，南边是两幢教工宿舍楼；西面靠南往北依次是一幢不大的礼堂兼餐厅、食堂，一幢四层科技楼，一幢五层教学楼，一幢五层学生宿舍楼，最北面是一栋十间平房教室，红砖青瓦，给人一种沧桑感。那是学校创办时砌的教室，共两栋，后来为建操场拆了一栋。还有两栋教职工宿舍楼，有的被教职工买了，有的空着。

我们一家租住在靠东的旧教职工宿舍楼西一楼套房，五十一平方米，两室一厅一厨一卫，房子很陈旧，设施简陋，每月租金不贵。两栋宿舍楼之间靠南有一口水井，水井南面有几畦菜地，几乎每个住户都有菜地，种的蔬菜基本上可以自给自足。

后来，我太祖父、太祖母病重，要去那边居住，我爷爷好方便照应。但因为房子太小，找房子住很难，我爷爷跟学校申请，自己买建筑材料在原居室的后面搭建了一个偏屋，这样，太祖父住原来的客厅，太祖母住原来的厨房，偏屋是我们的厨房和接待室。虽然很拥挤，但全家人在一起，还是其乐融融的。

离开安福寺之后，我跟着爷爷奶奶也去过几次那里，发现集镇变得漂亮了。玛瑙河上，已经修了几座桥，有高速公路、高铁，还有进入集镇的公路桥。河水变得清澈，水中有许多白鹤、野鸭，岸边有许多大水牛、山羊在吃草。河岸修了漂亮的公园，有很多人垂钓。河滩里有玛瑙石，也有其他石头。河东的山坡上仍然举办着桃花节，而且越办越好，漫山遍野开满粉红的桃花，还有其他果树，全国各地的游客都来此观光。

每次去安福寺，我都会去那所学校。我家原来住的那栋楼整修一新，房子大多都卖了。那菜地里种着各种蔬菜，几棵水杉、桃树、李子树，春暖花开，满园蜜蜂蝴蝶飞舞，那美极了的画面，至今一直深深地刻在我的脑海中。

我似乎明白了我为什么特别喜欢安福寺，因为那里是我梦开始的地方。

那年六月

　　这是一个我听到的故事。

　　我生命的起点，是一个六月晴朗的傍晚。

　　那个傍晚，椭圆形的月亮悄然升起，露出一份惊喜，几颗星星偷偷地钻出来，眨着眼睛，晚风掀开了产房的窗帘，吟唱着一首充满神奇的童谣。

　　我妈妈过春节后就留在那个小房子里了，她可真是我爷爷的"乖乖女"，爷爷说的话她都认真听取了。爷爷说："心疼归心疼，但必须在保证人安全的前提下不停下运动。"所以，妈妈在那几个月中一天到晚都很少闲着，上街买菜、做饭、洗衣服，有时都是爷爷劝她，她才休息一会儿。但有一次，妈妈要去外婆那边玩几天，爷爷被吓着了，一个高龄孕妇坐好几个小时的长途客车，还转几次车，很难保证不出事。我妈妈理解爷爷的意思，她说想出去散散心，爷爷也就同意了，还趁学生放假专门送妈妈去外婆家，再三叮嘱要小心。之后也还常说，她要是身体不舒服直接跟他讲。不过还好，我妈妈因为长期锻炼，注意饮食，身体一直很健康。

　　我妈妈快到预产期了，爷爷就去联系医院。那时，单位的孕妇，一般会提前很长时间去大的医院待产，但像我们家这种情况,里里外外靠爷爷一个人,提前去大医院有很大的难处,只能选择安福寺镇中心卫生院,离学校很近。更重要的是,安福寺镇中心卫生院是全市乡镇医院中条件最好的,其妇产科主任张琴医生的医术特别精湛。

张医生身材微胖,脸有点圆,脸上堆满微笑,爷爷见面还没有说话,她就快言快语地说:"我们妇产科一直受到周边人的高度赞誉,覃爷爷孙子出生,我当然会全心全意优质服务,保障母子平安健康。"

可我妈妈的预产期提前了,爷爷跟我妈妈说:"只能先住进医院观察,情况正常就顺产。"还给我爸爸打个电话,要他不要急,把自己的事情安排妥当了再赶回来。医院的事情都是爷爷在负责,奶奶本身就有病,不能给奶奶讲很多,奶奶一高兴睡不着觉会晕倒。

一晃十八个小时过去了。张医生找爷爷说:"长期这样,就怕胎儿缺氧,是不是做剖宫产?"爷爷去跟妈妈说,妈妈也同意了,就被送进了手术室。爷爷还不停叮嘱妈妈要放松心情。

时间一分一秒地过去,爷爷就在走廊上抽烟,一支接一支。不久,产房的门开了,张医生抱着个布团在说"恭喜",爷爷看了一下时间,是 19 时 35 分。他很纳闷,孩子怎么哼都不哼一声呢?

张医生将那布团放到秤上称了,递给了爷爷,还说要找人将我妈妈抬去病房,爷爷把布团了奶奶,叮嘱了一句,又去请人把妈妈从手术室里抬到病床上,安置好了,把布团放在了妈妈身边。张医生跟着进来了,挂了吊瓶,说了注意事项,说五个小时左右若打屁,可以先喝少量的水,再喝汤类或者粥类等流质食物,也可喝一点果汁、红糖水。爷爷跟妈妈和奶奶说了声就回学校的宿舍准备去了。

爷爷曾对我说："十月怀胎，一朝分娩。一个叫张琼的女人将你带到这世上，从此你叫她妈妈、母亲，从此你就有了孝敬爸爸妈妈、孝敬长辈的义务。"后来，爷爷还找出《十月怀胎》的民谣让我读。爷爷这是教育我，要懂得孝敬父母，感恩长辈，感恩张医生高尚的医德和精湛的医术。

我不知道我当时的样子。但我知道，当时，我的爷爷、奶奶、爸爸、妈妈，还有我所有的亲人，心里一定很高兴、很激动。在爸爸回来之前，爷爷两天两夜没有合眼，他要去宿舍做饭，去办公室安排事情，去教室上课，去医院照顾妈妈和我，还要管奶奶，循环地跑来跑去，可谓分身乏术，但也只能撑着。

我的生日，爷爷说就用公元日期，爸爸妈妈都同意了。

后来，我发现了一件令人开心的事：那个六月真是棒极了，除了我的生日，还有七个节日：6月1日——儿童节；6月5日——世界环境日；6月6日——芒种；6月17日——父亲节；6月19日——端午节；6月22日——夏至；6月23日——国际奥林匹克日。一个月八个节日，是不是"拔节"的谐音啊?!

名　字

有人说，取名是一门大学问，很深奥，大都是表达取名人的期许或寄托；取名也是一种文化现象，反映时代的风貌和社会形态。古人除了名字，还有"字""号""别号"，演变到今天，就是"笔名""绰号""网名"。

也有人说，人的名字就是个符号。爷爷说，他给后辈取名，没有想很多，就是信手拈来，保证不生涩，有特别的寓意，符合中国优秀传统价值观，又容易记住，寄托了对子孙传承家族美德、发愤图强、平安健康、人丁兴旺、以平常心直面社会、以大爱心对待他人、力争有所作为、对国家有所贡献的殷切期望。

按照辈分，我是"宜"字辈，爷爷最初想取"覃怡"或"覃乙"，既用谐音把辈分含进去，又有一定的意义。后来否了，取了两个名字：覃晓雯、覃可。我爸爸妈妈没有问意思，凭感觉选了前者。

后来，我问爷爷，取"可"字是什么意思，爷爷说，三个意思：一是能够吃苦耐劳，担当重任；二是美丽漂亮；三是孩子写起来简单。

至于"晓雯"二字，爷爷写了一首诗：

题晓雯铭

自古将才出寒门，囡囡不弃降良辰。
吾辈欣然日月辉，芬芳斗室题晓雯。
碧海蓝天彩云飞，翰墨桂冠文章成。
家国事关平身志，凤愿不渝晓古今。

诗的意思我却不那么懂。爷爷说，孙女出生在"寒门"，是缘分，是命运，是不幸，也是幸运。爷爷这么说，在当时，我还是不太理解的。

在老家乡下的人看来，爷爷在外面混得不错，很光鲜。但其实，爷爷多年来的生活近乎饥寒交迫，或叫节衣缩食。谁也不可能相信，两兄弟分家后，本来只有几百元债务，爷爷竟然还了十年。刚喘了口气，儿子要谈婚论嫁了，没有住房，没有多少积蓄，没有给亲家彩礼，仅仅买了张新床和一套四件套，在租住的房子里给儿子儿媳办了婚礼。

爷爷说："出生在'寒门'的孩子，将来必然会面临着生存的艰难、生活的窘迫，是为不幸也。但是，穷人的孩子早当家，更加懂得珍惜，懂得要怎么去奋斗，更容易形成坚强的斗志和毅力，成功的可能性会更大，是为幸运也。"

爷爷说"晓雯"的名字是信手拈来的。爷爷在医院安排好妈妈和我后就赶回了学校，忙完了学校的事务赶回医院就已是深夜了。他看着我们与病房的孕妇、陪护有的已经熟睡，有的在打盹，有的睁着眼躺着，便到病房外的走廊找了个凳子坐下来，点上烟抽着，想给我取个名字。

一轮渐亏凸月已向西下沉。黑夜之后是黎明，爷爷想到了"晓"字。"雯"字是他从仰慕名人那里想到的，他多年前写过一个书法作品"天下为公"，继而想到了孙文先生，取"文"字，寄托着学习孙中山先生的品格的希望，另外孩子写起来也简单。爷爷突然想到《集韵》中说"云成章曰雯"，考虑到我是女娃子，便取"文"的谐音了。脑海中，冉冉朝霞喷薄而出，既有力量以及轻盈的气息，也有色彩，用文字去雕刻时光，装点生活，渐渐通透自然。"晓"也有"通晓"之意，合在一起就写下了那首诗。

爷爷读初中时，曾给自己学习的地方取名"斗室"，那地方见证了他的童年、少年时代的奋斗历程。当年，他和太祖父、太祖母住一大间屋子，土墙瓦顶，一个小窗，很暗，上面有一半阁楼，几根横木上面放着旧木板，放一些杂七杂八的东西。屋子里两张床，一个垛柜，一个小扁桶，一张老式抽屉，一个衣柜。从堂屋进门里侧有个篾制的隔子，遮挡了里面的多半陈设。那个隔子的里面，就是爷爷的"斗室"，一个小方桌，一口小木箱，一把椅子。爷爷放学后，先去打猪草，回来剁猪草喂猪，天黑后吃夜饭，然后去"斗室"做家庭作业，点的是柴油灯。在那里，爷爷度过了十一年，离开那里是在1975年底。

后来，爷爷当了教师，就一直把自己的寝室当作心中的"斗室"。爷爷一共搬过十四次家，最后一次是2009年8月。

他最早的那间"斗室"是他的办公室兼宿舍，找大队借的一个"豆腐干"屋子，屋顶、墙上都可以透过光线，地面满是泥土。爷爷想办法用细煤渣灰捶的地坪，用篾隔子做的天花板，用旧报纸糊的墙壁，后来成了学校最豪华的教师办公室兼寝室。

他还写过一篇《斗室之乐》（见附文一），被《三峡日报》的《西陵峡》副刊发表了。爷爷为什么要写"斗室"？细读起来，让人体会出当年爷爷知识的广博、胸襟的宽阔、品格的高尚，"斗室"伴随他一生，他是要告诉他的学生和后代该怎么去做人做事。

"碧海蓝天彩云飞，翰墨桂冠文章成。家国事关平身志，凤愿不渝晓古今。"这是爷爷对我的期望和祝愿。放眼世界，胸怀祖国，忠孝传家。初心不改，方得始终。穷且益坚，不坠青云之志。海阔凭鱼跃，天高任鸟飞。不求闻达，也要力争通晓古今，靠一生的奋斗写出人生"大文章"，赢得花样年华、多彩人生。

爷爷也讲他取名的过程和想法。他给我爸爸取名"畅"，就是取畅通、通晓、舒畅、畅快等义，希望儿子在奋斗路上顺利、平安、健康、有所成就。依据《说文》，"申"意为"繁殖子孙"，"易"意为"播散"，形部、声部联合起来表示"子孙繁衍播散"。给大姑姑取名"犁"，就是希望她靠勤扒苦挣去开拓一片天地，赢得成功人生。

爷爷给我爸爸取名，也有巧合。他从小就特别崇拜毛泽东等老一辈革命家，以及鲁迅等大文豪。他开始读《沁园春·长沙》时，就被毛泽东、蔡和森等一批青年能够去寻找中国的出路深深感动。那些杰出人物中，有毛泽东的爱人杨开慧，蔡和森的爱人向警予、妹妹蔡畅等女性，那么年轻，那么优秀。他就信手拈来选了"畅"字，觉得符合自己的心境和情感，也带有对老一辈的崇拜和对中国共产主义道路的憧憬。

他给大姑姑取名也一样。他觉得《荷花淀》的作者孙犁才华横溢，那文章写得太好了，也就又信手拈来选了"犁"字，希望大姑姑像大文豪那样才华横溢，光耀门楣，大放异彩。

后来给二姑姑、三姑姑这对双胞胎取名，最初是想能不能用个同音字来做名字，爷爷突然想起《易经》里"日以晅之"这句话。《易·系辞》云："晅"本作"烜"。《朱子本义》云：烜，与晅同。《释文》云：晅，乾也。用"晅""烜"，一则同音，再则取阳光、盛大、显著、显赫等要义。至于"大晅""小烜"是二爷爷、幺奶奶为区分大小加上的。至于两个人姓氏的不同，是爷爷随口说的一个意思，二爷爷、幺奶奶信以为真，就让"烜"

回宗。

爷爷跟我细致地讲取名这件事，大概是希望我能更深入地了解他的人品、才学、心境和期望吧！

爷爷特别严肃地说过，其实，一个人的名字很重要，不可以为了好养活就随随便便像封建迷信里讲的取个狗、猪、猫、牛等家畜的名字。像有人将大姑姑的名字写成"覃丽"，那就是不行！还有一次，某派出所工作人员将二姑姑、三姑姑的名字写成"大贤""小贤"，还说电脑打不出那字，那也得要求他们想办法打出来。因为，人的姓名要伴随人的一生，带有时代的因素，铭刻着文化观念与家族血统的烙印，凝聚着长辈对晚辈的殷切期望，隐喻着某种理想抱负、情趣爱好和目标追求，对自身的发展有着潜在的影响，也具有一定的社会价值。除非，本人觉得原来的名字不太符合自己的心境和愿望要将其变更。

不是吗？爷爷给我取的名字，其寓意将是我毕生的追求。

后来，我有了妹妹，爷爷跟爸爸妈妈说，就让雯雯取吧，既是一种锻炼，也很有纪念意义。所以，我给妹妹取名"晓茜"。"晓"字的意义，也就是爷爷所讲的意义；"茜"字为聪明伶俐之意，就如茜草一样生命力极其顽强。这也算是我对妹妹的期望和祝愿吧！

作者小时候

赋

赋，自汉代兴起至清代为止，占据着文学的高位，作品也被大量流传下来。魏晋南北朝时期，辞赋得到进一步发展，成为中华文化一道独特的风景，对后世的文学创作有很大影响。

我跟着爷爷去旅游，见过不少景点有赋。我读过的小学、初中语文课本里都有赋。我觉得，现在写赋要尽可能写得很经典，白话一点，让人读起来既不生涩，又有韵味。

我出生后，爷爷专门为我写了《晓雯赋》，我读不懂，也没有去研究，只能说明我极度缺乏中国古典文化修养。爷爷为我写赋，大概也是一种精神寄托吧。

有一点可以肯定，爷爷从小就喜欢读书和写作，写作伴随爷爷的一生，各类文章基本上都写过。爷爷说他在高中毕业之前对赋文很陌生。因为，他很小的时候就想读书，但很少有书读。小学四年级从他小姑父手里借到过四大名著，看一本还一本，因为读不懂，所以读得很慢，读《三国演义》被老师收走，还被当成反面典型批判。他小姑父心里很是不快，只是没有说而已。大约十年后，爷爷才攒钱买了一本《三国演义》还给小姑父，但版本变了，小姑父只能默默叹息。爷爷总希望自己的作文能在班上去读，甚至出现在学校墙报上，他的这个愿望到高二上学期才实现。

　　走向社会后，爷爷总在夜里写稿，经常投稿，偶尔会发表"豆腐块"文章，令他兴奋得夜不能寐。他当了教师，往往要搞教学研究，还要给学校写教育新闻，文学创作的时间更有限，写写停停，很难受。有时刚写了一半，任务来了，等任务完成了，灵感却消失了。最终是各种文章加起来写了上千万字，教学论文没有成为系统的专著，文学创作没有很深的造诣。

　　之前，我不知道爷爷也写诗词歌赋，有次还说："我不信！"他立马就写了一首七言绝句给我看，还自鸣得意地在那里吟诵，脸上是很有成就感的神情。大概古今中外的文人都是这个样子吧。

　　进入21世纪，爷爷尝试写过一些辞赋作品，自己却总觉得一般般。对于如今风靡各地的辞赋作品，爷爷也说："任何一篇作品，都有可取之处。但如果不去深读，你也不可能读出其中的深意来。有的作品读起来觉得深奥，要么就是作品过于追求辞藻，要么就是读者不懂得其创作背景以及相关联的内容，要么就是读者自身很浅薄。"

　　爷爷为我写的赋，是我一生执着追求的境界。我必须下功夫去学习，从传统经典中不断汲取营养，力争成为有高深涵养和优雅品性的人。

　　说不定哪一天，我真的读懂了，也不枉费爷爷的苦心孤诣。

那间办公室

枝江四中西面有座小平房,其中有间是爷爷的办公室,约十平方米,我跟着爷爷在那里大约生活了一百八十天。

2009年2月5日,农历正月十一,爸爸妈妈依然去了南方,从此,我几乎成了爷爷的"小跟班儿",爷爷特别忙时,把我交给奶奶一会儿,但马上就会把我接到他身边。

爸爸妈妈是趁我睡着了才走的。我半夜醒来,喊着要爸爸妈妈,爷爷便糊弄说:"爸爸妈妈有事出去了。"我哼哼了几声,就又睡了,醒来再也没有吵闹过。

头一年上半年,都说那学校要撤并,时任校长高澄清要我爷爷兼任政教主任,校长说我爷爷为人忠诚、做事勤勉,又吃住在学校,有多年的政教工作经验。秋季开学了,学校开始动荡。那个学校的学生是全市录取分数最低的,有的学生只想混个高中毕业证,不认真学习,贪玩,不守纪律。学校要撤了,学生的思想波动厉害,几乎每天晚上都有学生翻墙外出去网吧。爷爷便整天忙于管理学生,组织老师们日夜值班、夜晚巡逻,废寝忘食。

我跟在爷爷身后,白天,他在办公,我会在办公室里玩。有时,办公室里来了学生,站成一排,爷爷给他们训话,我便去外面玩,看小草发芽、李子树开花、人们在操场上打球……爷爷去上课时，我会在走廊画画。

晚上，爷爷不让我出去，我一个人玩玩具。爷爷给我买的第一个玩具是一个较大的铲车，后来又买了布娃娃。有时，爷爷和值班老师会突然从街上的网吧里揪几个学生回来在办公室里训话，对于特别不受管教的学生，爷爷会请车将他们连夜送回家去。

我瞌睡来了，爷爷把被子放在一个长的木质沙发上，将我裹在被子里，哄我睡觉，我开始咯咯咯地笑，慢慢就睡着了。后来被蚊子咬了，一身疙瘩，很疼很痒，爷爷用清凉油抹一下，马上就好了。爷爷一盒清凉油用了十几年，现在都还带在身边。他说，那清凉油叫万金油，很管用，现在的清凉油都没有那个好。

后来，爷爷弄来一张双层床放在文件柜后面。在床上睡着比在木质沙发上舒服多了，还可以打滚和立跟头。

那里有菜地，爷爷奶奶去种菜，我会去帮忙，其实就是帮倒忙，像移栽豇豆苗，明明放好了，我说我要放嘛，爷爷只好又挖出来，捉住我的手去放，再培土。

2009年暑假，学校空了，我和爷爷离开了那间办公室，回到了宿舍。

2009年4月27日，我帮奶奶捡土豆

8月15日，我随着爷爷奶奶最后离开了那所学校，来到枝江的新家。搬家是请的农用车，运了两次，多是爷爷的旧书。一些旧的家具都叫小姨爷爷弄回去了，旧电视机等都送给了别人。

　　后来有次，我和爷爷去了那所学校，到了那间办公室门口，爷爷停留了很长时间。爷爷讲述当时的情景，眼眶湿润了。他好像很留恋那个地方，也好像在感叹那里生活和工作的艰难。

　　一百八十天，我基本上是在爷爷的办公室里度过的，回想我们爷孙俩当时的困窘状态，是该说我爷爷很高尚，还是说我也很坚强？

校园交响曲

到了上学的年龄，有了课堂，有了作业，还有了这样那样的校外培训班。不过还好，我仅仅有舞蹈、美术、钢琴这些兴趣班。

爷爷说是很严，其实我感觉还是比较宽松的。

我的校园生活，仿佛充满着激昂向上、拼搏奋进的旋律，几乎由关爱的情感、鼓励的眼神、催人奋进的话语等构成。我就如这段旋律中一个活跃的音符，以积极进取、勤奋学习的节奏，立志报国、奋发有为的音质，自立自信、坚韧不拔的音色而呈现。

校园总是很美好的。校园里有教室、操场，有花草树木，有老师，有同学，有上课读书、写字、做操，有课余玩耍和很多游戏活动，还有喜欢和厌烦、欢乐和苦恼的交织，总是有记得的人和事，因而，校园里总是弥漫着温馨和幸福。

校园最动人的是声音，琅琅的读书声，悠扬的歌声，嘹亮的口号声，嘈杂的嬉闹声，老师的呼唤声，还有大自然的声音，应有尽有。陶醉在各种声音里，就会忘记烦恼、孤独和不愉快，就会快乐无比。

我总是想赞美我的母校，赞美那里的一切，然而，我稚嫩的笔触总是束缚着我的情绪，我只能用四个字来表达：铭记、感恩！

懵懂记忆中的幼儿园

我上的第一所学校叫作枝江市科技幼儿园。

在我家的荣誉墙上,有多份"聪明宝贝"的奖状是枝江科技幼儿园颁给我的。

"你看,这学校很美吧?"爷爷找出图片和资料,不厌其烦地絮叨着。

我在脑海里努力搜寻着,有些大致记得,有些很模糊,有的好像是空白,有的是记忆的断片,觉得那时的我根本就不是现在的我。

爷爷说,2009年8月31日,他抱着试试看的心情带我去科技幼儿园报名低幼班,我那时是十几个孩子中年龄最小的,不行呢就弄回家。因为太小,不晓得幼儿园是什么,我不愿意去。爷爷有办法,先跟幼儿园说好了,然后就糊弄着我去了。

园长罗华容阿姨面色红润,戴着眼镜,说话特别和蔼可亲,很肯定地说:"雯雯一定行的。"我听了非常高兴。

第一天,我们那个小小班的孩子个个都哭了,就我没有哭。可能是教室里哭哭啼啼,我很不开心,第二天早上起来,我不想去了,还哼哼唧唧的。爷爷就扛着我去,有一段路还倒扛着,弄得我笑了一路。进了教室,又是很多孩子在哭。

放学了,我见到爷爷还笑嘻嘻地说:"有时一个孩子哭,其他孩子也都哭,几个阿姨弄得浑身是汗,可我没有哭。"爷爷说:"阿姨不是早就说了吗,雯雯是最棒的!"

连续一个星期,有很多孩子哭闹,有的孩子弄回家去了。爷爷也担心啊,跑去幼儿园问老师。老师说:"覃晓雯是最乖、最棒的孩子!"爷爷抱起我就旋转,转得晕乎乎的,两个人都哈哈大笑。

以后上学、放学,有时是奶奶接送,爷爷不放心,只要不太忙,总会接送我。爷爷接送,我们就会说很多话,爷爷总是告诉我,要听老师的话,讲规矩,做个好孩子。

科技幼儿园在科技馆的院子里,真的挺美!院墙边有高大的香樟树,操场上铺的橡胶跑道,还有秋千、滑梯,教室、卫生间都整洁干净,走廊、教室的墙壁上粘贴了许多图画。

孙老师身材不高,能歌善舞。刘老师特别漂亮,苗条的身段,齐刷刷的刘海,还跟我专门合过影呢。董老师的脸很小,但说话特别快,后来当了园长。

老师要我当主持人,我是非常高兴的。说起来,我现在朗读的功底就是在那里打下的。我当过三四回主持人吧,主持升旗仪式、六一表演、毕业典礼。只记得,最开始十分紧张,可我还是硬着头皮上了。老师要我跟陈姓阿姨的儿子共同主持,爷爷帮我写主持词,还找那男生一起训练。那天爷爷先把我弄去化妆,然后我们站在国旗杆下,也就不害怕了。结束后,老师表扬了我,爷爷还奖励我一只鸡腿呢!

主持毕业典是一个新的开始,主持词是老师准备的。我回家就和爷爷说了,爷爷高兴得合不拢嘴,还跟园长打电话问了议程,老是跟我说要怎么怎么的,虽说听得有点厌烦,但是我还是照着做了,而且感觉很好。那天爷爷还为我拍了照。

老师组织我们做游戏的时候特别快乐，这恐怕是我们一天中最盼望的时间了，老师会组织我们玩游戏，例如小猴子钻洞、老狼老狼几点钟、老鹰捉小鸡等，我们玩得不亦乐乎。有的时候不小心摔了，一点儿事都没有，大家会哄堂大笑，那个孩子便会脸红，嘴里还嘟囔着，但无一点责怪之意。玩一会儿累了，就会休息一下，然后我们便自己玩。我有时去荡秋千、滑滑梯。我最喜欢滑滑梯，一个接一个爬上去，"哧溜"，一个接一个地溜下去，不快速站起，就会被后面一个踢倒。大多数时候，以我为首的几个孩子会一起做游戏，玩丢手绢、切西瓜等，这是大家最喜欢的。玩游戏也锻炼了我较强的组织能力。

　　手工课给我的印象特别深。估计老师们最不喜欢这节课了，因为孩子们总是会把颜料、胶水等涂得到处都是，纸片也到处飞。不过我们最喜欢这节课了，捏橡皮泥、折纸等是我们常做的，尽管最后成了"四不像"。像兔子吧，尾巴太长；像猴子吧，胳膊太短；像猫吧，耳朵是圆的；像狗吧，脸上一个人嘴。我还有一些"纪念品"呢，例如：纸做的拖鞋、手蘸颜料画的葡萄、树叶子拼的金鱼……尽管都不是十分好看，可同时也锻炼了我们的动脑、动手能力。

　　科技幼儿园，你是我儿时的乐园，是我读书岁月的起点，是我人生的引路人！我似乎记不住儿时的小伙伴、学校当时的风景，但总记得几位老师的容貌和你的名字！

　　　　　　　　　　　　　　2020年1月12日初稿，2月24日修改

公园路小学的记忆

每个人的记忆仓库里，在每一个人生阶段，是会容纳很多东西的，但随着时间的流逝，有些东西就好像被抢走了一样。爷爷要我写公园路小学，我在记忆的仓库里翻找，找到的仍然只是一些零星的花絮，正因为零星，显得弥足珍贵。

我在公园路小学读过两年书，当时的学校还没有维修，没有现在的漂亮，但整体干净、空旷。校门里是一块很大的场地，升旗和大型活动都在这里举行。教学楼比较气派，教室、课桌都不是特别破旧，只是操场不好，下雨之后就是泥泞。只是在我离开后，学校操场才得以修好。

学校纪律很严，早上进入学校，教室里书声琅琅，老师检查家庭作业，上课时学生都不敢乱说乱动。考试时会重新编班，防止学生舞弊。

学生吃饭可在学校食堂，也可在校外。我早餐就在校外的早点铺吃，中餐是爷爷、奶奶送饭，如果妈妈在家都是妈妈送。吃中餐是在校外不远的院子里，天晴还好说，下雨就是在屋檐下，或在院子里的小亭子中，吃完饭就要迅速赶回学校上午自习。

最快乐的天地

学校操场是我们最快乐的天地。那时,体育课是我们最喜欢的,在教室待的时间太久,大家都喜欢去外面放松。在操场上,我们做什么都可以。女孩子摘来各种野草,砸烂后做饭来玩过家家;男孩子在操场中央跑来跑去,商量着捉几只虫子来扔进女孩子的"饭"里。

后来有一次,男孩子们说来个比赛吧,看是男孩还是女孩捉的蚯蚓多,女孩子同意了。男孩女孩分成两组,在场边的树荫下挖蚯蚓,到下课时,操场上出现了几个大坑。挖着挖着,一个男孩大叫一声,说看见手臂粗的一条大蚯蚓。不,另一个说,那不是蚯蚓,是蛇。我们都怕,就捡来许多枯枝叶,先把蚯蚓扔到坑里,再把叶子填进大坑里。因为这件事,我们很长时间都不到那个坑附近去。后来,有次下大雨过后,一个男孩子说在操场的泥水里看见了蝌蚪,还是红色的,我们不信,笑他,他就去捉,结果一滑,摔得浑身上下全是泥,起来时手中真抓着一只蝌蚪,还得意地大叫:"看,是红色的吧!"我们大笑,他才细看,"哦,是黑色的。"

加入少先队

我上小学后,有天老师要我写入队申请书,我回了家就问爷爷怎么写。

爷爷说了很多,说一个人从小就要有理想、有追求,要永远积极向上,不怕挫折,为自己的理想而奋斗不止。小孩子要加入少先队,不是仅仅戴上红领巾那么简单,而是首先要懂得,红领巾是五星红旗的一角,是革命先烈用鲜血染红的,要树立为共产主义事业奋斗终生的伟大志向,要立志报国,努力学习文化科学知识,掌握过硬的本领,将来参加了工作,才能在平凡的岗位上发光发热,为国家和社会做贡献。

爷爷指导我写了《入队申请书》,申请书是用文稿纸写的,内容如下:

入队申请书

公园路小学少先队:

我是一年级学生覃晓雯,我志愿加入中国少年先锋队。我知道,少先队是中国共产党领导的,我要听党的话,做党的好孩子。

我还知道,红领巾是五星红旗的一角,是革命先烈的鲜血染成的。我戴上了红领巾,要好好学习,天天向上,为红领巾添光彩。

申请人:覃晓雯
2013 年 9 月 25 日

第二天,我将这份入队申请书交给了老师。后来,我加入了少先队,戴上了鲜艳的红领巾。爷爷看见了,高兴得眼睛都湿润了。

梦想在这里放飞

2014 年 1 月 9 日,班主任发了叫一个"梦想在这里放飞"的表格要我们回家填写。

爷爷说:"学校和老师是告诉你们,从小就要有理想,培养良好的习惯。你怎么想,就怎么填写。"我便填写了这份表格。爷爷表扬了我,还说:"填了表,就等于是宣誓,你想将来当老师,就要有当老师的本事,现在就必须刻苦学习,做个好学生。"

爷爷说:"人可以很平凡,但不能没有梦想。"只不过,我那时太小,不太懂得什么是梦想、什么是理想、什么叫座右铭。听了老师讲解,似乎懂了大致的意思。

表格要贴自己的照片,写上学校、班级、姓名、我的理想、我的座右铭,以及"2014 年,我的行为、习惯、目标"。其中,行为、习惯、目标我写了十条:

1. 认真参加升降国旗。
2. 听从师长教导,待人有礼貌,团结同学。
3. 诚实守信,不说谎话,知错就改。
4. 爱惜粮食和学习生活用品,讲卫生。
5. 按时上学,有病有事要请假。
6. 专心学习,认真完成作业。
7. 坚持锻炼身体。
8. 认真做值日,爱护公物。
9. 积极参加集体活动。
10. 珍爱生命,注意安全,过马路走人行横道。

"春雨是五彩的"

2014 年 3 月 28 日晚上,我跟着爷爷参加了枝江作协的一场聚会,回家时路过团结桥,春雨簌簌而下,街灯映照,雨点如织,五柳公园垂柳依依。我跳跃着,突然朗诵道:"春雨的色彩……但是,我说,春雨是五彩的,她落在什么地方,就会是什么颜色。"

爷爷问："这都是你自己现在想的吗?"

我说："不是。前面是课本上的，最后那句是我自己想的。我觉得，春雨就是五彩的，像现在，春雨落在垂柳上，颜色就不同啊。"

我又朗诵了一遍。爷爷好像很吃惊，回到家就翻阅了我的语文课本《春雨的色彩》，还说怎么会有这种想法，爷爷还马上写了日记。

课文《春雨的色彩》写的是一群小鸟争论春雨到底是什么颜色的，小燕子、麻雀、小黄莺都说一种颜色，春雨听了大家的争论，下得更欢了。

而那街上的灯光照着，雨下来就是彩色的，我当时就是这么感觉的。谁知得到了爷爷的表扬，还说我善于观察，还修改教材，真了不起！其实，春天是美丽的，我们要仔细观察。

写《狐狸叫》串词

我们班要参加学校演出，我是其中的组织者，老师要我写主持人的串词，我不知道怎么写，老师要我回去问爷爷，爷爷指导我写了舞蹈《狐狸叫》节目的串词：

"小狗汪汪叫，小猫喵喵叫，小鸟会啼叫，老鼠吱吱叫，狐狸如何叫？"这就是最新神曲《狐狸叫》的歌词。虽然歌词很幼稚，就像儿歌，还伴有奇怪的海豚音，但是一群可爱的小学生用自己惟妙惟肖的模仿，给出了问题的答案。

下面，请欣赏一年（四）班表演的舞蹈——最新神曲《狐狸叫》。

"文明公小生"

2014年4月16日,老师给了我一张表,要我回家填写,还跟我讲了要怎么填写,我回家跟爷爷说了,爷爷先要我讲,再写在本子上,再修改,然后才誊写上去。后来我被评为"文明公小生"。别小看这个荣誉,全班能够评上的是很少的。

公园路小学"文明公小生"推荐表中最重要的内容如下:

我的习惯:我能够听老师的话,讲文明,懂礼貌,维护班级荣誉,按时上学,完成作业,尊敬老师,热心帮助同学,孝敬爷爷奶奶,遵守交通规则,也喜欢大自然,爱护花草树木。

我的格言:做一个文明小天使!

我的事迹:我上学以来,能够尊敬老师,听老师的话,按照学校领导说的去做,遵守学校和班级的纪律,每天都能够按时上学,从不迟到、旷课,勤奋学习,上课认真听讲,积极举手发言,不懂就问,按时完成每天老师布置的作业。每次考试我都名列前茅。下课了,我从来不疯赶打闹,也能够按时参加升旗、降旗和其他集体活动。

老师让我担任文艺委员、小组的"小老师",我能够爱护集体,有较强的集体荣誉感,极力做好老师最得力的助手。我值日时,老师不在,我就主动维护好班级的纪律,对于不文明的行为敢于及时劝阻。班级排练节目时,我主动带领同学们认真排练。老师要我代表班级参加讲故事比赛,我按照老师的要求,在老师和家长的辅导下好好准备,力取为班级取得荣誉。

我能够热心帮助同学。要是有同学作业不会做,我都会告诉他怎么做。若是小组长有事不能收作业,我就帮助收。如果同学忘记带铅笔等用具，我总是把自己的用具借给同学。

我非常爱惜粮食，懂得节约水电，热爱劳动，讲卫生，早晚刷牙，饭前便后洗手，不乱扔垃圾纸屑，爱护花草树木、庄稼和有益动物。在学校打扫卫生时，我能够起到模范带头作用，不怕脏、不怕累。在家里，我能够帮大人洗衣服、洗餐具、摘菜等。

我不说谎话，知错就改，不随意拿别人的东西。过马路走人行横道，坐车讲秩序。懂礼貌，说话文明，讲普通话。

参加全国中小学生书信比赛

2014年5月22日，老师让我参加全国中小学生"我的中国梦——爱劳动、爱学习、爱祖国"书信比赛，我回家跟爷爷说了。爷爷说："参加很好啊，能不能获奖不重要，重要的是，一年级学生就开始学习书信的写作，还要懂得中国梦的意思。"于是，我在爷爷的指导下给爸爸写了一封信。

后来，爷爷告诉我，要到三年级，才能掌握一些词汇，也才懂得基本的情感表达。一年级学生，能够把话说通顺，有的字词都要用拼音来替代。爷爷赞扬我说："能够在一年级就学习写信，这是非常了不起的。"我的信是这样写的：

我有一个美丽的梦想

敬爱的爸爸：

您好！现在工作很忙吧？我挺想念您的。这次，老师组织"我的中国梦——爱劳动、爱学习、爱祖国"书信比赛，要写我的梦想，我就报名了，爷爷和妈妈都同意我参加，最后决定给您写信了。您一定很意外吧？

您知道我有一个美丽的梦想吗？就是当一名老师！

爷爷曾经告诉我，您和大姑姑都不愿意当老师，可能是因为当老师很辛苦吧。我就觉得当老师很光荣。您看老师可以培养好多好多学生呢，学生从学校出去了，有的当解放军保卫祖国，有的当警察保护人民的安宁，有的当宇航员研究天上的奥秘，有的当农民种粮食，有的当科学家、作家、画家……他们都在为祖国做贡献。这都是老师的功劳呢！

我想，当老师很不容易的，我必须要认真学习，上课认真听讲，考出好成绩，考上初中、高中，将来考上大学，才能当好老师，培养好多优秀的学生。您说是吧？您一定支持我吧！

您的女儿：覃晓雯

2014年5月22日

主持主题班队会

学校要开班队会了，班主任要我主持，还要写主持词。回到家，我跟爷爷说这事，爷爷告诉我要怎么写这个主持词，至于要怎么主持，老师会告诉我的。当天晚上，我讲了老师说的主题的资料啊、过程啊，爷爷便坐在旁边，我们俩一边说，一边写，不会写的字，爷爷要我查字典，直到深夜，这个稿子才写完，爷爷还要我修改。最后，爷爷打印出来，第二天交给老师修改，最后开班队会，我很大方地主持，得到了老师的表扬。

主持词

敬爱的老师、亲爱的同学们：

大家下午好！新学期，新气象。在这春光明媚的日子里，我们公园路小学二年（三）班举行新学期第一次主题班队会。下面，我宣布：

公园路小学二年（三）班新学期主题班队会现在开始！

请全体起立，让我们一起大声朗读这次班队会的标题！

愉快的寒假带给我们无限的欢乐，崭新的学期带给我们无限的希望。此时此刻，大家一定有了新学期的计划吧！

下面，请同学们谈谈新学期的打算。

刚才，同学们都谈了自己的计划，心动不如行动，让我们团结友爱，努力学习，以优异的成绩回报父母和老师，继续把我们二年（三）班建设成"红旗班级"！

同学们，你们知道吗？有这样一位叔叔，他生下来不久就成了孤儿，后来参加了解放军，22岁就牺牲了。他身高只有1米54，体重不足50公斤，经常助人为乐，做好事不留姓名。他的名字就叫——雷锋。

雷锋叔叔写了很多日记，其中有这样一段话：

对待同志要像春天般的温暖，对待工作要夏天一样火热，对待个人主义要像秋风扫落叶一样，对待敌人要像严冬一样残酷无情。

雷锋叔叔的故事非常感人。有一次，他因肚子疼到团部卫生连开了点药回来，见本溪路小学的大楼正在施工，便推起一辆小车帮着运砖，一连干了好几个小时。在一次，他出差，在火车上打扫卫生，为旅客搬行李。他换车时，发现一个背着小孩的中年妇女的火车票和钱丢了，他就用自己的钱给大嫂买了一张去吉林的火车票。人们都说："雷锋出差一千里，好事做了一火车。"他还偷偷为战友的亲人寄钱，为灾区人民寄上自己的全部存款。有人说他是"傻子"，他却说，我甘愿做革命的"傻子"。

雷锋叔叔的故事还有好多好多，下面，请同学们讲讲雷锋的故事吧。

同学们，新的学期开始了，让我们迎着朝阳，伴着春风，去创造新的自己!

最后,请班主任给我们讲话,大家欢迎!

班长:覃晓雯
2015年3月6日

留下童年的记忆

童年的记忆是很美妙的。但随着年龄的增长,童年记忆里的一些东西很容易淡淡远去,尤其是在学习的启蒙阶段,自己整天就是蹦蹦跳跳、说说笑笑,很多内容容易忘记。有一件事我是不会忘记的,也就是那次庆祝六一儿童节文艺表演。因为我也有节目。

老师说,参加表演的同学要统一买服装,但各自出钱,家长也可去学校观看。我是班长,当然得带头,可要自己买服装,当时就说回家跟家长好好说。其实,这个我也懂。我之前参加舞蹈培训班,每次集中展演节目,培训班老师就说,不出钱买戏服,就不能参加表演。每次爷爷都说让我自己做主。这次,我跟爷爷说了。爷爷说:"为演一个节目去买戏服,按说是一种浪费,因为那衣服以后就成了废品。不过,那也是童年的记忆,你自己做主吧。"

我们要表演了,很奇怪的是,爷爷和吕爷爷来了,吕爷爷拿着照相机给我们拍照。

吕爷爷叫吕学铭,和我爷爷是高中校友,跟我爷爷在一起工作,吕爷爷有照相机,而且有一定的摄影水平。后来才知道,爷爷说要留下我童年的记忆,专门请吕爷爷来为我照相。我们学校的老师听说后,说像这样配合学校工作的家长,真是不多见。

这次的照片,也就成了我在公园路小学的最后留影。每次看见那些照片,总是会想起那时的校园、舞台、教室,还有记忆中的点点滴滴。

说说计划吧

《礼记·中庸》中有段话:"凡事预则立,不预则废。言前定则不跲,事前定则不困,行前定则不疚,道前定则不穷。"意思是,任何事情,事前有准备就可以成功,没有准备就要失败。说话先有准备,就不会理屈词穷站不住脚;做事先有准备,就不会遇到困难挫折;行事前计划先有定夺,就不会发生错误后悔的事。

爷爷经常说,做任何事,都要有目标,有计划。一年有个大致的计划,一天有个小计划,甚至每个晚上的家庭作业,都要有个小小计划。

在假期到来之前,爷爷特别要求我制订一个学习、生活计划。

我很小的时候,寒暑假学习、生活计划都是爷爷制订的,我再按照计划去做。进了公园路小学,我开始自己写计划,爷爷进行修改。

爷爷说:"有了计划,只是第一步,关键在于执行。"我基本上能够按照计划去做,完成一项了,就在上面做个记号。更重要的是,我懂得了做好每件事,都要先有个计划,但要拒绝"懒惰症""拖延症"。

我的假期生活计划,记录着自己成长的脚步,也记录着爷爷对我的栽培。

走过丹阳小学

"播撒一路阳光,成就七彩童年。"丹阳小学是我的第三所母校,是我人生的重要驿站。在那里,我度过了四年懵懂的少儿时代,有过泪水汗水,也有过欢声笑语。

丹阳小学坐落在县城团结路与南岗路交会处西北角,紧挨着马家店中学。我进入学校之前,听说学校是刚刚修建的,是全市最好的学校,建筑和设施是一流的,教师的能力和水平也是一流的。

其实,作为一个三年级学生,真不懂"一流"是什么意思。爷爷当时解释说,现在枝江的每一所小学校都是一流的好学校,要好好珍惜这么好的学习环境和条件。他还说起自己20世纪60年代初期上学时,教室是红砖平房,土操场,学生上学要自带课桌和板凳。他参加工作时,学校是土砖平房,课桌是条桌,80年代初期才有电灯。

团结路西段,我见到的是一所崭新的校园,栅栏式的围墙,"枝江市丹阳小学"校名刻在校门正中横卧着的大型校牌上。几幢建筑参差错落,很气派,校园小广场、校道都是水泥地面,干净整洁。

一方的墙上雕刻着《校赋》。学校曾经要我们背诵《校赋》,

我是背下来了，但总觉得没有课文的那种韵味。我跟爷爷说了这事，爷爷说："学生首先就要热爱学校，背诵《校赋》也是热爱学校的表现。当然，《校赋》还可以重写，能够写出内涵丰富而又深受小学生喜爱的就最好。"

校园里有雕塑和校园石，校园石上刻着"尚德、笃学、自强、拓新"八个大字，树木花草刚刚移栽，少有大片绿荫，花坛里花草葱茏。东北角是塑胶操场，临面有古朴典雅的照壁，上面有句话：让每一个生命在阳光下精彩绽放。教室窗明几净，还有电子黑板、投影设备，课桌凳也是崭新的。食堂上层是晴雨操场。

校园一角

我的校园十分美丽，我最喜欢的还是那座小花园。

小花园在教学楼与综合楼之间，两三间教室大的面积，里面有交叉而弯曲的水泥小路，再就是一些树木花草，有枫树、小垂柳、红叶李、樱花、圣诞红、山茶、杜鹃、兰花、月季等。我们从小花园的旁边或从中间的小径走过，感觉花香四溢，沁入心脾，我们趴在走廊的栏杆往下望，都会感觉心旷神怡。

每到春末，小花园里姹紫嫣红。红叶李和樱花似乎在比美，你比我的花朵大，我比你的花儿艳。还有那小垂柳，就好比漂亮的姑娘在得意地整理自己的秀发，枝条上的小绿点儿，慢慢地变大，变成柳芽儿，风一吹，摇曳着，真是应了那句"二月春风似剪刀"。山茶花、杜鹃花仿佛有点儿害羞，始终不肯露出脸来。

夏天，小花园变得妩媚。山茶花、杜鹃花的脸蛋儿红扑扑的，似乎有些紧张。小垂柳变得粗壮起来，小鸟儿飞来了，叽叽喳喳，有时落在枝头，好像在说些什么，树枝摇曳时，小鸟儿

"吱"的一声又飞走了。一些蝶儿、蜂儿也赶来凑热闹，落在这朵花上，又飞去那朵花上，好像在采花粉，又好像在与花儿们逗乐。

秋天，小花园却有另一番迷人景象。小垂柳的枝条开始泛黄了，而山茶的叶子依然青翠，将它衬托得更美。最迷人的要数枫树了，它迫不及待地要大显身手，使尽全身的力气，把全身染成了红色。知了或许是因为这里太迷人，就赶来奏乐，有时还故意拉着长调，有时都盖过了我们的琅琅书声呢！

冬天，小花园有着静穆的美。寒风呼呼，有时会有雪花飘飘洒洒。一些花草树木似乎在悄悄地酣睡，独有圣诞红披着深绿的风衣，上面还点缀着小红果，她似乎等待很久了，就是在这个季节绽放自己的魅力，仿佛在说："冬天来了，春天还会远吗？"

啊，学校的小花园，伴随着我们学习和生活，带给了我们美好、快乐！我特别喜欢！

难忘的读书节

童年时代的校园生活丰富多彩，总是那么令人难忘。丹小组织了许多活动，我来到丹小参加的第一个活动就是读书节了。很长一段时间，我感觉到书香飘满了校园。

记忆中，有个简单的读书节启动仪式，学校领导说，要让读书成为一种习惯。要求每个人买一样的书，写读后感，评出优秀作文，还组织"朝读经典"、制作书签、古诗词阅读考级等活动。

全班共读一本书，分年级买的有《爱的教育》《假如给我三天光明》《城南旧事》《汤姆索亚历险记》。"阅读越成长，书香伴我行。"从"阅读"到"悦读"，形成了班级良好的读书风气。我也认真写了读后感，可能没有写好，没有要我打成电子稿。

学校举办书签设计制作比赛，我们每个人都参加了。按照学校要求，书签长不能超过十厘米，宽不超过五厘米。背面写好班级、姓名。先在班级展示，有长方形、梯形、半圆形、圆形、椭圆形、三角形、星形、心形、扇形，五花八门，除极少数，都比较美观。我是制作的长条形书签，是一套，每张书签还打了两个小圆孔，系上丝带，也是比较美观的。

古诗文考级也挺有趣的。有的同学背诵，差点儿眼睛"翻白"，但也还是在坚持。有一部分同学比较轻松，每天坚持背诵，一本古诗词，没有多长时间就攻克了。我是先在爷爷面前背诵，也是比较轻松地就拿下了，一举获得了学校"十级"（最高级）证书。

最难忘的是"跳蚤书市"活动。

跳蚤书市的准备工作包括制作书市招牌和准备书籍。书市招牌就是将班牌两面粘上书市的名称并做好装饰。我们班许多同学都参加了，各种主题都有：海洋的、花圃的、天空的……有一位同学直接到外面的商店里定制了电子招牌，老师最后选用了电子招牌。其实，电子招牌并没有画的好看，也不能代表我们自己的创造力。

我也用心画了一个"招牌"，也有爷爷的指导。爷爷会画水粉、水彩、油画、国画，也包括图案设计，他却让我自己设计，发挥自己的能力，还说能不能选上都不要紧。

至于书籍，我们每人准备两本书，一本拿去出售，另一本可以和别人交换阅读。

书市开放的那天，喇叭里放着音乐，就像是在过什么节日。每个班级在操场上占有一小块地方，各种招牌花花绿绿，让人眼花缭乱。老师为我们分了组，每个小时换一组去卖书，剩下的同学可以去别的书市买书，或是和别人交换书本。一时间校园里热闹起来了，各种声音都有。"这本书很好看的，快来购买啊！迟了就被别人抢走了啊！""这本是世界童话精选！"……又过了一会儿，大家就都坐在操场上看起了书，回到班上还讨论有哪些收获。

我的理解，"跳蚤书市"活动可以培养多种能力，选择好卖的书籍，同学之间还要团结协作，要会打广告，会说话，也还有以书会友的意思，更重要的是，学校营造出浓郁的书香氛围，让我们都爱上了读书。

想起英国哲学家培根的一句名言："阅读使人充实，会谈使人敏捷，写作与笔记使人精确……"丹阳小学举办如此盛大的读书节，其意义就是让我们从小热爱读书，不断充实人生，提高修养吧。

"魅力丹小"

曾记否，最美五月，枝江市丹阳小学"七彩阳光·魅力丹小"、庆"六一"读书分享会、家长开放日活动震撼问世？曾记否，烈日炎炎下，我们的英姿飒爽？

那就是"魅力丹小"展示活动。丹阳小学的大课间评比，一年一次，而我在丹小的四年中，"魅力丹小"共进行了两次。现在想想，还挺有成就感的呢！

活动持续很长时间。分年级的书画展，图文并茂的读书小抄报展，色彩斑斓的画笔展现了大家的文采，诗的世界，设计精彩的作文，都展示在家长的面前。

尤其是学那套"广播操"，全校学生每个下午都要到操场上去训练，太阳晒得人像在火上烤似的。有许多同学禁不住这灼人的阳光，接二连三地倒下了，而我没有倒下过一次。那个时候也不知道用防晒霜，整个人都黑了一个度。

先是啦啦操，还有诗歌朗诵、合唱，后来加了集体曳步舞。六年级时跳曳步舞，我是班上最快学会的人之一，我是文艺委员，和班长当领舞，是最后一支需要拿太阳花的舞蹈。音乐老师把我们叫去，让我们看几年前录的视频，让我们回忆动作，最后让我们当了领舞。主席台下各年级的人全部跟着我们跳，真的是很有成就感。

而书画展、手抄报，我都没有能够入选展出，也没有入选读书分享报告，这成了永久的遗憾。也是怪我任性，花费了很多时间，却没有认真听取爷爷的建议，导致交出去是一般般的作品。不过，过程比结果更重要，参与了就得到了锻炼。

当日，领导和家长们都来到了学校，看我们表演的《印象·丹阳》体操。看台上乌泱泱全是人，有站在树荫下的，有打着伞的，有戴着帽子的，不例外的是大家都拿着手机录视频、拍照。

那天离开学校，爷爷说："你们这个活动场面非常壮观，令人震撼，更体现了学校用心用情在培养学生的素质。"是的，"魅力丹小"不仅是展示给别人看的表演，更多的是留下了我们多彩童年的印记。

特别的"六一"

儿童节是我们最喜爱的节日，那天，我和同学们一样，感到特别开心、快乐。

早上，要穿戴整齐，如果上学，就只上半天课，下午放假，也没有家庭作业，想去哪里玩儿都行，愿望都会实现。如果不上学，爷爷会带我去街上吃早点，然后去店里梳头、化妆，然后照相。相片照得好的，爷爷会请人做成影像牌。

当然还要背诵学校规定的内容，本来我早就会背了，内容有："中国梦"的具体表现是国家富强、民族振兴、人民幸福；社会主义核心价值观：富强、民主、文明、和谐，自由、平等、公正、法治，爱国、敬业、诚信、友善；枝江市城市精神：开放，诚信，创新，奋进；志愿精神：奉献、友爱、互助、进步；丹小精神：崇善尚美，团结奋进，敢为人先，追求卓越；丹阳小学：领导班子好，思想道德教育好，活动阵地好，教师队伍好，校园文化好，校园环境好；2015版《中小学生守则》。

　　听说老师们也背这些。爷爷也说，学生当然要记住社会主义核心价值观，记住《守则》，规范自己的言行，久而久之，也就形成了好的习惯和好的品质。

　　儿童节那天，"过关"比较容易，一起背，记忆力不强的同学也能背下来。

　　有一年儿童节，老师说，下午都自由飞翔去吧。中午却下起了倾盆大雨，家长们来学校接我们，从楼上往下看，校园里的花伞像移动的小蘑菇，美极了。爷爷那天还专门请了轿车来接我。晚上，张爷爷请我吃饭，专门选适合我口味的美味佳肴，夏奶奶等几个人都祝我节日快乐。回到家，爸爸妈妈打电话祝福我节日快乐。我还收到了另一份惊喜，远在福建的卞芸叔叔给我寄了图书和衣物，邮寄的图书是《哈利·波特》全套七本。

　　六一儿童节啊，真是美好。也许世界上，只有在我们伟大的祖国，孩子们才会享受到这样的快乐吧！

一次精彩的演出

　　要举行"生态小公民"演出啦！一路上，我一边看着风景，一边想着：都有些什么节目呢？我们学校有几个节目？就这样想着,不知不觉来到了体育场。

体育场有各种各样的树、花,可漂亮了。走进去,舞台上的灯光便吸引了我,红的、橙的、黄的、蓝的、绿的、紫的、粉的、白的……变化无穷,令我眼花缭乱。

演出开始了,《给地球洗个澡》这个节目令我如痴如醉。这个节目虽然说是个舞蹈,可比起前几个节目更令人惊奇呢!

这个节目仿佛讲述了这样一个故事:小树弟弟因树枝上的白色垃圾变丑、变脏了;河水弟弟也因被污水污染而哭起来;大气层姐姐去安慰他们,可自己也诉起苦来,说什么毒气、废气、尾气把她弄脏了。这时,一群小朋友拿水来给他们洗澡,小树变绿了,河水变蓝了,大气层变白净了。大家都笑了起来。

看了这个节目,我感触颇多。人们随意乱扔垃圾,砍伐森林,排放污水、废气,导致植被减少、水土流失、河水污染、鱼儿死亡、空气质量糟糕等,却还认为是地球母亲的错,地球母亲给了我们那么多资源,她的安全就将由我们来守护。

最后一个舞蹈《还我蓝天蓝》也令我痴迷:花儿露出笑脸,蝴蝶在空中飞舞,这时飘来一片乌云,遮住了蓝天,花儿们奄奄一息,环境卫士来了!他们打败了乌云,救了花儿,救了蝴蝶,花儿和蝴蝶翩翩起舞。

看了这个节目,我不由得想到课文《这片土地是神圣的》中的一句话:任何降临在大地上的事,终究会降临在大地的孩子身上。是的,如果动物、植物全部消失了、灭亡了,那么,终有一天,人类也会死亡。但如果天更蓝、草更绿、动物更健壮、植物更美丽,那么人类的末日一定不会到来!

离开体育馆,我的心情却久久不能平静。朋友们,珍惜这一切吧!保护地球就是保护自己,拯救地球就是拯救未来。

"做人要讲诚信"辩论赛

在丹阳小学的四年里,我的老师组织过两次辩论赛,我均是主要辩手,也均略胜一筹。

一次是 2017 年 9 月 20 日的"开卷有益"辩论赛,我是反方主要辩手,我方观点是"开卷未必有益"。回家后,我跟爷爷说了老师的要求,爷爷便讲了辩论赛的注意事项,然后,我就搜寻材料,整理材料,把每一条论点都打印出来。第二天语文课,我们便唇枪舌剑,最后老师评判,我们"反方"的辩论准备要更充分,辩论也更精彩一些。

另一次是后来的"做人要讲诚信"辩论赛,我是正方主要辩手。下文就是我准备的主要材料。这一次,因为有了前面的基础和经验,报名时,很多同学要跟我做搭档,比赛的结果是我们一方再次受到老师的肯定。

其实,我们自己当时都感觉到,反方的辩论要好一些。

亲爱的对方辩友,你们好,我方的观点是做人要讲诚信,不能撒谎!

民无信不立,业无信不兴,国无信则衰。历史证明:不讲信誉的人是没有前途的人,不讲信誉的企业是无法生存的企业,不讲信誉的社会是堕落混乱的社会,不讲信誉的国家是没有希望的国家。如果你想要在这个世界上得到人们的信赖与支持,就必须以诚待人,以信交友。

中国古代有许多关于诚信的经典名言,比如:君子一言,驷马难追;一言九鼎;一诺千金;言而有信;金口玉言等,这些都是我国优秀的传统文化,一直延续至今,充分说明诚信的重要性。所以，我们要崇尚诚信，远离谎言。

谎言，就是虚假的、不真实的、骗人的话，不管是善意的，还是恶意的，都是谎言。一个人如果经常哄骗他人，久而久之，他便会失去人们的信任。

就算说谎的出发点是善意的，它本身也是谎言。既是谎言，何来善意？既是善意，何必撒谎？善意的谎言，实际上仍有欺骗性。一个人不守信用，一而再，再而三地说谎，还美其名曰善意的谎言，必然会引起人们的猜疑和不满。

所谓善意的谎言会导致不可预见的后果。比如，那个每天都喊"狼来了"的孩子，并没有恶意，可最终失去了人们对他的信任，狼真的来了时，他再怎么喊叫也无济于事，也不会有人再来帮助他。比如，某人身患绝症，为了让他平静地度过余生，亲朋好友一致把他瞒过，这其中绝无恶意，也绝无私利，但往往未能尽如人意，欺骗无法持久，反而使病者失去了配合治疗的理性和处理个人事务的时机。比如，有很多家庭产生矛盾，就是因撒谎而起。担心对方出危险，打电话询问，对方为了让家里人放心，就随口说个理由。这是善意的，可有一天他觉得是在说谎，矛盾就产生了。比如，我们去商店买东西，老板往往会说他的东西好，但很多话都是谎言。他没有恶意，最终的结果无非有两种，说实话的商店开得长久，说假话的店面终究会关门。如果问，你喜欢玩手机吗？有人怕挨老师、家长的批评，明明喜欢玩手机，却说不喜欢玩手机。这种谎言没有恶意，但你掩盖了自己的错误，最终会害了你自己。

所以说，谎言就是谎言，出发点好的谎言也是谎言，甚至会成为你犯错或掩饰错误的借口。久而久之，你在他人眼里就会成为失信之人，轻者影响自己的发展，重者殃及事业和社会。所以说，我们要从小就要养成讲诚信的好品质。

"献给妈妈的康乃馨"主题班会

我曾经主持过多次主题班会,这是其中的一次,稿子是我起草的,爷爷指导我修改了。主持班会,重要的是过程,我们得到了锻炼,也希望做得更好。

甲(覃晓雯):敬爱的老师,亲爱的同学们,我叫×××。

乙(李博文):我叫×××。

甲乙:今天的"感恩"主题班会由我们主持。

甲:本次班会的主题——献给妈妈的康乃馨。

乙:对,我们感恩母亲,母亲就是我们是祖国,所以,我们首先要感恩祖国母亲。现在,请全体起立,唱国歌。(唱国歌)

甲:×××,你说,康乃馨为什么是献给妈妈的花呢?它有什么象征意义吗?

乙:还是请同学们来回答吧!(同学们举手回答)

甲:刚才,同学们都说得很好。人们都说,康乃馨大部分代表了爱、魅力和尊敬之情,红色康乃馨代表了爱和关怀。

乙:是的,母亲是伟大的,母爱是无私的,"母亲"这个词汇聚了人类美好的情感,大家知道怎样从英语的角度诠释 mother 这个词吗?(同学们回答)

乙:×××,刚才同学们说了这么多,我们来梳理一下:

M(many)妈妈给了我们很多很多;

O(old)妈妈为我们操心,白发已爬上她的头;

T(tears)她为我们流过不少泪;

H(heart)她有一颗慈祥温暖的心;

E(eyes)她的目光总是充满了爱;

R（right）她从来不欺骗我们，教导我们去做正确的事。

把这些字母放在一起，就是母亲。

甲：你说得很对。从小到大，母亲都是无声无息地关爱着我们。

乙：那今天除了送花，你还想怎样感谢母亲？

甲：这个问题，同学们应该有答案的，有请同学们！（同学们回答怎样感谢母亲）

乙：同学们都说得非常好。除了母亲，还有哪些爱我们的人必须感谢？

甲：那有很多啊，父亲、爷爷、奶奶、老师、同学，以及社会上一切帮助过你的人。总之，不管以前做得怎么样，从现在起，我们每时每刻都要记住"感恩"二字。

乙：对，我们要感谢父母，是他们给了我们生命，教会我们走路，教会我们说话；我们要感谢老师，是老师教我们做人，教我们知识，给我们指明了人生的方向；我们要感谢同学和朋友，是他们让我们知道了什么是友谊，什么是相互扶持、共同进步；我们要感谢新时代，习爷爷教导我们，要做中国特色社会主义的建设者和接班人，亲爱的同学们，你们准备好了吗！（同学们齐声回答准备好了）

甲：现在，请跟我说，我们要感恩新时代，我们要感恩祖国母亲，今天，我们要献给祖国妈妈一束康乃馨！

甲乙：今天的主题班会到此结束，谢谢！

（鞠躬）

毕业季

小学中的许多事情令我记忆犹新，最难忘的莫过于毕业典礼。那一天，阳光灿烂，天气晴朗，整座校园都格外祥和；那一天，老师对我们最后一次叮咛，校长对我们最后一次勉励；那一天，是我们六年赛跑的终点、向新征程出发的起点！

毕业典礼前几天，大家就在训练百人合诵和《感恩的心》手语操，还有挑选给老师献花的学生代表。大家专心致志地练习过数十遍，只为了那一刻的到来。我非常荣幸地被选上了代表，自然很激动和自豪，我要把自己最美丽的样子留在母校的影集里。

毕业典礼是在学校集会的地方，在欢快的音乐声中，随着"枝江市丹阳小学2019届'感恩母校，筑梦未来'毕业典礼"字幕的滚动，操场上前排站着我们五个班的毕业学生，后面一排观众是低年级师生。我们全体毕业生的表情庄重而严肃，怀着依依不舍的心情向母校告别，向陪伴我们成长的老师表达敬意和感谢。

我们聆听了校长的谆谆教诲和殷殷期望，分享了毕业生代表眼含热泪、情真意切告别母校和老师、开启人生新征程的心声，也展示了用手去说话、去表达内心的《感恩的心》手语操。学生代表含着热泪向老师敬献了鲜花，然后穿过彩虹门，在签名墙上写下了自己的名字，在校园留下最后一张合影，也留下了《感恩母校，筑梦未来》的百人合诵。

百人合诵特别震撼人心。我们面对全体老师，三个领诵者满怀深情地领诵，我们更是深情满怀地合诵，构成了一曲感恩、依恋、奋发向上的永恒乐章：

（领1）有一种激情，恰同学少年。
（领2）有一种情谊，叫心手相牵。
（领3）有一种承诺，叫同舟共济。
（领1）六年，弹指一挥间，多少风风雨雨，多少苦辣酸甜锻炼了我们的意志。

（领2）六年，弹指一挥间，多少趣味游戏，多少快乐画笔描绘着我们的童年。

（领3）六年，弹指一挥间，岁月留不住老师美丽的容颜和青春的脚步，但一张张花一般绽放的笑脸却是老师收获的沉甸甸的果实。

（领1）再过十五天，我们就要挥别昔日的师长，告别美丽的丹小，离别相知的同学……

（领2）此时此刻，耳边又回响着充满墨香的书声，快乐童真的歌声，尽情嬉闹的笑声，诲人不倦的心声……

（领3）眼前又浮现出引人入胜的课堂，热火朝天的劳动，有趣开心的研学旅行，你追我赶的赛场……

（全合）往事桩桩件件，历历在目，那是我们记忆仓库里一颗颗流光溢彩的珍珠啊！

（领1）难忘母校幽雅舒适的育人环境，那古色古香的文化长廊，那锃亮庄严的升旗台，那旋律美妙的音乐室，那令人着迷的录播室……校园的每一处地方，都留下了我们的身影，留下了我们的笑语欢声。

（领2）难忘老师对我们的谆谆教导。踏着晨露而来，伴着夕阳而归。深钻于教材之中，奉献于讲台之上，圈点于作业题之中，穿梭于操场与教室之间。

（领3）难忘同窗六年。文化课上，我们用心领略文字的魅力；比赛场上，我们努力铸造班级的荣誉；读书节上，我们纵情放飞五彩的梦想。

（三合）老师啊！母校！是您给予我们智慧的翅膀，在通往理想的天空展翅翱翔！

（全合）再见，亲爱的同学，我们彼此都把友谊的种子播进心田，在朝夕相处中，我们一道成长。请记住我们在一起的每一个日日夜夜，让友情地久天长！

再见，敬爱的老师，是您教会我们做人的道理，为我们开启智慧的门窗。"谁言寸草心，报得三春晖。"您的哺育深情，将永远铭刻在我们心上。

再见，敬爱的母校，在您的怀抱里，我们从无知变得懂事，从幼稚变得成熟，从胆小变得勇敢。今天，我们为丹小而骄傲；明天，丹小一定因我们而光荣。

那一刻，我分明感觉到，我们的心声已经划破长空，飘得很远。那一刻，我回忆起四年求学的美好时光，内心久久难以平静。

读书节吟诵经典的考级，"印象丹阳"活动上的展示，每一次考场上的无声搏杀，一帧帧充满温情的画面在脑海闪现，而同时一幅幅美好的蓝图在眼前铺展。祝福母校，越办越好！祝福我们，越来越好！

枝江市"优秀学生"

丹阳小学每学期都会评选"七彩阳光少年"，我一直被评为"金色阳光少年"这一最高级别的荣誉称号，还有不少同学被评为"红色美德少年"等荣誉称号。

小学毕业前夕，我经同学、班主任、老师、年级组、学校推荐，被评为"枝江市优秀学生"。这是我学生时代第一个最珍贵的荣誉，整个学校只有一个指标，而学校和老师、同学把如此荣誉给了我，这是对我最大的鼓励和鞭策。

都说个人的荣誉来自自己极强的责任心和坚定的意志力，来自自己的努力奋斗，来自自己永不言败的精神，但也来自学校、老师和同学的鼓励和鞭策。更重要的是，荣誉只能代表过去，我要把荣誉转化为前进的动力，做更优秀的自己。

曾获何种奖励

1. 一年级至六年级，每学期均获得学校"金色阳光少年"称号；曾获得"优秀学生干部""学习标兵""智慧之星"等称号。

2. 获得2013年全国三年级英语口语之星大赛第17周金牌证书；2016年参加湖北省中小学生英语口语大赛，获宜昌市一等奖。

3. 参加学校诗词经典诵读获十级（最高等级）证书。

4. 业余写作40余篇文章，发表在《小学生天地》、宜昌作家网等。

5. 2018年考过钢琴八级，2019年考过钢琴十级。

6. 2013年参加全国中小学生美术比赛，获三等奖。

7. 2017年参加武汉国际拉丁舞比赛，获二等奖。

8. 在学校运动会中获立定跳远第二名；2018年学校"亲子运动会"中，爷爷、罗阿姨、雯雯三代组合参加团队比赛，代表班级获年级第一名。

主要行为表现和事迹

她自律自强，品学兼优，全面发展，是老师眼中的好学生，家长眼中的好孩子，同学眼中的好同学，小学六年连续被学校评为"金色阳光少年""学习标兵"。家里有一面她的"荣誉墙"，张贴着她通过努力获得的31张奖状。

她是一个独立的孩子。她1岁8个月时开始跟着爷爷奶奶生活,是"留守儿童"。但十余年来,即便偶尔想念爸爸妈妈,也从不因此跟爷爷奶奶闹脾气,也没有因此影响学习。随着年龄的增长,还学会了照顾生病的奶奶。有时,爷爷不在身边,奶奶老毛病犯了,她能够处变不惊,及时寻求帮助,联系爷爷。有次奶奶突然倒在了小区门口,她便向保安叔叔求助,把奶奶接回了家,保安叔叔都说她很了不起。她9岁时就学会了做饭炒菜,有时,爷爷不在家,她会做好饭菜跟奶奶一起吃。她也学会了洗内衣、鞋袜,自己叠放衣服,会把被子叠得方方正正。她一直都是睡在单独的房间,每天早上自己按时起床,然后喊爷爷送她去上学。她与爷爷约定的事情,爷爷有时因为工作耽误了,她也会想办法联系上爷爷。

她是一个集体观念特别强的学生。学校和老师布置的任务,她都会不折不扣地完成。有一次,老师布置要办手抄报展出,夜里10点多钟了,爷爷要她睡觉,她却说:"这是代表班级去展览的,必须完成。"有次运动会,要跑800米,她跑下来了,后来才告诉爷爷,她来例假,跑不动了。爷爷说:"你要跟老师说啊。"她却说:"我们班只有两个人参加跑800米,我要是不跑,班上就只有一个人了。"学校组织开展任何活动,她都会积极主动地去做。在搞研学旅行时,她始终为自己的团队着想。她和成绩暂时落后的同学做同桌,总是帮助鼓励他们,和同学一起进步。平时学校对班级考评积分,她拾金不昧等行为,总会为班级加分。有次学校组织亲子运动会项目,每个班要组织十组,看到组织不起来,她便请爷爷和罗阿姨来组合,老师、学生、家长都受到了感动,结果班级得了第一名。

她是一个充满爱心,热心公益的学生。她心地善良,在学校助人为乐,有同学忘了带学习用具,她主动借给他们;同学有不会的问题,她总是热情耐心地讲解。班级组织爱心捐款,她都是捐得较多的。每年春节得到的压岁钱,她都交给爸爸妈妈存进了银行。她曾在校园担任礼貌志愿者,也和同学们一起到"领秀枝江"等社区开展学雷锋志愿者服务活动,受到好评。她孝敬老人,体贴父母,经常给爷爷奶奶捶背、剪指甲等;爷爷有时不在家,她会照顾奶奶。她和奶奶出行,都是护着奶奶过马路。她坐爷爷自行车,经常提醒爷爷不闯红灯。她平时表现优异,还经常宣传学校的好人好事,得到了邻居郭奶奶、张奶奶,还有枝江作协的爷爷奶奶、叔叔阿姨的由衷夸赞。有次在武汉看见一位老奶奶跪在地上讨钱,她都担心老奶奶不能回家。班级清洁值日,脏活、累活,她总是抢在前面,出色完成当天的值日任务。她热爱大自然中的一草一木,有年植树节,按照学校要求,她专门回到老家跟着二爷爷一起种树。

她是一个责任感非常强的学生。她曾担任过班长、值日班长、文艺委员等职务。无论担任什么职务,她都非常认真,用心肯干,完成值日日志,才离开学校。有时工作多,她会提前赶到学校做值日。有一天,为了协助老师工作,她从一楼跑五楼来回四五趟,人都跑得气喘吁吁。学校组织运动会,她负责宣传报道工作,带头写稿件,也组织同学们积极投稿,班级获得道德风尚奖。她经常主持班会,认真写主持词,有一次写主持词,自己写了两遍,还请爷爷修改。学校组织大型活动,她都表现特别出色。她主持学校升旗仪式,回到家反复练习,还请老师指导。在创建全国文明城市活动中,她按照老师要求准备,恰巧考察的人选中了她家,她落落大方,对答如流,受到来访干部的高度赞扬,为班级获得"阳光班级"贡献了力量。

她是一个热爱学习,全面发展的学生。她对待学习认认真真,课堂上积极发言,有时同学们不能回答的问题,她能够说出正确答案,能够按老师的要求完成每一天的作业。生病了她仍然坚持上学，而且坚持完成家庭作业。有几次，她晚上确实支撑不住了，但第二天会提前起床做完作业再去上学。她爱好读书，至今已读完中外书籍四十多部。她参加学校组织的诗词背诵获得十级证书。由于勤学好问，她每次考试都能够名列前茅。爷爷组织单位和作协的工作，特别忙，常常要带着她出去，大人们在谈事情时，她总是在一旁做家庭作业。节假日，她经常跟着爷爷出访，参加过多次作协诗歌朗诵会。她游览过祖国的许多地方，三年级就加入了枝江少年作协，开始学习文学创作，业余时间写了四十余篇文章，她的文章发表在《小学生天地》《丹阳文学》、宜昌作家网、枝江作家网等媒体平台。她坚持学习舞蹈、练习弹钢琴，参加过武汉国际拉丁舞大赛并获奖，钢琴考级已过十级；四次参加宜昌市大型会演、枝江市春晚等文艺表演；曾在学校体育运动会单项比赛中获得第二名。

马家店中学

马家店中学，我的学校，是一所有格局、有内涵的学校！

我也一直被学校的一切包裹着，激励着！

写学校的文章太多，之前，我也写过。都说"我爱""喜欢""漂亮"……谁不爱自己的学校？情感大都是真实的，可能用词有些雷同。我和爷爷探讨该如何写下去，爷爷说，每个人都要有格局、有情怀，那么学校……哈哈，我好像茅塞顿开了，想到了六个字：有格局、有内涵。啊，我的学校，一所有格局、有内涵的学校！

我的学校别具一格！

学校很袖珍，一千三百多名学生就感觉拥挤了，主体楼建筑是连体楼。然而，当进入它的心脏，进入它的灵魂，你一定会为之倾倒，顶礼膜拜！

学校的东面是校门，也就是一般般的设计，左边立柱上有个充满科技感的造型，右边也是立柱再加门房，自动拉闸门，挂几块表示是学校的牌子。我在丹阳小学读书时就见过，坐车从南岗路一晃而过，感觉那校门很小很普通。跟其他学校不一样的是，板壁似的围墙上画了一些方块，有关于马的图画，也有标语、名人名言。后来，围墙变成了镂空的带有窗格一样的栅栏，还有关于"中国梦"的标语与图案，在外可以看到学校里面的形貌。

报名那天，拉闸门是开着的，很多家长带着孩子进进出出。校道两边是一片花园绿地，里面有一些说不上名字的普通花草树木，还有石刻，花木被修剪得整整齐齐。南面那栋楼高点，说是后来增建的，往西就是主体连体楼，其北面是食堂。主体楼往西是大操场。后来，东北角建了一栋综合楼，里面是现代阶梯教室，可以容纳五百人。

爷爷对枝江现代教育历史有过研究，说这个学校比较年轻，二十多年前建校，叫马家店第四中学，称作"马店四中"。当时，学校校门特别新颖气派，主体楼也特别漂亮，只不过，周围都是农田和荒野。第一年只招了四个班的学生。城里原有的马店一中、二中等中学实力都特别强，竞争十分激烈。随着城市建设扩张，学校十年磨一剑，成为宜昌市示范学校。如今，城里除了私立英杰学校，只剩下两所中学，而马家店中学成了全市最优质的初级中学之一。

这样的成长史，不得不让人感慨，马家店中学也是在历史的长河里成长起来的。

走进校园，只要是细心的人都会发现，学校的文化长廊、校道全部用"马"字命名，走廊上随处可见与"马"有关的知识，班级也有一个特别气派的、含"马"字的名称，就连学校举办的体育节也被称为"千里马杯"体育节。还有校园牌：笃志润心，力行致远——志在报国土恩，志在完成使命，志在绽放青春；行于厉兵秣马，行于策马扬鞭，行于高歌猛进。我们的文学导师孙未逾老师说："原来的校园文学杂志《峡星》也将会更名为《奔马》文学杂志。"我的学校，原来一直秉承的是"奔马精神"，那是一种奋进、努力、不放弃的精神！我的学校，拥有自己的文化内涵：奔马文化。一代代四中人承先启后，继往开来，永不言弃，用奔马精神创造一个个神奇。

我喜欢《马家店中学赋》，赋刻于国旗台前。这篇短文，是湖北省特级教师余蕾先生于辛卯岁孟冬撰写的，文章写得出神入化，尤其是那马奔平川、龙马神韵、御风乘奔、骏马凌空等词句，读起来就感觉精神振奋，仿佛奔马之气势在校园激荡。

《马家店中学赋》（节选）：

大江东去，出高峡，入江汉，其势若"马奔平川"。于荆宜交汇处，一校临江，植杏垒坛，西眺蜀道山川之灵秀，东望荆楚文化之流远。饮习习江风，听澜诵典，好一方，郁郁书香雅园也。

马店四中，一九九五年秋开办，二十一世纪，重组四校，遂更名曰马店中学。一十六春，弹指挥间，校史不长，良多光环。马中人，显龙马神韵：亦诚亦信，亦敏亦灵；亦刚亦柔，亦美亦健。与时而进，浩浩然御风乘奔也。

……

情因景而境高，景因情而意深。入园但见，楼宇错落，天廊勾连。倚窗读诗书，走笔著宏论。享书案之文道，习生活之本真。启智以敏其思，陶情以修其身。欣欣然攻于书斋，跃跃然戏于绿茵。赏玉兰青竹，吟翠柏苍松；调五音丝弦，绘七彩丹青。凭江观百里梨花，隔墙话五柳轶闻。曲径漫步，谈笑风生。妙哉，园中觅趣，孰不叹，一圃灵石智草，满庭词韵诗风也。

马中校园，有格而不拘泥，灵巧而多律韵，其校园蓝图曾绘入考卷，令数万中考学子倾情马中，妙笔为文。此不亦马中之荣乎？

有联云：大江奔海，育数代风流才俊，谱几多动人故事；骏马凌空，激一园潇洒少年，书不尽明志诗篇。

这样的学校,配上这样的赋文,有格局、有内涵。

我也喜欢我爷爷为我们学校写的文字,读起来让人感觉气势雄浑,胸中激荡!他用了厉兵秣马、策马扬鞭、万马奔腾、马到功成去形容,还引用了"长天一啸若雷鸣,踏浪银河宇宙惊。破雾驱云追烈日,乘风摘月采繁星"的诗句去诠释。

这里,高扬龙马精神的旗帜;这里,擂动马奔平川的战鼓!

这里,吹响骐骥腾跃的号角;这里,点燃一马当先的激情!

马家店中学1995年在楚都丹阳横空出世,一路乘奔御风,立马之千里之志以图强,树马之至诚之德以固本,行马之劳力之风以务实,扬马之腾跃之勇以谋远,创造了一部"让教师享受教育幸福、让学生享受幸福教育"的传奇,为枝江教育腾飞谱写出华彩乐章。

气壮山河,旌旗猎猎——乘骐骥以驰骋兮,来吾道夫先路!

沙场点兵,英姿勃勃——春风得意马蹄疾,沙场点兵显神威。

金戈铁马,威风凛凛——育新时代千里马,当新时代好伯乐。

智慧学府,一方圣殿。群宇矗立,天廊生辉;书香馥郁,绿荫满园。如赛场猎猎,尽显龙马神韵。

这些文字,熠熠生辉,彰显了我的学校以及全校师生的品格和精神。

学校除了常规教学活动,课余也有一些活动,可谓丰富多彩。和小学一样,有运动会、艺术节等,各班还设有图书角。至于去研学旅行,多多少少都有收获。

这就是我的学校,一所有格局、有奔马文化内涵的学校,充满着温馨和大爱。今天我以她为荣,希望将来她以我为傲。

校园里的"惊奇"

校长很有风度

我们的校长叫刘志华,比较年轻,标准的身材,白皙的脸庞,阳光帅气,又有点文质彬彬。

我爷爷说,我们学校三任校长他都熟悉,他们都很厉害。刘校长年富力强,也很有思想,工作作风扎实,能够和老师们打成一片,所以学校才发展得这么好。

刘校长和我爷爷曾经是同事,他们见面就侃侃而谈,说这所学校是湖北省绿色文明校园、宜昌市示范学校、宜昌市教育现代化先进学校、枝江市文明校园、全国第三批足球学校,曾参加过枝江、宜昌、湖北、全国各大比赛,获得了几百个奖牌、奖杯。

我在一旁听了,有些振奋。作为学生,总希望自己进入一所优质学校学习。

开学典礼上,刘校长讲的那九个字至今令我记忆犹新:"立长志,能吃苦,敢争先。"还有一些名言,"天生我材必有用""吹尽黄沙始见金""不积跬步,无以至千里"等。这也印证了,学校取得那么多荣誉,都是靠不断拼搏得来的。他讲的这些话,跟我爷爷讲的基本一致,初中生要开始树立远大志向,要有刻苦精神,要争当品学兼优的学生,为将来进入优质高中、名牌大学奠定基础。

校长也关心我的学习,分析我现在的状态,说将来要想考上重点高中,要持续努力才行。

男教师、老教师比小学多

进入新的学校,我首先感到惊奇的是男教师、老教师比小学多,教我们数学、语文、道法、生物、体育的都是男老师,很多老师的脸上都有了岁月留给的沧桑,有些老师跟我爷爷过去是同事,言谈举止都是特别令人尊敬。这也让我想到,教龄长的老师确实是性格沉稳、经验丰富。

教我的老师,教学都是老练、老到的,课堂上有张有弛,很容易让人接受。教语文的孙泽华老师在课堂上和风细雨,教数学的曾凡斌老师很稳重地娓娓道来,讲道法的王群老师讲解条理分明,讲地理的艾明老师总是激情满怀。

很多老师好像之前都认识我。音乐老师孙老师,看见我总是微笑着,我真是受宠若惊。后来,还接触了管文学社团的孙未逾老师,他说话总是很谦和。也有很多年轻的老师充满活力。

我与张华老师更熟悉,他的身体有点发福,精力旺盛,性格特好,我爷爷手机里给他备注"张华(爷们)",当然也有区分男女的意思。爷爷经常夸赞他,科班出身,有非常强的实力,知识渊博,业务高手,早期在高中教书时就崭露头角,曾参加过宜昌市优质课大赛。张华老师对学校管理也要操很多心,而对我的小事总是不厌其烦地帮助。

有件事,爷爷念叨了好多次,就是夏玉华、孙泽华、孙金园老师几次家访。爷爷说,教师家访是一种传统,很费精力,当年爷爷他们每个星期都要家访,但后来学校合并,可能学生家庭离学校远了,老师家访就少了。现在,我的老师能够家访,这是种敬业精神与奉献精神。要我更加努力才行。有次,爷爷觉得我在加入共青团这件事上还认识不足,专门打电话跟孙金园老师联系,孙老师丢下自己的孩子就赶到我家里。孙老师知道我爷爷的心思，就是要我更优秀，于是教导我说，要想加入共青团，当然要在各方面严格要求自己，要在各方面起模范带头作用。

班级黑板报

跟小学比，每个班都多了黑板报。庆祝建国七十周年、禁毒宣传、庆祝党的百年华诞等，各班都选出"能工巧匠"主办。我是我们班办黑板报的绝对主力，本来觉得我们自己写的、画的还不错，但一看别人的黑板报，还是有点自叹不如。

我跟爷爷说这事。爷爷说："办好黑板报，必须首先有想法，就是要有主题，有整体构思设计，然后根据想法找资料，当然也要有能写会画的人。"他当年要求学生办黑板报是综合型的，每期都有固定的几个专栏，也有连续性，比如时政、班级动态、班主任名言、学生心语、表扬与批评等。黑板报是让墙壁说话。

我明白，我们办的黑板报也有自己的特色，但以后要继续努力，将黑板报办得更有特色，特别是内容要能够鼓励全班同学团结一心，共同进步。

要当"千里马"

如果说说老师是"伯乐"，学生要当"千里马"，竞争就非常激烈了。

我们的学习比较紧张，做练习随时都会公布完成情况，平时检测会马上公布分数。每个人要想立于不败之地，那就要拼命，跟自己较劲。有些同学确实非常刻苦，基本上不玩。也有一些同学优哉游哉，成绩慢慢就落下了许多。跟小学比，很多人可能是多了些心眼，想搞些什么不被老师抓住，也有玩游戏上瘾的情况。特别是在疫情期间上网课，对我们冲击很大，绝大多数学生跟着老师的安排，认真听课、完成作业，但也有少数学生"不上线""迟上线""早下线"或"中途溜号"。

我爷爷经常说,他当老师时向来说一不二,当学生的跟老师玩虚的,害的是你自己。"你们老师提出'千里马',搞'因材施教',你们要是不思进取,躲着玩儿,首先就输在起跑线上了。"爷爷说。

什么是"千里马"?本义是可以日行千里的骏马,常用来比喻人才,也指有才华的青少年。对于我们来说,"千里马"就是指全面发展、品学兼优的学生。想当"千里马",那就有"不用扬鞭自奋蹄"的学习态度!

当然,后来暗中使劲的同学多了,贪玩的同学或信心不足的同学也有自己的想法,即便做不了"千里马",做一匹尽力奔跑的马,也会踏出一条属于自己的路。

"千里马"活动的魅力

最新鲜且让人刻在心里的首先是军训。教官是市职教中心的优秀学员,他们既严肃又活泼。看着教官,想笑不能,想随便动不能。开始站军姿十分钟,太阳老大,那也得直挺挺地站着,汗缓缓流下,也不能擦。最关键的是,皮肤被晒黑了,像我这种本来就不白的皮肤更黑了。后来还有队列训练,立正、稍息、向右看、向左转、蹲下、起立……一路在口令中度过,一天下来,整个人都仿佛提升了一个档次,最后会操比赛,不管得没得奖,都感觉经历了一次磨炼,留下的是汗水,收获的是意志和毅力。

让人开心的当然是运动会。我们是在奔马精神鼓舞下,在各种运动中跟自己较劲,可谁知老师们也来了一场篮球绕杆运球接力,七、八、九年级各组老师,加上学校领导共四组。比赛前老师们自觉拿着篮球练习,比赛时有的老师不小心撞倒了杆子,球直接飞出去，还有的老师根本就没有拍，就是抱着球跑。其实，老师们比赛并不看重什么结果，重要的是参与感。有的老师说，运动是自己的事，是一辈子的事。

说起运动会，就要说说"千里马杯"体育节了。

刚刚沉浸在东京奥运会"更高、更快、更强——更团结"的奥林匹克格言释放的喜悦中，突然便想起我校"千里马杯"体育节盛大的场面和隆重的气氛，为"团结、拼搏、永不放弃"的校园精神而高呼和呐喊。

千里马，善奔跑，能日行千里，现今用它来比喻人才。学校以"千里马"为体育节命名，不仅是因为学校的马文化，更是因为学校认为，每一位学生都可以是千里马，每一位老师就是善于相马的伯乐。

"千里马杯"体育节，高潮迭起，精彩不断。

第一个高潮是开幕式。国旗队、校旗队、会旗队依次出场。我就是旗队里的一员，走在所有班级的前面，经过主席台，是一件非常光荣、令人有成就感的事情。旗队的后面就是各班代表队。从七年级开始，各班都准备了气势磅礴的口号，手里拿着各式各样物品，例如花球、气球、泡泡机等。除了口号之外，有些班级还准备了节目，一般是舞蹈。每当有人表演的时候，我都会庆幸自己是旗队的，能最先站好，观看所有的表演，精彩的表演直接把校园气氛点燃了。

各班代表队按照指定地点坐好，裁判组等各就各位，比赛开始，运动员各显神通，场面更为惊心动魄。

第二个高潮是10×300米接力赛，每个年级为一组，每班5个男生5个女生参加，首棒是女生，男女生交错接力。到了比赛的时候，满操场都是加油声，所有人的心随着跑道上自己班参赛选手的名次而上下起伏。有些班级制作了横幅，等到比赛的时候,几个人一拉,配上周围的加油声,气势真的非常强大。有的班主任老师非常关心接力赛,比赛一开始,就跟着同学们一起喊加油,甚至一起举旗子、横幅,等到比赛结束,都声嘶力竭了。

第三个高潮就是闭幕式。学校颁发奖状,大家听到自己班上的人获奖,都是一阵阵欢呼。颁发团体奖的时候,会爆发出更加巨大的欢呼声。

"千里马杯"体育节不仅盛大,而且体现了团结精神、拼搏精神、永不放弃的精神,这些都将是我们记忆当中最为深刻、美好的东西。我们都是千里马,向着未来努力奔跑!

2021年8月11日

每天都摊上"大事"

星期一早上六点,准时起床,换上一套喜欢的衣服,再去洗漱,还要在镜子前臭美上几分钟,才背上书包,坐上爷爷的自行车出发去学校。

早早来到学校,将作业摆在桌上,然后和同学一起,向食堂走去。吃过早餐,回到教室,就开始履行职责——收作业。光收不说,还得认真检查,完成的、没完成的,都得仔细看,以免有人偷懒耍滑。虽说我的组内只有两个人,也许在别的班级的一些人看来,这差事简单至极,可我们班的同学都心知肚明,那两个人都是调皮的家伙,喜欢偷懒,经常不完成作业的,有时甚至找不到人,根本管不住。所以这差事只能用这几个字形容:难!很难!太难了!

上课的时候,认认真真地听讲,仔仔细细地做笔记,还得时不时提醒我前后的两个人(前面提到的那两个)认真听讲——坐我前面那个，上课喜欢摸点小东西在手里玩，做笔记的时候乱写一气，字迹潦草，压根看不懂；坐我后面那个，上课爱睡觉，提醒他之后，撑起来几分钟，在书上画几个字，就又趴下去了，真是让我无可奈何。当然，老师也会管管他们，但老师不能总盯着他们两个人。所以，当老师不盯着他们的时候，他们就又恢复原样了。在我的"威压"下，他们也是能够好好听课的，我估计啊，他们就是不想听而已。

大课间，跳绳在空中舞动，足球满场乱飞，一时间很是热闹。

晚上，我们晚辅班的同学们都在学校吃晚饭，吃过晚饭，大家都回到自己的教室，收拾好上课用的东西，走向上课的教室。八点半，走读生们陆陆续续开始收拾东西回家，作为住读生的一员，我们都是将东西放在上课的教室，课间休息一会儿，然后走回教室，看书的看书，写作业的写作业，各干各的事儿。十点，自习结束，大家收拾好东西，快速返回教室，放好东西，奔向宿舍。十点半，宿舍熄灯，这时候，整个宿舍陷入了寂静之中。我不知道别人是怎么睡着的，反正我是想着一天的生活，期待着第二天的新生活，慢慢地就睡着了。

当然了，第二天，除了早上还得晨跑之外，其他的没有什么大的变化。只不过神经不能松懈，你得有所准备，可能老师会叫你去帮忙，不知道"捣蛋分子"会惹出什么事儿来。

老师对我都挺好的，很多事叫我去做，那是对我的信任。有同学说我是班上的管家，反正就是忙着细细碎碎的事，也当是锻炼自己了。

要是遇到运动会、庆祝会、迎接上级检查等大型活动，每个同学都忙，我也就更忙了。

疫情期间上网课，只能自己把自己管好，见到有人不在线只能"干瞪眼"。

不知道别人怎么想，但我自己觉得，我的生活还是蛮丰富的，毕竟还有前后两个"捣蛋分子"。不过，管理他们只属于我日常的一部分，等有真正精彩的事儿我再写出来分享吧。

2020年6月17日

马家店中学9月1日复学复课

9月1日，马家店中学师生全部返回校园复学复课。

今年上半年，因新冠肺炎疫情影响，马家店中学师生根据上级指示居家隔离，改为上网课。8月23日，教师到校准备秋季开学工作。8月31日上午，学生到校报名，上交《学生素质报告册》。

9月1日约7时，全体师生陆续到校，寂静了七个多月的校园热闹了起来。校门口有多位老师执勤，学生进校后直奔"新教室"。各班班主任组织学生们发新书，一时间，谈论声、翻书声不绝于耳。之后，七年级同学互相认识，也认识自己的新老师，老师们分别讲各门学科的重要性。八、九年级同学除了认识新老师、听老师讲新学期的学习要求外，还在教室里复习了网课期间所学习的内容，以应对两天后的考试。八、九年级各自多了一门新学科，学生听老师讲解时格外认真。

广大师生表示，我校在做好疫情防控的同时复学复课，这是中国共产党的防疫领导有力、社会主义制度的优越性的具体体现，我们一定要珍惜这种幸福生活，更加努力学习，立志报国。

2020年9月13日

记一次主题云班会

2020年，新冠病毒疫情突如其来，打乱了我们正常的生活，居家隔离、网课学习成了我们生活的常态。3月27日晚上，我们班"停课不停学"主题云班会如约召开。

云班会形式新奇，令我很是期待。班主任夏老师的要求是呈现一堂极具教育意义的班会课，那就得有一些准备。我和赵贝蓓选定了19位同学，大家一起商量录视频，找文字图片资料，跟班主任、任课教师、家长代表联络，总之忙得不可开交。我暗喜，还跟我爷爷分享说，他们都"打"起来了。我是觉得，大家这么主动、卖力，这次云班会一定会别开生面。

晚上6点不到，班主任就在QQ里提醒着。我有点儿蒙，饭还在喉咙管，就去盯着电脑屏幕，做考勤和记录，生怕不能完成班主任交给的任务。

早先开课那天，班主任就反复叮咛我们宅家更要用功学习，不能落下课程。我爷爷也总是叮嘱，要我跟上老师的步伐，不能偷懒。

我独自在做准备工作，脑海中便闪现出"停课不停学，成长不停步；坚持不落后，自律是根本"的主题。与此同时，我们班的50名同学在"702班QQ群"里开始活跃。不难想象，同学们的心情都很激动，有的在准备上传的资料，有的手握鼠标静静地等待，有的眼珠子都快瞪出来了，有的还把家长请在了旁边。

班主任先做了一番精彩的发言，赵贝蓓便说："同学们，今年的春节是不同寻常的……我们能做的就是待在家里，不给国家添麻烦。目前，虽然疫情得到了控制，但还有潜在的危险，我们再坚持些日子，很快就能再相聚了。今天，我们702班召开'停课不停学'主题云班会，就是要总结成绩，找准问题，像战胜疫情一样战胜自己，打赢这场网课学习漂亮仗！下面问第一个问题：疫情期间，我们看到了什么？"

"我看到了温暖人心的场景。""我看到中国人民团结一心抗击疫情的伟大精神。""我看到了中国速度。""我看到了人类命运共同体的中国方案。""我看到了中国共产党坚强的领导力。"……同学们的声音在云端持续回响着。这就是我们马家店中学学子爱国的心声，令人振奋！

接着屏幕上出现了一幅幅图片，有人民警察、医生护士、志愿者等在一线抗"疫"的画面，有建造火神山医院、雷神山医院的场景，同时还伴随着资料搜集人吴诗锜、陆芷萱、周筝阳、张雅芝、贺圣轩的解说。

紧接着，赵贝蓓问："停课不停学，成长不停步。我们做了什么？"

吴诗锜、贺圣轩、陆芷萱、李锦哲、周筝阳、陈希源、胡晓羽、刘博文、王心媛、邰露璐、杨睿、张雅芝分别上传抖音视频、图片。屏幕上就像放电影一样，姚天浩、黄轩宇、胡晓羽等在做俯卧撑、仰卧起坐、平板支撑，动作都有点夸张和搞笑；黄宇浩在做广播体操，还有穿睡衣的妈妈陪着呢；李进勇、方思琪等收拾碗筷那叫一个认真；孙少城演奏乐器真是有板有眼的……

虽然，这其中反映勤奋学习的内容少了些，有的特色还不够鲜明，但大家所呈现的是一场特别的视觉盛宴，展现出了我们班在疫情之下的青春活力。

到了"坚持不落后，自律是根本。我们今后怎么做？"的环节，是以点名谈、自由谈、现场连线谈等方式进行的。

语数英课代表黄轩宇、周筝阳、李俊贤说，除了少数个别同学，大家都能够坚持不缺课，及时完成老师布置的作业，自觉参加测试，这就很了不起。中队长孙少城也说大家懂得守纪律，有集体荣誉感，也是极好的。连线到杨睿、陈希源、喻浩哲，他们主要是说我们的自我约束力还不强，容易懒散，上课注意力不集中，有的甚至玩游戏，还有长时间盯着电子屏幕对眼睛伤害很大，不能运动对身体有影响等。

大家谈话似乎很放得开，很中肯。这要是放在教室里，也许没有这样的效果呢。

黄宇浩、方思琪家长，都谈到党和国家、教育部门、学校非常关心青少年的成长，老师也是在隔离之中，不辞辛苦给我们上课，多数孩子都有家长陪伴，那我们就得想一想什么该做，什么不该做，做到克服困难，认真学习，就是报答。将来走向社会，跟此刻在一线抗"疫"的人员一样，当祖国和人民需要我们的时候，我们就不会退缩。

语文老师孙泽华在连线中苦口婆心地说："这场疫情，最能够检验每一个人有没有担当。学生的任务就是居家隔离、网课学习，你要对自己负责，自我管理，自我约束，上课的时候思维跟着老师走，把学的东西做好笔记，以便复习，和成绩好的同学多交流，完成好自己的学习任务。"

班主任说得情真意切："说一千道一万，你为祖国的强大而自豪，你被那些抗疫模范感动，说明你有爱国心、有良心、有正能量。可你们已经不小了，有个别同学怎么还管不住自己，还缺课，上课打游戏、偷偷摸摸搞小动作，不完成作业？以前，我每天说，说得声嘶力竭，为什么左耳进右耳出？这个班会开得很好啊，可能不能起到作用呢？以后还是只把'停课不停学'挂口头上？显然不能啊，你得拿出行动！等来到学校时，每个人都交出一份优秀成绩单，不是很好吗？"

我真是感觉到，这次云班会挺有意思的。虽然是时空连线，但每个人都像是在一起，心贴得很近，视频、文字、图片、谈话，充满着温暖，因为我们深深懂得应该珍惜当下，相互勉励，不辜负美好的时光。

2020 年 3 月 31 日夜

"拒绝'手机控'"倡议书

802 班的全体同学：大家好！

手机虽小，却在悄悄"绑架"我们纯真的心灵，吞噬我们的青春年华，偷走我们的梦想！优良的学风是我们 802 班每一个人永恒的追求，更是我们学业有成的重要保证。在此，我作为 802 班的一分子，以我个人的名义，发出倡议：

我们要告别"手机控"，筑梦新 802 班！

一、周一至周五，主动将手机交给家长（监护人）保管。

二、不将手机等电子设备带入校园。需要联系家长找老师。

三、不用手机搜题。不要以此为借口不独立完成作业。

四、节假日自觉抵制"手机控"，严控手机使用时间，绿色上网，不看有害我们身心健康的内容。

五、干部带头，互相监督，还我们 802 班一方净土。

同学们，为了实现我们的梦想，从今天起，行动起来吧，不再做手机的奴隶，做一个志存高远、尊重知识、勤奋学习的人！

倡议人：覃晓雯
2021 年 5 月 17 日

感师恩，敬恩师

（"国旗下讲话"演讲稿）

敬爱的老师，亲爱的同学们：

大家上午好！第三十七个教师节即将到来，世界因此而精彩！

感师恩，敬恩师！此时此刻，站在国旗下，请允许我代表马家店中学全体学生向敬爱的老师们表示节日的祝贺！我也提议，请所有学生向我们敬爱的老师们深深地鞠上一躬！

春蚕到死丝方尽，蜡炬成灰泪始干。我们的老师，像春蚕，像蜡烛，奉献着自己的青春和热血，把我们领进知识的圣殿，指引着我们向着人生的目标前进！他们曾经乌黑的发丝白了，他们曾经明亮的双眸花了……但不变的是，他们始终拥有不屈的脊梁、奔马的精神，以及呵护我们成长的金子般的爱心！所以，我要对所有的老师说一声：老师，您辛苦了！

师恩如山，师恩似海。难忘师恩，感恩老师，并不需要我们去做惊天动地的大事，而是要从内心深处出发，树立报国之志，从自我做起，从点点滴滴做起，勤奋学习，奋发有为。

感恩老师，报答师恩。九年级的同学们，请团结一心，拼搏一年，力争明年的中考再创马家店中学新辉煌！七年级、八年级的同学们，也要树立自信，勤奋刻苦，不负青春，不负韶华！

最后，请允许我再一次代表全体学生，把最真诚、最美好的祝福，献给敬爱的老师，献给我们最爱的学校！祝老师们身体健康，节日快乐！祝我们的学校永葆青春，越办越好！也祝同学们沐浴新时代的阳光雨露，茁壮成长！

2021 年 9 月 6 日

亲情无价

爷爷曾说：人的生命中有种最宝贵的东西叫亲情。亲情无价！

每个人到了一定的年龄，应该会觉得，拥有亲情的人生才是完美的人生，没有亲情的人生是残缺的人生；拥有亲情却不珍爱亲情的人生是遗憾的人生，更是可悲的人生。

在我写作的过程中，爷爷一直要求，要把亲情作为最重要的内容之一，包括中考、高考作文，甚至将来的写作。按照爷爷的要求，我根据自己生活的经历写了一组关于亲情的文章，爷爷也赞扬了我。

在特殊即留守的少儿时代，亲情就是最及时的阳光和雨露，让我感到温暖如春。

在有时寂寞孤独的情感路上，亲情就是最真诚的陪伴和呵护，让我感到无比温馨。

在有时迷茫徘徊的十字路口，亲情就是最清晰的灯塔和路标，让我感到一片光明。

无论何时何地，我都要深切感恩、深情歌咏人类最纯洁的情感——亲情！

只不过，要感恩、歌咏的人和事太多，仅就我现在的能力和水平，全写出来真的难以实现。相信以后我会做得更好一些。

但不管怎么说，我都会永远铭记和歌咏：亲情无价！

2014年3月30日，安福寺桃花诗会

爷爷原来的样子

记录生活中的点点滴滴,并非为了表达深情,只是为了永远记在心里。

爷爷渐渐老了,鬓发开始花白,眼睛昏花。每天除了因一家人的衣食住行、外面的应酬而来去匆匆,就是一个人坐在"卫生间"写他要写的东西。疲倦了,要么就在地板上睡去,要么就枕着沙发上的几个枕头,半躺着,闭着眼小憩一下。这种随遇而安的生活状态,恐怕只有爷爷才有。"卫生间"是他请人改造的小书房,说是自己要抽烟,在客厅、在书房、在阳台都不行,就想出了这个主意。我曾经要爷爷戒烟,他就笑笑。

爷爷的心情应该是很好的,他完全可以什么都不用干,去打牌,去唱歌跳舞,去周游世界。可他偏偏遇到我们家这样的情况。他不怕苦、不怕累,就是希望我们能够和他一样时刻想着他人、想着未来、想着有所作为、想着不虚此行。

我曾写过我的爷爷。由于自己年幼无知,对爷爷的认识和理解很肤浅,甚至认为爷爷的管束太严厉。所以,当时写的爷爷的样子,现在看来,其中的细节很粗糙,感情的表达也不够深刻……

在爷爷生日宴上的演讲

尊敬的各位长辈，亲爱的小朋友们：

　　大家中午好！非常感谢各位来到我和我爷爷的生日宴会，谢谢大家！

　　许琴阿姨把这个舞台交给我，站在这个舞台上，我特别开心，特别激动，特别幸福，因为，今天是我爷爷六十大寿，也正好是我的十岁生日，谢谢爸爸妈妈为我们爷孙举办这个生日宴。

　　说起我爷爷，我感到非常自豪和骄傲。爷爷对我的照顾和培养，是我无法用言语来表达的。

　　2009年2月，我一岁八个月时，爸爸妈妈就去了南方，我便跟着爷爷奶奶生活。多年来，我就是爷爷的"小跟班儿"。爷爷工作特别忙，还要照顾奶奶和我，还有太太、公公。那时，我经常跟着爷爷睡办公室的木质沙发。

　　来到枝江，我两岁三个月就上了幼儿园，也上美术班、舞蹈班，爷爷来去匆匆，每天风雨兼程地接送着我。我上小学，后来又学钢琴，爷爷也是每天骑着自行车，接送我上学，去辅导班上课。每一次坐在爷爷的身后，看着汗流浃背的爷爷，我都会感到不忍和心疼。

　　每天晚上，爷爷总是要等我睡了，才去做自己的事情。爷爷热爱自己的事业，所以每次都会工作到很晚。记得有一次，我半夜起来上厕所，看见爷爷还在台灯下奋笔疾书，我偷偷地瞄了一眼时钟，已经半夜两点了。因为我占用了爷爷太多的时间和精力，他不得不在我睡着后争分夺秒。我需要的吃的、穿的、用的，爷爷从不说二话。

　　我生病了，爷爷会日夜不睡，陪着我。有时，深夜还一个人带我去看医生。

爷爷出差,也会带着我。有时和爷爷一起出差要走很远的路,有时要很晚才找旅馆住宿,虽然辛苦,但因为有爷爷的陪伴,我觉得很幸福。

为了培养我,爷爷在枝江作协活动的时候,如果条件允许,他都会带着我。他希望我能向作协的爷爷奶奶、叔叔阿姨们学习,长大了做一名对社会有贡献的人。

去年,我也正式申请加入少年作协,希望能用自己的实际行动回报爷爷的养育之恩。平时,爷爷要是得了什么奖,他都会把奖金全部给我,作为压岁钱、零用钱。他总是把最好的都给了我。

但是,在学习上,爷爷从不含糊,对我特别严厉。爷爷要我记住"少壮不努力,老大徒伤悲"的道理。尽管有时我也跟爷爷闹脾气,但从内心我是非常感恩爷爷的。因为,我知道,爷爷每天就跟一头老黄牛一样,为了我,为了自己热爱的事业,为了我们的家,他总不知疲倦地劳作。今天在这里,我想大声地对我的爷爷说一句话:爷爷您辛苦了!爷爷我爱您!

谢谢爷爷的付出,也谢谢大家的掌声!

今天,我也想说说我自己。这十年,一路走来,有欢乐,也有泪水;有奋斗,也有进步。在今天的生日宴会上,我要感恩爸爸妈妈把我带到了这个美丽的世界,并给了我快乐的童年!感恩爷爷奶奶对我的精心照顾和辛勤培养!感恩科技幼儿园、公园路小学、丹阳小学、妞妞学苑、多美琴行的老师教育我做人求知!感恩所有亲人对我的一路呵护,一路鼓励!感恩枝江作协的爷爷奶奶、叔叔阿姨给予我的温情和鼓舞!感恩同学和朋友们的一路陪伴和无私帮助!感恩给予我帮助的好心人,让我懂得了什么是人间大爱!

在此，请允许我怀着感恩的心，再一次向大家深深地鞠上一躬！谢谢你们！

十岁，意味着长大。十岁，是人生的新起点！在今后的日子里，我将会更加坚强，更加勤奋，养成良好的行为习惯，努力学习科学文化知识，把自己培养成一个品学兼优的好学生、好公民，成为祖国未来的建设者和接班人。

最后，我用钢琴弹奏一曲《感恩的心》，以感谢在座的每一位对我的陪伴与呵护，也希望今天的宴会，带给大家快乐与吉祥！

那年我十岁，爷爷六十岁。爷爷说："我们祖孙一起过生日，一则免得亲朋好友多破费，再则祖孙共同生活这些年，生日一起过，也有更有意义。"

爷爷还说："你跟随裴红阿姨学习钢琴，也要给亲朋好友汇报一下学习成绩。"爷爷还专门为我买了钢琴，生日当天送到酒店，这又多了一层值得纪念的意义。

其实那天并不是我们的生日。我们这儿的习俗，过生日是"男做进，女做满"。爸爸妈妈要放五一假才能回来，时间就安排在五一前。爷爷请作协的许琴阿姨指导我主持生日宴会，请裴红阿姨指导我演奏钢琴。关于主持词，爷爷要我打一个草稿，后来请许琴阿姨指导修改。

都说许琴阿姨是大美女、大才女，她那优雅的身段、白皙的脸庞、飘逸的秀发、乌亮的双眸、亲和的表情、清脆的嗓音，给我留下了极为深刻的印象。

那次演讲，在当时引起了比较强烈的反响。但后来我发现，其中的事实陈述比较苍白。因为，我无法深切地体会爷爷陪伴我的那些个日日夜夜付出的辛劳和爱，或者说，我对爷爷的爱的体会是肤浅的，很多细节和故事都不能描述得那么清楚生动。

我给爷爷当摄影师

11月29日，爷爷去武汉采访，又要我去当摄影师，我高兴地说："好啊。"

以前，爷爷也去过宜都、黄石等地方采访，都要我去当摄影师，还夸我照的照片非常好呢。

我们乘动车再转乘地铁到了武汉光谷广场。雨雾蒙蒙，楼房很高，街道上人山人海，车来车往。爷爷给鲍爷爷打过电话，就带着我走了一段路，找到了鲍爷爷。吃了午饭，再到鲍爷爷家里，他们在谈话，我就拿着相机在一旁给他们咔嚓咔嚓地照相。他们讲完了，爷爷要去采访李爷爷，我只好依依不舍地跟着走了。

我们刚出门就遇上大雨，没有拦到的士，走了好远，在洪山礼堂对面找到李爷爷时，天已经黑了。李爷爷带我们吃了晚饭，鲍爷爷回家去了，李爷爷带我们去他家里，他们在谈话，我又拿着相机在一旁给他们咔嚓咔嚓地照相。

我们从李爷爷家里出来，我感到很困了。爷爷表扬我说："小摄影师，你今天拍到的人是枝江一中的老书记呢，好厉害哟！"我听了，心里更加高兴了。

2014年12月4日

这是我七岁时写的一篇短文。爷爷写《枝江一中校志》，曾带我去武汉采访。

感谢您,爷爷

我的爷爷是一名教师,他很了不起。

感谢您,爷爷。

首先,要谢谢您在我犯错时批评我。可是,您从不听我解释。我不说,您又问我;我说了,结果也一样。希望您以后能够考虑一下。

然后,要谢谢您在我获奖时表扬我。可是,您不愿意听我的心声。您不知道,我很想让您多陪我玩一会儿,哪怕只是几分钟。您工作太忙了。现在几乎没有陪我玩过了。希望您以后能抽出一点点时间陪陪我。

其实,我还有很多话要对您说。当面跟您说,又怕您生气;以写信的方式,您又不以为然。那我怎么办呢?写在作文里吧,您肯定会看,因为您最在乎我的作业了。

总而言之,我还是要谢谢您,我知道,您总是因为工作太多,每天忙到三更半夜,所以,我决定少让您操心,让您省心。

爷爷,最后再次说声谢谢您!

2017年的寒假,有篇作文的题目是"感谢某某",我首先想到的还是我爷爷,于是就写了这篇短文。

当时,爷爷直接指出来,这篇文章是要表达"我"对爷爷的感恩之情,有"骨架",但少了"血肉",特别是几个"可是……"的转折句有冲淡写作目的的意味。

现在来读这篇短文,就觉得自己当时的文笔实在是差。比如,感谢爷爷的批评、表扬,就要写出事实,写出生活的细节,要让读者感受到真实的情感。更突出的问题是,从文章中读出的，似乎是对爷爷的批评的反感，让人觉得，谢谢是虚假的，或者说，当时的我没有专注于表达真情实感。

我的"坏"爷爷

一头乱蓬蓬的青丝，一副倒挂金钟的眼镜，一个布满胡楂的下巴，一口黑乎乎的牙，一脸说不清楚的表情，组成了他——我的"坏"爷爷。

笑 10%

每次，他笑的时候，一口黑牙便跳起了舞。

"晓雯！"他笑着说，"快来写作文！写人、写景、写物都行啊！"天哪！每周在学校，三篇作文还不够？"不嘛，等会儿再写嘛！"我不情愿地嘟起了嘴。"不行啊，现在就写。"他还是笑着，笑得我"毛骨悚然"。

浪费 10%

他常穿着条破秋裤，还把"小太阳"开着，浪费！

那天早上，我忍不住说："你为啥不多穿条裤子？怎么还把这个小太阳开着呢？"他关了，可不一会儿，小太阳又开了。

其实，他为这个家，为工作，每天只睡两三个小时。有天我发现，他的两条腿上满是淤青。

糊涂 30%

他爱喝茶。每次他泡一杯茶，总要来回走几次才把茶杯端起来。这是怎么了？

还有几次，他在做饭，"哗……"我以为下雨了，一看外面没下雨啊，"谁没关水龙头啊？"我喊道。他转头看水龙头，呆住了。这又是怎么了？

原来，他糊涂得要命，老是忘记这忘记那，他还说："严重的老年痴呆症!"

认真负责 49.9%

"记得帮我把这个签下。"我睡觉前这样跟他说。他说:"放这里吧。"第二天早晨,本子上签了整整齐齐的字。有时,名字后面还写个"代"字。我很小就跟着他生活,他就是我的代理家长。

他要先我放在那里,其实是因为他做事一丝不苟,学校、作家协会的事绝对会在规定的时间内完成。

讨人厌 0.1%

"不许玩,不许看电视,不许玩手机,快去弹琴!"真是讨人厌。

他为了让我学好钢琴,专门买了架钢琴,总是逼着我练琴。

怎么样?我的爷爷"坏"吗?

2018年9月,我在丹阳小学上六年级。12月8日,我又写了篇关于爷爷的作文,是想通过一些生活细节,比较全面地写出我对爷爷的认识和理解。

这篇作文,得到了爷爷的表扬,说我语言有点个性,有真情实感的流露,基本上能够看出爷爷对孙女的那种深爱。他同时也指出,在整体布局上要更加用心,人物肖像与故事片段要有衔接和照应,比如肖像描写,要表现出人物的特征,也要和后面文字表述的内容一致。

晓雯与祖父游览狮子湾

本网讯 8月12日,枝江市少年作家协会会员晓雯和其祖父回到老家天螺寺村游览狮子湾,感受到家乡,特别是狮子湾的巨大变化。她表示,现在要好好学习,将来有能力了,要为建设美好的家乡做贡献。

去年5月1日,晓雯曾与祖父游览过狮子湾,一边在狮子湾郁郁葱葱的树林里穿行,一边听祖父对狮子湾历史的讲解。以前,狮子湾杂草、荆棘丛生,几座小山上只有零星的橡树、冬青树、檀树、臭椿树等,特别是狮子山的山顶是光秃秃的。后来,天螺寺村的人用扬镐、钢钎,把山上的石头搬走,垒砌了梯田,在那上面种了从外地引进的松树、杉树。狮子湾渐渐变美了。

当天下午,晓雯和祖父到天螺寺村委会拜访了几位村干部。晓雯看着狮子湾的美丽景色,倡导村里还要多种树,使家乡的生活环境更美好。

2017年8月13日

这是当年我和爷爷回到老家后,在爷爷指导下写的一则消息,算是尝试。

爷爷的肖像画

脸　蜡黄的皮肤,额上的皱纹里存满了沧桑,略高的鼻梁上,一副倒挂金钟的眼镜,镜片后面,是充满了智慧的双眼。

皱纹　皱纹,是时间的杰作,时间在爷爷的脸上刻了又刻、画了又画,还不停地添了又添。先是鱼尾纹,又是像一个个一字的纹路,但愿时间不会让爷爷"毁容"。

鼻　他的鼻梁有点高,鼻孔略大,不过,听说鼻梁高的人有福气。哦,对了,还有副眼镜在上边睡觉呢!

眼　他眼眸乌黑,似乎能把你看透,他的眼睛里,是无穷的智慧,无尽的慈爱。他的目光,时而严厉,时而慈祥,时而温和，时而谨慎。

嘴　他嘴唇有点厚，是暗红色的，牙齿是黑的，一定是因为烟抽多了。不然真的要把他嘴里全涂上黑色吗？不！

下巴　他的下巴不尖也不宽，还留点青色，这是为什么？哦，一定是因为胡子楂儿没有刮干净！

耳　耳垂不大，但耳朵精神抖擞地直竖着，旁边还有几根长毛，耳朵里面也有！哈哈！

？　算了，想来想去，还是不画了，下次再画。拜！

2019年1月12日，我又写了篇《爷爷的肖像画》。

爷爷说，这篇作文有了生动感，但还是缺少灵魂。

仔细想来，我的作文水平进步缓慢，还是懒惰所致。进入中学，学习的压力大了，自己也培养了良好的学习习惯，但很多时候就是懒惰，有时存在逆反心理，有改正错误的愿望，但缺乏意志和毅力，时冷时热。

其实，我想要写好我和爷爷这些年的故事还是很难的。也许是因为我的态度还不够端正，写作的能力还要不断加强。

爷爷让我当家长

今天，爷爷让我当了一天的家长。

家长，就是在家里做主的人。于是，我首先早早地起床，叠好被子，洗漱。然后喊爷爷奶奶起床，再一起上街吃早点、买菜。来到街上，我们先吃早点，去了一家包子铺，要了五个包子，我和奶奶要心肺汤，爷爷要血花汤，我算了一下账，一共12元钱。

然后，我们去买菜，买了一个萝卜2元、一斤青椒2元、两个茄子1元、一小捆白菜1.5元,共6.5元钱,再慢慢走回家。

回到家后,我要奶奶择菜、洗菜,然后休息;爷爷去忙他的事情。我开始构思这篇作文,想了会儿,接着看书,过了一会儿,我看时钟,11:30,便喊爷爷来炒菜、做饭。饭菜做好后,我喊奶奶一起吃饭。吃完午饭后,奶奶照样去玩儿,我看书,爷爷忙自己的事情。下午2:30,我喊爷爷送我去跳舞,我说,今天还是6点钟接我。

跳舞回来,我和爷爷说想吃比萨。我们用红薯粉加入水和一个鸡蛋,爷爷切了一些洋葱和土豆丝,以及一些肉末,我负责搅拌均匀,放入一点盐,又拌了几下,爷爷来煎。煎熟之后,我们一起吃,味道还不错。

晚上,我跟爷爷奶奶说:"今天三次出门都没有打的,节约了15元钱,以后,每天能够节约的就要节约。"

我今天才体会到,当家长,油盐酱醋都要管,真是不容易。而且,家长要考虑养家糊口,要工作,特别辛苦。这些,我平时没有留意,也没有想。今后,我要自己的事情自己做,为爷爷奶奶和爸爸妈妈减轻负担。

2017年8月30日

记不清是老师要求写作文,还是爷爷提出的,总之是先做后写的。爷爷一直说要勤俭节约,并不厌其烦地教导我,从小就要养成节约的好习惯,细水长流,才能保证在关键时候不至于没有饭吃、没有钱用。

香樟之约

我和爷爷有一个约定,叫作"香樟之约"。

那天早晨,空中弥漫着薄薄的雾,街道上的车和人渐渐多了起来，送孩子上学的有各种车辆，爷爷是骑着自行车送我去上学的。

学校院墙外的东南角，有一排香樟树，到了最东面的那棵香樟树下，我下了车，爷爷看了看香樟树，说："以后每天放学后，爷爷就在这棵树下接你回家。爷爷要是不来，你哪儿也不许去。记住了吗？"我说："记住了。"爷爷又问："若是爷爷没有来，有个你认识的人来说，你爷爷今天有事，要他来接你回家的，你会跟着走吗？"我说："当然不会！""为什么？""这是我和爷爷的约定啊。"爷爷似乎不放心，仍然说："要是人家反复说，说得非常认真呢？"我坚定地说："那我也不会走的，我会去学校门卫给你打电话。"爷爷笑着说："去吧，傍晚见。"我便高兴地往校门走去。

晚上放学，校外满满的一街人和车，我还未到香樟树下，就看见爷爷等在那里了。他趴在自行车上，我猫着腰绕个弯，坐在了车的后座上，他竟然没有察觉，我扯了一下他的衣服，他吓了一跳，原来他睡着了。

爷爷太辛苦了，等在那里就打起瞌睡来。我一岁八个月大就跟着爷爷奶奶生活，奶奶长年生病，全家里里外外靠爷爷一个人支撑。他的工作特别繁重，每天要忙到半夜过后才睡觉。每天骑着自行车送我上学，再骑近四十分钟去上班，傍晚又骑车到学校来接我，额头上都是汗水，衣服都被汗浸湿了。回家后马上换掉衣服，接着弄晚饭。

"走啰！"爷爷打起了精神，骑上自行车使劲地踩着，还发出"哼咦哼咦"的声音，我坐在后面有说有笑。

有时候，我到了香樟树下，没有见到爷爷，就在那里等着。很久不见他来，我才去学校门卫那里打电话。他说："马上就到。"等爷爷到了，便解释说有什么事耽误了。有时候会说今天人太累了，骑得慢了点儿；有时会说担心我饿了，专门给我买零食耽误了。有时候，天突然下雨，他赶到时，衣服全湿透了，他还笑着说成了"落汤狗"（他属狗），说得我咯咯直笑。

有一次，我打电话，他说一会儿就到，但到了没有说原因。后来才知道，他被一辆摩托车给撞了，去医院做了处理。他的膝盖、脚踝受了伤。那次受伤一个多月才痊愈，但之后的每一天，他仍然坚持接送我上学、放学。

到了冬天，天寒地冻，骑自行车容易摔跤，他让我坐在自行车上，推着车走。有一天下了大雪，积雪覆盖了整个街道。爷爷仍然用自行车送我上学，但骑了几次都差点儿摔倒，推着走又推不动。他只好将自行车放在了街边，然后边走边看有没有公交车……

还有一次，一个叔叔开车来接我，我没有上车，叔叔拿出爷爷写的字条。后来爷爷还问，假如人家模仿爷爷的笔迹怎么办？我说，你那个名字写得跟别人不一样！

去年，爷爷退休了，又被单位返聘。他接送我，有时说感觉头晕，有时又说腿软绵绵的。要我单独打的他又不放心，说还是慢慢骑吧，要是哪一天骑不动了再说。

我小学毕业那天，爷爷早早地在那棵香樟树下等我。那树长高了，枝叶繁茂了，覆盖了学校院墙外的一方走道，爷爷的那辆自行车却旧了。

我和爷爷的香樟之约，深深地铭刻在我的心灵深处。香樟之约，是信守承诺之约，是沉甸甸的亲情之约。

香樟之约，一千多个日子，周而复始，凝结成爷爷教给我的四个字：履行承诺！这是人生最宝贵的品格，让我终身受用。

这篇文章，写了两遍，爷爷还指导修改了几遍。爷爷说："要想达到在刊物发表的水平，还要修改，最重要的是，要把最有灵魂的情感表达出来。"

标　杆

我爷爷有坚定的人生信念，但没有豪言壮语，他很平凡，每天都在砥砺前行。爷爷说，他生在新社会，长在红旗下，仅仅是一个特殊的农家孩子，一个充满理想的学子，一个渴望有所作为的青年，一个农民，一个乡村毛泽东思想宣传队的导演和编剧，一个由民办教师转向公办教师、为家乡教育事业贡献毕生心血的基层教育人，一个胸中只有半瓶墨水的业余写手。

爷爷一生简朴、勤奋、自强不息。在我心里，爷爷是一个非常了不起的人，是一位德艺双馨的"人物"，也有许多闪光的成就，给我树起了一根标杆。

老黄牛

爷爷就像一头老黄牛，不知疲倦地默默劳作。

对于我们的家族、我们的家庭来说，爷爷的一生是忠孝传家的一生，是勤劳本分的一生，是坚忍顽强的一生，是敬业奉献的一生。

爷爷出生后不久就遇上三年困难时期，由于物质生活跟不上，他小时候身体一直不好，长得像个小瘦猴，到高中毕业，身体瘦小，体质特弱。他是家里的老大，从小就承担着"当大则苦"的责任。他说起照顾弟弟妹妹的故事，为他们提供很多的帮助，就是当大则苦。

爷爷是个大孝子。他用一颗金子般的孝敬之心奉养老人。他跟太祖父、太祖母在一起住了十一年，老人健在时，他每天都会给他们买吃的、喝的，逢年过节，除了给粮食，也会给钱。有时夜里接到太祖父、太祖母病了的电话，他马上请车或骑摩托车几十公里连夜赶过去陪护。他对他的岳父岳母也很尽心，四十余年中，每年都多次去探望，带上礼品，或直接给钱。那年，他还专门请车把几位老人送去游览三峡大坝。要是把这些费用都加起来，真不是一个小数目，而那些钱都是从他自己微薄的工资里节省出来的。他说："钱是身外之物，我们很穷，但赡养老人是应尽的义务，不能只把孝道挂在嘴边，老人活着不孝顺，老人不在了，你就会觉得亏欠，直到自己生命结束时都会很难受。"

我太祖母1972年生病，长期靠药物维持生命，直到2005年去世。我太祖父2005年前后两次中风偏瘫，几年后去世，都要靠人服侍。听奶奶说，在安福寺时，都是爷爷背着太祖母去医院打吊瓶，然后回去上班，下班后去医院背回来，还要熬药、喂药。来了枝江，太祖父的吃喝拉撒，爷爷都得负责，太祖父有时大便拉不出来，爷爷都是用手去抠。

爷爷有一个非常可贵的品质，就是对我奶奶不离不弃。他曾说过，一个人组建了家庭，就要担起责任，再苦再痛都得承受。从日常生活中看得出，他们没有一点共同的爱好、共同的语言，家里的大事小情都是他掌管，但爷爷并不是大男子主义。他总是想着家里的每一个人，只要求奶奶听他的，准没有错。比如当年羽绒服刚上市时，家里还欠有外债，他花了一个月工资给奶奶买了一件。1995年，奶奶得了病，一直靠吃药维持，现在上了年

第一章 寸草春晖

岁，病增多了。爷爷跟奶奶说，家里什么都由他做，只要奶奶记住吃药、做一些锻炼、看看电视什么的。而奶奶有时不听话，有时故意跟他作对。有时，我会批评奶奶，爷爷却跟我说："奶奶其实特别心疼你的，她说的话很朴实，要听。奶奶身上有许多好的传统美德值得学习，她病了，肯定是很难受的，你要好好孝敬奶奶。"爷爷给我买好吃的，总是提醒我给奶奶一份。平时，他还常常专门给奶奶买水果零食。

爷爷一辈子都在做家务，每天来去匆匆，几乎都是深夜两三点才睡，很多时候都是通宵达旦。他要上班，要洗衣做饭，要照顾老人，照顾奶奶，还管我爸爸，后来还照顾我。2019年上半年开始，他几乎包揽了所有家务。

爷爷的事业心和责任感都特别强的，工作四十余年，从乡村到城里，从小的学校到枝江最高学府，退休后还被学校返聘至今，足以说明他有才华、有能力、很敬业。

爷爷一辈子奋斗不止，勤勤恳恳，吃尽了辛苦，尝尽了辛酸，却从来不叫苦喊累，不服输，无怨无悔。爷爷仿佛一头老黄牛，刚从犁上下来，马上又到耙上。

"老抠儿"

爷爷的一生，对家庭有强烈的责任感，对家人很慷慨，自己却精打细算，生活简朴，不跟人攀比，不乱花钱。在物欲横流的当下，他只是一个普通教师，仅仅拿那么点月工资，要养全家，一年到头省吃俭用。

我在学校住宿时，他总会买点水果送来。有一次，爷爷给我送水果，打开口袋一看，两个苹果、一个桃、一个梨，连超市的标签都在，一旁的同学笑个不停，说你爷爷也太抠了吧！其实我知道，他是担心买多了吃不完，水果坏了，也怕不好吃。

爷爷带我旅游，每次选择旅馆，要磨蹭好半天，是不是安全，是不是干净整洁，是不是价格便宜，还要亲自去看了房间才决定。还会给我买吃的、喝的，或者纪念品，而他自己从来不买什么，他总说景区里的东西不光价格贵，还鱼目混珠，真假难辨。

不过，与人交往，礼尚往来，爷爷却是很慷慨的。平时很少见面的亲戚，包括晚辈，他都会带去餐馆吃饭。他说在家里可以弄，就是味道没有餐馆的好。

其实，爷爷就是对自己抠，爷爷对衣食住行从来都是节省再节省。爷爷的衣服，有的都穿了十几年了，有的都破了，还舍不得丢掉。我爸爸妈妈给他买了新衣服、新鞋袜，他就说："不要买，衣服够穿就行。"爷爷给自己买汗衫、袜子、短裤什么的，都是挑便宜的。爷爷在家做饭，是很难的，奶奶要咸点儿，我要淡点儿，两个人不对胃口，就不吃，爷爷就当剩菜饭的"冰箱"。

唉！这个"老抠儿"，叫人又是敬爱又是难受。

"老骨头"

奥斯特洛夫斯基所著的一部长篇小说《钢铁是怎样炼成的》里有这样一段名言：人最宝贵的是生命，生命每个人只有一次。人的一生应当这样度过：当回忆往事的时候，他不会因虚度年华而悔恨，也不会因碌碌无为而羞愧；在临死的时候，他能够说："我的整个生命和全部精力，都已经献给了世界上最壮丽的事业——为人类的解放而斗争。"

读到这段话，我总会想起我爷爷这一辈子，想到他就是块钢铁。老家人常常把迎难而上、不屈不挠、意志坚强的人称为"老骨头"，我爷爷就是这样的人，就是个"老骨头"。

为理想而奋斗

爷爷小时候就是一个积极追求进步的学生，但因为家庭原因，没有戴过红领巾。后来，他也写过几年的入团申请书，同样没有被团组织批准。但他没有气馁，觉得自己是哪个方面还不合格，要继续努力。他向党组织递交入党申请书一共递了八年，有很多考验、审查的过程，1986年，爷爷终于成了一名光荣的中国共产党党员。

爷爷从递交入党申请书开始，始终用共产党员的标准严格要求自己，时刻履行他在党旗下的誓言，忠诚于党，爱岗敬业，为共产主义事业而奋斗终生！

他当教师后，从偏远的农村小学校一路走来，直到在枝江一中退休，退休后被学校返聘，从事教育工作长达四十余年。在这四十余年里，他担任过校长、校办主任、教导主任、政教主任、教科室主任、乡镇教委办干部等职务。

他总是为他人、为学生着想，牺牲的是他自己。最初，由于生活条件不好，家庭负担重，工作压力大，他的身体特别差，瘦到体重不到一百斤，曾经有两次昏倒在讲台，都是同事和学生及时送医抢救过来的。1986年，他得过一次大病，住院长达六个月。但实际住院一个月后就私自出院了，每天打完吊瓶就偷偷离开病房，回学校坚持上班。

他曾经负责抓困难学生救助工作十几年，组织同事走访了全市四百多个贫困学生家庭。他自己也帮助过很多学生，曾经为了帮助一位生病的学生，和奶奶一起送那位学生去北京治病，后来又接他回来，这名学生最后考取了研究生。爷爷当年为了救助这位学生共拿出五千多元，当时他的月工资才三百多一点，连住房都没有。

当年搞普及九年义务教育验收，他叫车把辍学在家的学生接到学校，学生到校后，都是全免费。有个叔父说起当年的事很激动，说挺感谢我爷爷那时工作那么执着、那么认真，让他完成了初中学业。

他多次号召人们向一位叫张大清的爷爷学习，张爷爷是留美博士，与其好友融亦鸣教授捐款十万余元救助了几百名困难学生。希望社会各界，特别是那些曾被救助过的孩子，学习张爷爷的精神和品质，做一个有感恩之心的人。

爷爷一辈子看重事业，无私付出，任劳任怨。他做教师，拥有一颗慈爱之心，不放弃每一个学生，得到了学生的爱戴，培养出了很多优秀的学生，可以说桃李满天下。我常跟爷爷出门，总会遇到很多他的学生，有科学家、大学教授、军官、企业家等。看得出，爷爷很自豪，又觉得有遗憾。他曾说："不是说你付出了多少都可能有回报，学生那么多，有的没有考入理想的学校，的确是遗憾。"

他组织枝江市作家协会工作以来，我几乎是全程经历了的，那完全是无私奉献。爷爷的心中装着作协组织和全体会员，生怕出不了成果。爷爷组织了那么多次作协活动，每次的活动要写计划，打很多电话联系人。要东奔西跑，经常骑着自行车去，回家就是一身汗水。2015年11月，他组织创办了枝江作家网，一个人坚持为会员发表稿件，总是熬通宵。2016年，爷爷创办了枝江市少年作家协会，亲自组织人到学校给学生办讲座。

在枝江作协队伍里，我爷爷始终出于公心、忘我工作、无私奉献。每到年底，他都要去省作家协会开会，因为我要做家庭作业，也都带我去了。那些领导和大作家都说我爷爷这么大岁数了，还这么拼。连续几年，爷爷都被评为"湖北作协优秀信息员"。

以前，很多人找他做一些策划，例如编写乡镇村志、校志，他都一一婉拒了。他退休后，多个单位出高薪聘请，他都谢绝了，只答应在退休的单位工作一段时间。

爷爷说，要想成为一名优秀的共产党员，就得忠诚于党，永远向上，光明磊落，表里如一，淡泊名利，用一颗慈爱、善良的心去对待一切、对待任何人，踏踏实实工作，一步一个脚印，为理想而奋斗。

小有成就

爷爷曾说，他这辈子没有白活，也算是小有成就吧。

自学成才。爷爷是参加全国自修大学正规考试被录取的学生，然后参加大学专科和本科课程的业余学习，历时八年，先自修理化，再修数学，后又改修汉语言文学，慢慢成了本地的语文名师。

登上省级讲坛。爷爷从事教育科研工作近二十年，主持湖北省重点科研课题四个，在国家级、省级报刊公开发表过很多学术论文；也有很多论文获国家级、省市级一等奖，其中他执笔的《宜昌市高中语文课堂研究报告》，获全国一等奖。2011年12月10日，爷爷在"湖北省首届高中语文新课程选修课研讨会"上做学术报告，全省共六人登上讲台。

模范通讯员。爷爷从事业余教育宣传工作三十余年，发表新闻通讯一千余篇，曾连续几年评为枝江市"十佳通讯员"、《三峡晚报》"模范通讯员"。

创办文学社团和主编刊物。他先后在不同的单位创办了拓荒文学社、扬帆文学社、玛瑙河文学社、砚池文学社等社团。主编《狮子山花》《拓荒》《扬帆》《砚池》《砚池文苑》《小帆》等校园文学杂志，《顾中之光》《今日四中》《今日三中》《枝江一中》等校报，以及《教育科研》《丹阳教研》等学术杂志，共十几种学校内部刊物。

主编《曹廷杰文化》《董市水府庙文化》。顾家店镇高殿寺村推广曹廷杰文化的活动，我也全程参加了。我虽然对爱国学者曹廷杰知之甚少，但对曹廷杰只身考察东北，找到沙俄侵占我国领土的铁证的行为由衷敬仰，爷爷能够参与推广这样一位爱国志士的精神，是非常有意义的，给了我启迪。

那是力人先生与曹礼圣等曹氏家族的人策划的活动，宜昌市很多领导、文学大家都来了，还有许多地方的官员参加，对我而言，是一次爱国主义教育。后来，爷爷主编《曹廷杰文化》，付出了很多的心血。有次，符号老爷爷称赞我爷爷说："这是做了一件功在千秋的大好事。"

我也参加了董市水府庙采风活动。虽然我那时不懂其中的内容，但人们为推动地方宗教文化事业发展的精神和品格永远留在我的心中。

有人说，爷爷对董市水府庙文化的发掘是独到的。他经过考察，慎重提出了"中国长江董市水府庙"的说法，并策划制作了专题片。董市水府庙住持刘厚福爷爷也很赞同。刘爷爷是残疾人，但他能够在枝江道教文化的传承上有所造诣，真的叫人敬佩。爷爷和他花了一年多时间，还有张同奶奶等很多人的支持，举办了大型征文颁奖活动，将董市水府庙文化宣传了出去。

编著《校志》。爷爷编著了《枝江四中校志》和《枝江一中校志》。《枝江一中校志》共一百多万字，爷爷写这部校志，除了吕爷爷、刘阿姨、阎阿姨协助找资料，其余都是他夜以继日独立完成，一年多时间，没有节假日，到武汉、黄石、宜昌去访问老校长等，都是带着我去帮助拍照。

荣誉。爷爷有许多荣誉证书，比如"优秀共产党员""优秀教育工作者""优秀教师""优秀德育工作者"等。爷爷还有很多身份：宜昌市教育学会会员、湖北省教育学会会员、全国中语会课程改革研究中心会员、枝江市首批骨干教师、湖北省教改先进个人、全国优秀校刊优秀指导教师、中学高级教师、宜昌市第一届第三批语文学科带头人、湖北省优秀中学语文教师、宜昌市第三届语文学科带头人、宜昌市第四届语文学科带头人、枝江市首届名师、湖北省作家协会会员、宜昌市文艺批评家协会理事……

这是爷爷一生辛勤工作、奉献事业并取得成绩的见证！这些荣誉，作为一个普通教师，真不是很容易就能够取得的。爷爷凭着钢铁般的意志和不屈的精神取得了这么多荣誉，真的很让人佩服。

"老写手"

爷爷说，他只是一个胸中只有半瓶墨水的写手，谈不上是作家，也就是学习用文字去记录生活，履行一个作者的内心承诺。他还说，要想成为真正的作家，就要努力让自己的作品具有强烈的艺术感染力。

但在我的心目中，爷爷就是一位很朴实的业余作家。

爷爷后来成了湖北省作家协会会员，也当选了第五届宜昌市文艺批评家协会理事，第五届枝江市作家协会副主席兼秘书长。

爷爷早年写过一些曲艺作品。1980年以来，先后在报刊、网媒上发表过很多作品。爷爷曾经编著出版了文论集《宜昌作家作品欣赏》，这本书被誉为"中国首部区域文学校本教材"，获湖北省特等奖，人民网做过专题推介，被全国六十余家大型网站转载。2011年5月23日，宜昌作家协会、宜昌文艺理论家协会与《三峡晚报》联合举行了《宜昌作家作品欣赏》首发式暨研讨会。

爷爷的第一部长篇小说《莫成》写了十几年，初稿有四十三万字，修改后出版时有二十一万字。2016年3月22日，宜昌作家协会、宜昌文艺理论家协会、宜昌小说学会联合举办了《莫成》出版座谈会。

对为一个业余作家的作品召开两次研讨会这样的事，爷爷感到很自豪，他也知道那些大作家在鼓励他进步。他也说过，他得到了张泽勇、力人、符号、陈宏灿、陈胜乐、周立荣、吴卫华、桑大鹏、冯汉斌、杨延俊、阎刚、佟喜杰、李雪梅、蒋杏、吕万林、张同等一批大作家的大力帮助，要力争在有限的生命里写出更好的作品。

爷爷说，他写了几十年，自然是个"老写手"了，但写这写那，题材太多，什么也不精。不过，这些年，爷爷写了很多文学著作，大概有六七部没有出版。其中有部《秘书长手记》，记录了这几年来他在作协工作的点点滴滴。

爷爷也说，这辈子，忠诚为人，勤勉做事，足矣！

心底有一盏点亮友情的明灯

每一个人的心底一定有一盏点亮友情的明灯。而我的心底那盏点亮友情的明灯，就是我的爷爷。

我很小的时候，爷爷就经常教育我说，一个人要想获得真正的友情，就必须乐于交友、善于交友、慎重交友、珍惜朋友。我按照爷爷的教导去做，于是收获了友情。

记得幼儿园的一次活动，需要两名主持人，一个是我，另外一个是一位男同学，木呆呆的。在爷爷的指导下，我星期天主动约他一起训练，最后主持时，我们受到了老师的表扬。爷爷说，和同学一起学习，一起参加活动，多看人家的长处，持友好的态度，人家才愿意和你交朋友。

爷爷说，要想获得真正的友情，关键在于慎重交友。结交好的朋友，你会终身受益；结交不好的朋友，你会悔恨终身。他还举了很多例子，有的人帮你隐瞒错误，欺骗老师、家长，这并不是好朋友。好朋友会及时为你指出错误，会在你误入歧途时拉你一把，会在你遇到困难时尽力帮助你。比如有次我把语文笔记借给同桌抄，她抄的时候看到上面有两个错别字，马上给我指出来了。爷爷说，这就是真心的朋友，这才叫真正的友情。

爷爷也说，要想获得真正的友情，一定要珍惜朋友。珍惜朋友就要用真心对待他们，有原则地包容他们的过失，尽己所能帮助他们克服困难，不开无意识的玩笑。记得小时候，动不动和朋友起个什么小争执，就说"不跟你玩了"，其实隔不到几分钟就又玩到一起去了。爷爷说，小时候是不懂事，很正常。现在懂得道理了，还说这样的话，不管有无理由，都会伤感情，也就是不珍惜友情的表现，不可取。所以，我在生活中，和朋友相处都是出于真心，跟朋友说话都是发自肺腑。迄今为止，我和朋友从来都是惺惺相惜，即便有点小分歧，很快就都放下了。

　　如今，我的友情之花已然绽放，不仅拥有了很多的知心朋友，而且拥有了真挚的友情。静下心来想，爷爷就是我心底那盏点亮友情的明灯啊！

我的家风

全家福（2008年2月6日，爸爸摄于安福寺临时住处）

前排左起：小姑姑、大姑姑、二姑姑

中排左起：太祖母、太祖父

后排左起：爸爸、妈妈、奶奶、我和爷爷、二爷爷、二奶奶

俗话说:"国有国法,家有家规。"家风家训,是一个家族以及家庭给后人树立的价值准则,并代代相传,构成这个家族或家庭的传统作风。

我和爷爷聊天才知道,我们家原来也有自己的家规、家风、家训。爷爷一生耕读自省,传承祖德,继往开来,立德立言,传承一代优良家风。

爷爷常常讲,我们家祖祖辈辈代代相传中华传统美德,永远牢记"安全,责任"四个字,忠孝传家,忠厚老实,仁义慈善,诚实守信,克勤克俭,勤扒苦挣,勤俭持家,互敬互爱,艰苦奋斗,奋发图强。

覃家祠堂在狮子山尾部的狮子湾。爷爷带我去过那里,但看不到祠堂的踪迹。爷爷说,不知道初建祠堂是何年,但清末有复修,而且屋舍恢宏。要是深挖,说不定会看见当年祠堂的砖瓦残片。

覃氏一族多脉,本脉一支远祖不得而知。之前的几座祖坟都有高大的墓碑,20世纪80年代初平田时被毁。太宗祖父从骆家冲骆氏入赘改名覃绍美,覃绍美生三子,长子是我太太祖父,次子随国民党军去了台湾,下落不明,三子入赘沙碛坪李氏。李太太祖母嫁太太祖父,生太祖母。井氏太祖父母命途多舛,初嫁龙氏,夫亡;改嫁熊氏;夫又亡;改嫁杜氏,得子,夫再亡,住杜氏不能,随子住覃氏亦不能,便借助阮氏所分房屋之偏屋,孤寂而终。

本脉后嗣,我之祖辈应为六兄妹,依次有才、红(幼病亡)、慧(女,幼病亡)、春(女)。我祖父名为其入学时老师所赐,原名"财"字,意为"发财";后自觉得俗气,改为"才"字。其余三人名字皆为太祖母所取。

本脉族人在战乱岁月中遭遇磨难,甚至遭本族挤对,即便是在新中国成立后,同样有许多坎坷,但本脉的每一个族人均堪称地方楷模。

爷爷特别教导我说,家族的昌盛靠的就是精神和品格,而精神和品格的锻造会形成一代代良好的风气。"穷则独善其身,达则兼济天下。"这是靠智慧和实践的累积。忠孝传家,就是忠诚于自己的祖国,忠诚于自己的民族精神和民族文化,忠于家族优良的家风文化,具有家国情怀。

好家风,其实就是中华民族优秀传统文化的传承,但作为〇〇后的我,虽然对很多事物的理解还很肤浅,但至少懂得了没有国哪有家的道理。因而,在未来人生之路上,我们要将个人的生存发展与祖国的繁荣昌盛紧密联系起来,做一个好家风的传承者,做一个中华民族尊严的维护者,做一个祖国的建设者和接班人。

爷爷的家书

"烽火连三月,家书抵万金。"说起家书,总会想到唐代大诗人杜甫《春望》里的诗句,感受到诗人那种忧国、伤感、念家、悲己,以及对亲人的思念之情。

爷爷说,他是凡夫俗子,在对后辈的教育方式上,偶尔也会写信。我把那些信叫作《爷爷的家书》(见附文三)。

我想到了《傅雷家书》,那是我国文学家、翻译家傅雷及夫人十余年写给孩子的家信的汇编,每一篇文章都充满着父爱,教育两个儿子先做人,后成家。傅雷夫妇的两个儿子都很有成就,是二位教子有方。

爷爷的家书有几万言。他把关于我的一部分拿出来给我看了。

读着爷爷的家书,我才知道爷爷对我的期望和情感。爷爷上有老、下有小,还有他的事业、他的学生,还要应对来自生活方方面面的压力……

爷爷的家书,其实背负着沉重的亲情。

爷爷的家书,道出人间亲情和大爱,是一个儿子、一个父亲、一个祖父的殷殷深情。

爷爷的家书,也反映了他在修身、教子、持家、交友、为人、处世、理财、治学等方面的涵养。

爷爷的家书,真实又细密,平常又深入,是留给我们后辈的生活宝鉴。

爷爷的手记

迄今为止,普天之下,恐怕还没有见着一位祖父对孙辈有过的这样的记述,所以我把它叫作《爷爷的手记》(见附文四)。

我认为手记就是平时随手而写的文字,包括书信、日记、笔记等,感觉和一般文字有所不同,它是一种有感而发或者随心所欲写出来的,或者记述事实,或者表达某种感情。

爷爷的日记、笔记特别多,累积起来有几十万字,关于我的内容也很多。爷爷的手记,就是一部我的成长史。从这些记录中,我才发现,我以前是个什么样子……

《爷爷的手记》包罗万象,我只说关于我的部分:

1. 《雯雯的每一天》:爷爷有个好习惯,就是写日记,关于我的日记写得较为仔细。但有两个遗憾,爷爷的第一个手提电脑烧毁了,硬盘里的文件读不出来,前面几年的记录遗失了。

2. 《雯雯,真棒!加油!》(157篇):爷爷每天都打印出来,贴在家里的走廊。

3.《与星星对话》：爷爷为了让我写日记，才去写诗，但写诗是需要灵感的。爷爷为我写了很多诗，本书也只摘录了几首。

4.《旅游日记》：爷爷要我见多识广，常常带我出去旅游，每一次都有目的。有时旅游途中，我睡了，爷爷还在计划明天的旅途……

爷爷还有关于我的健康记录、我的考试情况、我的外出活动表现、他的代理家长的发言等与我相关的内容。

爷爷的笔下流淌的是心血，心血铸就的是我的成长。

父爱如山，母爱似海

父爱如山，鼓舞我前行；母爱似海，把我拥入怀中。

我出生后，妈妈带了我半年多。第二年，我跟着爸妈去了南方，妈妈专门照顾我。我一岁多，爸妈把我留在了枝江的家里。妈妈走的时候，舍不得我，还偷偷地流了泪。

爸妈经常挂念我，打电话问我，在 QQ 上和我聊天。平时，他们会给我寄回好多漂亮的衣服、鞋袜、布娃娃，还有书本。总是叮嘱我要听爷爷奶奶的话，听老师的话，好好学习，考出好成绩。当得知我取得成绩后，他们会在电话里鼓励我。爷爷奶奶为我操劳，他们要我孝敬爷爷奶奶。他们在家的时候，总要督促我做作业。他们总是严格要求我，我贪玩时，就告诫我，"少壮不努力，老大徒伤悲"，现在要掌握知识，将来才能成为有用之人，为社会做贡献。

暑假，爸妈会把我接去身边玩。尽管工作很忙，他们总是挤时间带我去广州动物园看斑马、长颈鹿、老虎、狮子、孔雀；去珠江海洋馆看海狮表演；去小蛮腰看彩灯；还带我去小餐馆吃美食。特别是我七岁时，妈妈让我和几个小伙伴在她单位"打工"，我做了几天，妈妈还找单位给我领了八十元工资。

每年春节前后，爸妈都会回家陪我，带着我办年货，买新衣服。爸爸很会烧菜，他在烧菜时，我和妈妈就打下手，择菜，洗菜，递餐具等。有时，我还帮着切菜呢。他们看着、笑着，不停夸我很厉害。大年初一，他们带我去给外公外婆拜年，到外婆家后，他们就会带我去看大山、看山羊、看大黄牛，还买双黄蛋，有的都是三黄蛋呢。过完年后，他们要回去上班了，离家之前，总会给我买好多好吃的。

我明白，爸妈把对我的爱藏在心底。爸爸就像一棵大树，时刻为我遮风挡雨；妈妈就像一只小船，载着我走向远方。爸爸妈妈，我爱你们！

2016 年 11 月 21 日

可爱的妹妹

2017年6月底,我家多了一位新成员——我的小妹。她太可爱了,于是,我就和爷爷商量,给她取了个好听的名字"茜茜"。

茜茜有一张鹅蛋形的小脸,略微凸出的额头,微黄的头发,眯着的小眼睛,较扁平的小鼻子,还有一张樱桃小嘴,显得十分相称。她要是睁开眼睛,那眼里闪着亮晶晶的光;要是哭起来,没有眼泪,就是张开嘴巴,粉嘟嘟的,"哇哇哇"地发出声音,脸蛋上还会出现两个浅浅的小酒窝,就像两朵绽放的菊花。

茜茜特别好动,妈妈把她放在床上,她睡着睡着,两只小手就动了,张开小手指,还真像绽放的兰花。要不就会蹬着小腿,轻轻地动弹,把盖着的小浴巾蹬开一些。

茜茜最爱动的是她的小嘴。妈妈将她抱住,让她趴在妈妈的肩头。没想到,她居然把妈妈脖子上的一小块皮含在嘴里,拼命地吮吸。妈妈亲她,她把妈妈的嘴当成了乳头,张大嘴巴,想去含住妈妈的嘴。妈妈一躲,她没有咬到,便张大嘴巴,"哇哇哇"地叫起来。妈妈喂了奶,把她放下睡了。好像是睡着了,她却张着嘴巴,发出轻微"咯噔咯噔"的声音,原来是在打嗝儿。早上,她醒了,闭着眼睛,在床上懒洋洋地蹬着小腿,挥着小手。

茜茜似乎喜欢洗澡。爸爸妈妈拿一个小盆,盛满温水,把她脱了个精光,放进水盆,拿毛巾洗,她便像一条滑溜溜的泥鳅一样,在水里手舞足蹈。偶尔,她叫唤一两声,就像在唱歌一样。

我的妹妹太可爱了!我想,她这么小就如此好动,将来一定是个既爱美也爱动脑的好孩子。

2017 年 7 月 9 日

祖　母

我的祖母特别善良、勤劳、俭朴。

1956年,祖母出生在顾家店一个贫困的农民家庭,有两个弟弟和三个妹妹。她只上过几天学。她要带着妹妹上学,到了学校,要把凳子搬到教室外面让妹妹坐着,自己站着上课,妹妹喜欢往教室里跑,老师不允许,她只好辍学回家做家务、照顾弟弟妹妹。

我不知道祖母怎么嫁给了我祖父。祖父年轻时在当地属于文化人,小有名气。后来才知道,祖父是个大孝子,听从父母做主、媒妁之言,见过一次面婚事就定下来了。

祖母受传统教育,善良、贤惠、勤劳。我家当时有九口人,作为新媳妇,她每天除了到生产队劳动,回家就忙着做家务。后来有了我父亲,她除了照顾孩子,还要种地、喂猪等。再后来分了家,五口人生活,随后分田到户,祖父事业心强,常年住学校,家里的事全由祖母撑着,劳动强度很大,她都没有怨言。祖母对所有弟妹和晚辈,以及亲戚,都特别关爱和友好,所有人都说她的好。

我祖父曾试图教她识字，但她可能认为种地与识字没关系。我父亲上学后，祖父要她跟孩子一起学，也许是劳作很累，她不愿学。后来全国扫盲，生产大队要求文盲、半文盲必须脱盲。起初她不愿意去，后来说评工分，她便去了。识字课本上面有一千五百个字，认全才算过关，她学习特别认真，上级来人检查，有人认不全，她却过了关。

　　祖母是个不愿离开土地的人。但后来还是跟着祖父离开了老家。可能是离开了田间的劳动，没过几年，她突然发病，后来一直靠吃药维持生命。现在，她有时行动不便，但仍是闲不住，洗衣服、洗碗、浇花，尽管偶尔好心做错事，还是要做。

　　祖母年轻时有一双灵巧的手。当年插秧又快又好，还会做漂亮的布鞋和鞋垫。我一岁多就跟着祖父祖母了，祖母病情好些的时候，我会跟着她，她送我上学，洗衣做饭时还哼着歌谣。我跟她学会了不少。

　　祖母特别孝敬老人。她和我太祖母就像亲母女，太祖母临终都念她的好。太祖父中风偏瘫以后，祖母病情好些时，也会给太祖父洗澡、喂饭，直到2012年初太祖父去世。我祖母的母亲、我的太家家（太姥姥）还健在，住在乡下，我祖母病得常常摔倒，都还坚持去看望。

　　祖母对家人都是那种很朴素的情感。她有时不听祖父的话，是因为他们没有共同语言，她有时赌气，都是祖父让着。祖父总是跟我说，奶奶的身上有许多传统美德值得发扬光大。祖母和我爸爸妈妈关系特别好，她似乎愿意听他们的话，常常记挂他们，每次他们回家，她都特别高兴。祖母非常关心我的成长和学习，说的话也是很通俗的那种，有时我不理解，也使小性子，祖母也就不说了。看得出，祖母总是希望我变得更优秀。

祖母就是这样一个很普通的女人，一辈子不图什么，与世无争，靠勤扒苦挣养活自己、赡养老人、抚育后代。我为有这样的祖母而自豪！

2020 年 11 月 1 日

2011 年 5 月 1 日，深圳小梅沙

外　婆

打记事起，我印象中的外婆就是一个慈祥、淳朴、乐观的老人。

外婆已经六十四岁了，很胖，头发花白，脸上的皱纹渐渐深了，但她的精神很好，经常带着笑意。

外婆是地地道道的农民，生了三个孩子，有我的姨妈、妈妈和舅舅。姨妈有两个女儿，舅舅有一个儿子。这么说来，外婆是儿孙满堂了，自然心里很是高兴。妈妈告诉我，外婆一辈子生活简朴，年轻时和外公靠种地拉扯三个孩子长大，吃了很多苦，到了晚年仍然过着节俭的生活。

外婆和外公属于"空巢老人"，儿孙们长年都不在身边，平时一定是孤独的。所以，外婆经常给她的儿女们打电话、发微信，每次打电话总是关怀备至，要说很多话。要是我在妈妈身边，她打电话时定会问到我，当我不开心时，她总是跟着操心；当我高兴时，她也会跟着高兴。

外婆对我们疼爱有加，跟我们说话总是轻言细语，和蔼可亲。每年春节，我会跟着爸爸妈妈去给外婆拜年。要是舅舅、舅妈和表弟回了家，姨妈、姨爹和表姐、表妹也都来了，一屋子的欢声笑语，吵吵闹闹。外婆从来不生气，脸上总是堆满笑容。有几次,我和爷爷奶奶去了,她和外公都非常热情。无论什么时候去,她和外公总是做出可口的饭菜招待。

外婆家有自种的蔬菜,每年都喂几头大肥猪,还灌香肠,我们几家走的时候,她总会拿许多腊肉、香肠和土豆等让我们带走。她每次来我家,尽管身体不好,但若是山里的水果成熟了,就会给我们带来一大包,有枇杷、樱桃……不知为何,山里的水果特别甜。我想,大概是被外婆对我的那份疼爱之心浸泡过的缘故吧!

外婆晚年一直在跟病魔做斗争。那年她得了癌症、做了手术,身体越来越差。我爷爷建议她喝中药,并在我们这边联系了老中医,她每隔一段时间就会来看医生取中药,在我们家稍做停留就赶回去。那时,她走路都有点摇晃,也还要马上回去,说外公一个人在家,很累的,她回去要坐几个小时的车,人肯定会很疲惫的。她喝了一年多的中药,身体渐渐好转。这也是一个喜讯。有时,她患了感冒要住院打针,为了省钱,减轻舅舅的负担,身体有所好转就会提前出院。

外婆一直关心我的学习。我去了她家,她总会问我考试考得好不好啊,有什么收获啊。有时跟妈妈打电话也还专门问我的成绩。看到我的奖状,她都会笑着夸我很棒。

外婆跟外公生活得很拮据。后来听说村里发放照顾款了,生活才有所改善。虽然外婆一直与疾病做斗争,但还是比较乐观的。

岁月无情,让我的外婆遭受磨难。外婆艰苦朴素的品格、直面人生磨难的精神永远鼓舞着我奋发有为,我在心里默默地祝福外婆健康长寿!

2020 年 3 月 7 日

二爷爷和幺奶奶

听这样的称呼,你可能会认为他们是两个家里的人。其实,二爷爷是我爷爷的弟弟,幺奶奶是二爷爷的妻子。这也对不上呀?因幺奶奶在她们兄弟姐妹中排行"老幺",长辈们叫我称呼她"幺奶奶"。

二爷爷快六十岁了,花白头发上写满了他的沧桑岁月。据说他年轻的时候,一表人才,还做木匠,幺奶奶喜欢他后,不顾她父亲的阻止,拼死拼活要嫁给他。后来,二爷爷特别勤劳,想出了很多致富的好点子,所以家里变得非常富有,在我老家都小有名气。

幺奶奶小二爷爷几岁,但仍然一头青丝秀发,红光满面,根本就看不出是个五十几岁的婆婆呢。听说她小时候特别聪明又大方,常常跟男孩子在一起疯跑,还玩草把子龙灯,回家后父母生气她也不怕,因为上面有哥哥姐姐顶着。老家都说幺姑娘看得娇,其实她一点也不娇气,是一把劳动的好手,农村的什么活都会干,而且从不输给别人。她给人印象最深的是勤劳简朴。

他们两个人在一起说话,一般声音都很大。二爷爷说话有时脖颈子筋都会拧起来，语速很急促。不过，他通俗的话里还充满着许多哲理呢。比如"这里搞点儿，那里搞点儿，就有了收入嘛""这不是聚少成多、聚沙成塔吗？"幺奶奶说话就是快而没有节奏感，也就是一说一长串，有时让人都听不过来。我记得她说过的一句话叫"细水长流"，那也许就是她勤俭持家的法宝吧！

他们有几大片柑橘园，还有菜地，还养了很多猪和鸡，要很辛苦地去打理，当然收入都是很可观的。

他们的房子旁边有两棵小橘子树，每年都会结许多果子，可好吃了。那些小橘子是我最喜欢的。小橘子成熟了，他们一定会送很多给我，让我大饱口福。有时我去了，也是让我带走一大包。幺奶奶还说："这是专门跟雯雯留着的。"他们对我这个侄孙女也当宝贝疙瘩了。去年倒有点怪，小橘子不好吃了，大橘子也一样，郁闷！幺奶奶说，天气不好，水分不够，橘子就不好吃了。

他们有三个女儿，都说女儿是父母的小棉袄，那么看起来，他们就是特别幸福的了，毕竟有三件小棉袄嘛！现在还有了几个外孙子、外孙女，可以说是儿孙满堂呢！前年过年，大家庭团聚，我们还照了全家福。幺奶奶对她的孙子辈说："你们看，雯雯姐姐多文静啊，哪像你们嘻嘻哈哈的！"其实，弟弟妹妹都很活泼可爱的，有的都值得我学习呢！

二爷爷身体不太好，又有了高血压。我留意到他家有许多西药瓶。爷爷曾要二爷爷吃中药，他说吃过了没有效果。爷爷说坚持吃，说不定早好了，还拿我外婆做例子。可二爷爷似乎不愿意吃中药。前不久在大姑爷爷那里见到过他们二老，气色都还不错，吃饭时，二爷爷偏要和我们几个孙子辈坐小桌子，姑奶奶劝他去坐正席但劝不动，他说要照顾我们。现在想来，二爷爷的倔强是有他的道理的。

第一章 寸草春晖　　125

现在觉得，二爷爷和么奶奶这种称呼，真切地表达了我对他们的情感：我深深地爱着他们，他们勤劳简朴一辈子，老了也始终惦记着我们孙子辈！

2020 年 6 月 28 日

露露姑姑

露露姑姑是我大姑爷爷、姑奶奶的掌上明珠，是我爸爸唯一的姑表妹。她中等个儿，一头齐肩的秀发，很白净的脸，特别爱笑，看上去特别阳光。而在我的心灵深处，留下的是她带给我童年的欢乐和幸福，还有从她的音容笑貌、举手投足，感受到的她对待生活的自信、积极向上的态度。

出嫁之前，她好像每时每刻都在我身边似的。好多时候，我在做自己的事，她突然就会出现在我的面前，或者在楼下叫我的名字，或者来电话找我。我每年过儿童节、过生日，她都会来陪我，还送给我礼物，像花裙子、布偶等；若遇到我要上学，她一定会专为我找个小饭店，安排一顿丰盛的晚餐，点我最喜欢吃的美味佳肴；若是遇到周末，她会带我玩上一整天，在街上溜达，去公园玩乐，找地方吃汉堡、吃牛排，看电影，等等。

有个星期天，是我最难忘的。我刚起床，爷爷就说："露露姑姑要带你出去的，在楼下等你。"我迫不及待地下楼去。刚一见面，她就笑盈盈地问："今天作业多吗？你想去哪里玩儿啊？"我天性爱玩儿，心想落下的作业回头再做，只说都行啊。她说："玩儿要高兴，但学习是特别重要的，读不好书，以后参加工作就会很麻烦的。"后来，她带我去逛公园，还问我想不想爸爸妈妈。说不想是不可能的,我说:"又想又不想。"她说:"每个人大了都会独立生活,你从小跟着爷爷奶奶,这是一种锻炼,会获得自立自强的能力,以后遇到困难,就会很容易战胜的。"我们逛完了整个公园,就去一家店里吃牛排,她问我好不好吃,那可是上等的美味,我高兴极了。傍晚,她送我回家,还叮嘱我:"不能忘记我跟你说的话!"

其实,我当时感到她喜欢我,我也喜欢她,每次她带我出去玩我都很高兴。现在想起来,才开始感觉到她那么疼我、关心我,这是一份很多孩子都难以得到的亲情,也是一个长辈对晚辈的殷切期望。

她出嫁之后,我们就不常见面了。但每年过春节,她会来给爷爷奶奶拜年。我们也会去给大姑爷爷、姑奶奶拜年,也总会见到她。她来我家后,总是和我待在一起,会问我考试多少分啦、得了什么奖状没有啊,我还会给她表演跳舞、弹钢琴,她每次都露出赞赏的目光。后来,她有了孩子,叫豆豆,有点好动,她总是轻声劝阻,特别有耐心。不过,她仍然对我很关心,偶尔跟爷爷打电话要带我出去,叮嘱我要做个好孩子、好学生。

再后来,我听说她一个人带着孩子过,但每次见到她,她依然是那么自信、那么阳光。我看见她带着豆豆玩的时候,也是一脸笑意。我不知道她的生活是怎样的,只知道她要上班,还要带孩子,一定是很难的。但她能够微笑面对,这是很了不起的。

现在,我常常想起露露姑姑,也想起那些汉堡、牛排、花裙子、玩具……想起她带给我的那些欢乐和幸福的美好时光。不过,我希望我们再见面时,她会给我讲她永远自信、不怕困难、阳光生活的故事呢。

2020 年 3 月 24 日

山里的春节

今年的春节很难忘,因为去了外婆家,而且一待就是三天。三家人一起过春节,比往年要热闹、有趣而充实。

也许,春节对于大人来说,就是团聚和忙碌。亲人们从四面八方赶回家,围着一张桌子吃团圆饭,说说笑笑。而对于小孩子来说,就是热闹、新奇和开心。过年了,穿上新的衣服,吃着可口的饭菜,给长辈拜年、收压岁钱,再就是玩儿,尤其是和平时难以见面的小朋友玩儿。

腊月二十三,妈妈刚从广州回到家,就说姨爹一家四口早就到了外婆家,我们也要赶过去过春节。这让我十分期待。我们去了以后,坐了一屋子的人。十三个人一起过春节,当然热闹啦!

而且,我妹妹大了一些,会跑了,会吵了,顿时,我们五个孩子搞得外婆家鸡飞狗跳。

山里的春节,户外活动是最值得留恋的,那里更是我们小孩子的乐园,不像我平时只能看到城市里的街道和高楼。在外婆家,我们可以看山里的风景,也可以去山中挖野菜。

那里有一条河叫香溪河,据说是古代美女王昭君梳洗的地方。冬天的香溪河水在静静地流淌,河畔的高阳镇完全变了,周围的山峦被薄薄的雾气笼罩,好像羞涩的少女。特别是那在山间盘旋的乡村公路，去年只够一辆车走，今年可以两辆车并排行驶。

外婆家后面的村子里有棵最大的树，老远就可以望见，也许是古槐，也许是古柳。树上去年就有喜鹊窝，今年却多了一个圆滚滚、黑乎乎的球形物体来。本来想去一探究竟，却被外公告知那是个大蜂窝！真还有点扫兴。巴金爷爷写的鸟的天堂是指广东那边的大树，而这里是喜鹊喜欢的地方，那蜂难道是来凑热闹的？不过，外公说早就把大黄蜂灭了，我的心里才平静下来。

外婆家后山上的公路旁有棵枇杷树，山里的枇杷比我们这里的要可口。第一天下午，那树上拴了一只大山羊。表姐发现了，就约我们一起看山羊。那只山羊不叫，显得很温顺。我听爷爷讲过百草羊，说羊不像现在的小孩子那样挑食，我想试试是不是这样，可那里全是枯黄的草，不过旁边有一棵小枇杷树，我便伸手折下它的树枝，伸到山羊面前。没想到它真把枇杷树叶吃了。而且，它的牙特别锋利，"嘎吱嘎吱"，直接咬断了树叶的根部。

山上的荒田里有藠头，印象中，我们几乎每年都会去挖。而且这事儿我比较在行，爷爷说我两岁就跟着奶奶挖洋芋呢。今年大人都没有去。第二天下午，我跟妈妈说了以后，喊上表姐、表妹、表弟，拿了小铲子，提了小篮子一起去挖。我们分工：我和表姐、表弟负责挖，表妹负责清除藠头根部大块的泥土。表姐和我拿铲子挖，表弟拿石头挖。铲子一铲，那藠头就被连根挖出来了。表弟突然说那棵藠头的根太深了，喊我过去，我用铲子刨去藠头周围的土，一挖就出来了。表妹开始不会清除泥土，我赶过去教她，她很快就学会了。这是我们姐弟唯一的一次合作，非常成功，不一会儿就带了大半篮子藠头回去。

最难以忘怀的还是摘蒿子。山里的蒿子散发着扑鼻的清香，摘一次蒿子，你就会感觉你的周围始终弥漫那种香味。第三天上午九点多钟，表弟和表妹没有起床，妈妈带着我和表姐去摘蒿子。实际是表姐帮我看着妹妹，我提着篮子，妈妈去摘。她一边摘一边告诉我们，她小时候用蒿子做过蒿子面饭、油炸蒿子等食物，很好吃的，说得我们早就垂涎三尺了。果然，当天中午，我们就吃到了香喷喷的蒿子面饭，主料是蒿子和玉米面，配料是菠菜和肉末。超级好吃！

这个春节真令人难忘，因为我不仅见到了长期见不到的亲人，更是感觉到自己成长了许多，至少对生活有了一些新的认识。

2019 年 2 月 21 日

第二章

桂馥兰香

遇 见

常听人说,遇见就是缘分。感谢所有走进我生活里的人,让我在懂事后有了一些记忆,无论我们之间接触得多与少,你们的形象和气质都已留在我心里,影响着我,直到永远。

有了"留守"的生活处境,我才有机会认识更多的人,哪怕仅有一次见面。

我并不是大家印象中特别优秀的孩子,没有聪慧的大脑,甚至很笨拙,不管是我的亲人、朋友、同学,或者偶尔遇到的人,我对他们的了解也是比较肤浅的,也许是因为贪玩、学业任务的繁重,或者有代沟,有的人写了,有的人没有写。

但无论怎么说,我都要感谢我遇见的每一个人,我要感谢那亲和的微笑、充满爱意的只言片语,带给我的感动。感谢风的执念、云的轻盈、雪的洁白、莲的恬淡、江海的壮阔、雄鹰的矫健、小草的顽强,把我的人生打磨成了最美的风景,留给我小小的感动。

我对文字并不痴迷,现在还在蹒跚学步,走得很慢,有时会茫然不知所措,有时会停下来聆听路边花开的声音,遇见艳丽的就特别高兴,遇见黯淡的还会伤感;有时会觉得太累,不想继续前行,因而错过了原本应该可以遇见的风景。

我感谢所有的遇见和别离，让我将春天的丁香、夏天的荷花、秋天的枫叶、冬天的蜡梅珍藏，让眼泪化作雨露，珍惜我所爱的人。

2016 年 12 月 31 日，青龙山森林公园

我的班主任夏玉华

夏玉华老师是我初中的班主任,她学识渊博,为人谦和,特别敬业,时时刻刻关爱着我们,有时也比较严厉。她常说的一句话是:你们是我教育生涯的最后一届学生了,是我的"关门弟子",要人人争取出彩!

开学第一天,我刚进教室坐下,一位女老师进了教室,她个子不高,发丝中夹杂着几点花白,额头有较深的皱纹,脸上却带着亲切的微笑。她环视教室,说:"我是你们的班主任兼英语老师,你们可以叫我夏老师。"接着拿出花名册点名,并拿出一沓餐卡,十分亲切地说:"这是早餐用的,已经充了值,由赵贝蓓和覃晓雯同学负责此事,覃晓雯同学就当生活委员。"当时我心里特别激动,第一天就得到了老师的信任,以后一定要好好学习,不让老师失望。

她说,中学阶段是人生的花季,是孕育果实的季节。相信同学们会树立远大理想,勤奋学习,考入重点高中、重点大学。她的女儿在初中就特别勤奋,最后考取了北大,也考了硕士。听到这些话,我热血沸腾。但她突然话题一转,说马家店中学的教学质量是全市最好的,初一是平行分班,每个老师都很优秀、很敬业,希望同学们团结一心,遵守校规,争创优秀班级。我想,有这样的好班主任，我们班一定大有希望。

接下来的日子，夏老师每天除了上课、办公、课间、午休、放学，几乎所有的课余时间都和我们形影不离，有时还悄悄地在教室外观察我们上课的表现，时常找个别学生谈话。

我们有了好成绩，夏老师会积极鼓励。我作为生活委员，经常要跟夏老师接触，她教导我为同学服务要有奉献精神，工作要细致。有一天，夏老师找我说，学校要评选"新时代好少年"，一年级分配了两个名额，我是其中一个，要我好好写先进事迹材料。我回家跟爷爷说。爷爷说："夏老师工作了几十年，是一位非常了不起的老师，她要你当班干部，还推荐你为先进学生，你要更加努力学习，不辜负老师的良苦用心啊！"我记住了，也一直暗暗努力。

夏老师教学特别认真，时刻关注我们的成长。平时，除了课堂上严格要求外，晚上，她通过QQ检查我们家庭作业的完成情况。那次龙凤谷研学旅行，她生怕学生出事，全程照顾我们，为我们拍下了很多照片，我们都感觉疲惫，她却是一脸微笑。有次体育课班级打球赛，我班的主将徐亚飞不慎摔伤，手臂骨折，后来去了宜昌治疗，她一直在打电话询问伤情，还组织我们捐款。徐亚飞出院回家后，她派我们八个同学去探望，带去了捐款，当得知徐亚飞快要康复了，她那忧愁的脸上才终于有了笑容。

学生犯了错，夏老师会及时耐心地教育。有次，两个同学起了争执，夏老师将其中一个叫到了教室外，脸急得通红，语气也急促起来。"这是学校，不是放牛场！你开了过分的玩笑，想用钱去和解，人家不要钱，你还跟人家闹，这是什么性质的错误？"很快，那个同学当众给对方道了歉，两个人和好如初。我记得夏老师曾说过，同学之间要互相尊重、理解宽容、真诚相待，要尊重他人的人格，不戏弄他人，产生了矛盾要多做自我批评。

第二章　桂馥兰香

夏老师常常带病坚持工作。她的颈椎病较为严重，但她从来不声张。有一学期将要结束时，有次她上着课，脖子突然好像动不了了，转动了几次，疼得直皱眉。我想起来了，头天我在办公室，看见她正在电脑前打字，走到她背后看，是在写我们的期末评语。是的，写五十个学生的评语，自己打字，那不是短时间就能完成得了的。如此一来，她的颈椎病复发了。我的心里很痛，夏老师真是太辛苦了！

最让我难忘的是，她让我担任生活委员，班级的很多事情都让我去做，例如班会策划、班级黑板报绘制，尤其在疫情期间，很多表格打印、数据统计等工作，有时我会和班长共同完成，甚至比班长都要忙。有人说我是大总管，有人说我是班主任的秘书，其实，老师是在培养我的能力和才干。

和夏老师几年的相处，我已经深深感觉到，夏老师就像一根红烛，燃烧着自己，照亮着我们攀登书山的路；又像一位辛勤的园丁，在一方桃李田园中精心浇水、施肥、除草、剪枝，期待开花结果！

2020 年 2 月 26 日初稿，2021 年 9 月修改

老　付

如果你问我们班的同学最喜欢的老师是谁，估计大家会一起尖叫：老付！如果接着问为什么，大家可能会你望我我望你地发笑，答案却趋于一致：有才，又恩威并施，恰到好处，很让学生喜欢！

刚开学时，我们知道他叫付庆明，都客客气气地叫他付老师，但体育委员、班长都喊他"老付"，他不但不生气，还要么答应，要么默认。后来，他们还说好多学长学姐也都是喊他"老付"，于是乎大家便从善如流，都喊他"老付"。

他身材比我们高点儿，偏胖。发型不好形容，有同学说像"奥特曼"。衣着呢，不知道为什么，他喜欢穿红色的裤子。总之就是感觉跟别的体育老师不一样。

他的课十分有趣。有时口令喊了，动作做了，大概想调动我们的情绪，便说句玩笑话，我们都憋着不敢笑，他看了看我们说："憋着干吗，小心憋'死'了。"全班都笑起来了，有的同学都快笑岔气了。等笑过之后，口令就来了，整个班级都带动起来了，每一项的训练量都不小，甚至会让人感觉眼冒金星、腿脚发软，不过并没有厌恶的意味，相反，下课的口令下达后，大家不仅会一脸笑容地散去，还要叽叽喳喳、嘤嘤嗡嗡地讨论好久。

每次上课，他都会讲解关于足球、跑步、排球等各类运动的知识和训练要领，讲到关键处就做示范。伴随着训练要领，他会利用开玩笑的方式来调动我们的情绪，等我们前仰后合地笑完了，他才说："都仔细练习去！"我们在训练时，他就前后左右地巡视，有时会说："嗯，你做得很好，动作很标准。"有时会说："你这像什么啊？跳不起来，像个笨熊……"然后就会模仿那不标准的动作，引得全班大笑。接着又仔细讲解动作要领，边说边做示范。对于还不会的同学，他直接手把手地指导。

后来，即使不喜欢运动的我，也盼着每周两节的体育课呢，更别说那些男生了，还没上课，就已经跑到操场上了。当然了，每节体育课都不会让人失望，十分有趣。老付呀老付，希望您能继续给我们带来欢乐，教给我们更多的体育知识。

2020 年 7 月 9 日

幸而遇见您

三年级转学来的时候,有很多不适应,幸而遇见了您——我的班主任覃娅老师。

爷爷忙着办理转学手续的时候,我担心自己到了新的学校会不适应,后来听说班主任老师叫覃娅,很漂亮,对学生很好,我想我应该会很快适应新的学习生活。

第一眼见到您,是在开学那天上午八点左右,在您走进教室的那一瞬间,我就知道是您来了。我对您的最初印象只有一个词:漂亮。您个子不高,身材匀称,留着刘海,扎着马尾,发梢微微卷曲。您踩着一双平底鞋,走路时步伐轻快,尤其是说话轻声细语,音量不大,但整个教室都会随着您的声音而安静下来。

我之前的担心很快就被您抚平了,许是因为您嘴角、眉梢、眼神中的笑意与和蔼,许是因为您亲切的话语,许是因为您轻快的步伐……很快,我就融入了新的班级。

开学的时候,您指定了施梦茹为班长,其他班委都是待定。您说,几个转学来的同学对学校还比较陌生,要等熟悉一点儿,观察一下,看哪些同学适合当班委。大约一个月后,您才正式选班委,让我当了文艺委员,兼任小组长。足以证明您对我的信任。

开学时有一件事，令我感念于心。转学之后，爷爷到公园路小学领取教科书，却少了数学练习册。爷爷来回跑，还找了教育局和书社，最后那边学校给我找了一本，却不是同一版本，无法使用。您便替我复印了那一本练习册，也没有要我交钱。

平时，您对我总是提出严格的要求，也非常信任我，我有做得不对的地方，您总会及时指出来。我时时处处积极带头，每次考试，成绩也是名列前茅。

2015年寒假，我认真完成了寒假作业。新学期开学不久，您公布了语文、数学、英语寒假作业的"十佳"（评价标准：正确率高，卷面整洁）作业，全班有五名同学三科作业都评上了"十佳"，我就是其中的一个。

三年级下学期，我考试时不认真审题，做题粗心大意，有一次模拟考试，我的数学只打了71分。期末考试前的那个午自习，您专门找我谈话，严厉地说："你上次模拟考本可以考满分的，为什么才打71分？就是因为你粗心，连草稿都不打，就急忙往上填，如果你注意这几点，又怎么会只考这点儿分？"我差不多哭了一个午休，很迟才午睡。"快起来，调整好心态，去考试吧！"我睁开眼一看，面前是您的笑脸。我迅速稳定了情绪，去参加考试。而那次期末考试，三门主科，我考出了来丹阳小学后的最好成绩——语文98分、数学100分、英语100分。

司马光说：经师易遇，人师难遭。幸而遇见您，覃娅老师。您教育学生宽严有度，让我感受到了信任与关爱的温暖和力量。千言万语汇成一句话："谢谢您！"

学高为师，德高为范

周俊梅老师是我小学毕业班的班主任、数学老师，她工作将近三十年，阅历深广，经验丰富，严于律己，懂得我们的心思，更会循循善诱，用满满的爱，教育和培养我们成长。在她的教导和培养下，我在各方面都取得了进步，而且在六年级上、下学期的期末考试中，数学成绩均为满分。

早在升六年级之前，我就见过周老师带班出操、吃饭、参加活动的情形，当时的印象是一个字——"凶"。

到了六年级，我们相遇了。刚开学的那几天，周老师对我们和颜悦色。我心想，这才刚开始，老师是为博取学生的好印象吧，等老师掌握了班级的情况，就会动真格儿了。然而，我错了。周老师跟我们说话非常和蔼，就算遇到一些非常调皮的男生做错了事，她也是轻声细语地批评几句，再好言好语地劝说他们改正错误。

周老师特别注重仪表风范，衣着始终周正，不仅看上去显得年轻许多，而且骨子里总是散发出青春和活力。我想五十多岁的老教师的身体一定会有很多不适，而周老师在我们面前总是展现快乐的一面。告诫我们要每天坚持锻炼，严格控制饮食，这样才能够保证身体健健康康，更好地去学习。我上学和放学，只要不下大雨，多半都会遇到她骑着一辆旧自行车上下班，严寒酷暑，日复一日，那种精神和意志时时感动着我、鼓励着我。

周老师对我们倾注了一份无私的爱，总是包容学生的错误。她经常讲故事或自己的亲身经历给我们听，让我们从中悟出人生的道理。她在讲话时总是带着微笑，往往说得很动情。有的同学总是犯错，而她苦口婆心，直到同学认识到错误才罢休。有时她也会忍不住发火，但马上又会自我批评，说自己不该发火，然后会提出我们要怎样维护班级的荣誉，要怎样做一个遵规守纪的好学生。

周老师有极强的上进心，要保证班级不落后，在工作中往往是身教重于言教。比如做卫生，她都会提前来到教室，亲自带领我们打扫卫生，有时亲自擦讲台，我们见老师亲自在做，都不好意思了，赶紧行动。而且，平时偷懒的学生也积极行动了，甚至干得汗流浃背，使得打扫任务每次都提前完成。有时学校举行大型活动，她都会亲自指导我们班干部怎么严格按照要求去做，同学们也都积极参与，表现出我们班级的风采。

周老师上课特别有耐心。班上同学的成绩参差不齐，她也是提出不同的要求。特别是在总复习时，她将整数、小数、几何初步知识、代数初步知识、比和比例、统计图表、应用题等模块一个个知识点训练和过关，重点地方进行讲解，也要求我们要互相帮助。所以，每一次考试，我们班整体成绩也是不错的。

我被周老师的精神和品格给打动了，也始终朝着自己的目标奋斗。我曾经把我的想法告诉爷爷。爷爷说："学高为师，德高为范。"像周老师这样的老一辈教师有个共同的特点，对学生爱之深，不放弃，勤勉执着，希望自己的每一个学生将来都能青出于蓝而胜于蓝。

深沉的爱

段老师,您对学生的爱,总是像春风一样温暖,像大海一样深沉!

升入四年级后,我们迎来了新的班主任——段燕平老师。她是外省人,说着带一点点外地口音的普通话。她个子不高,头发染成栗色,发尾带一点黄,眼睛很亮,也偏爱平底鞋。

她教我们语文,讲课非常细致。她会将课文中的生僻字挑出来,一个一个注好拼音,教我们读;会在讲到重点时重复好几遍,确保同学们都能记下来;还会专门检查那些不爱听讲的同学的笔记,并且让成绩好的同学帮忙监督。

她很忙,但班级的活动她都会出现在现场。例如运动会,她会抱着一沓作业坐在树荫底下批改。当我们班的同学比赛的时候,她就拿着秩序册,到处找人、点名,还跟着喊加油,似乎要喊到声嘶力竭的地步。她还在班上组织辩论会、情景班会、儿童节小表演……大家都非常积极地参加。

她对学生总是那么和蔼可亲,关爱细致入微。有学生受伤时,她会立马找来碘酒为其消毒……

印象最深刻的是,2018 年 3 月 8 日,也是女教师的节日,因为我们下周要到实验基地参加活动,段老师耐心细致地跟我们讲，要带洗漱用品，牙刷、牙膏、漱口杯、喝水杯、毛巾；要带生活用品，换洗衣服（内衣、袜子最好一天一换）、塑料凉鞋（洗淋浴时穿），可以不穿校服；要带学习用品，公文纸、笔袋、语文书；要带其他用品，零食少量、零花钱若干（20元左右即可）。只允许带一个背包，不准带行李箱。中午还发到了QQ群中。到了实验基地，因为我们是第一次出门学习，独立生活，段老师生怕我们病了、摔了，时时刻刻在我们身边守护，就像母鸡呵护小鸡那般。她为我们做的太多太多，似乎不论你何时望去，她都站在你附近。

但她对我们的学习特别严厉。她会督促每一个学生将作业完成，会一字一词地认真检查。

她也曾经罚过我。那是2018年6月28日，语文考试我错了很多题，她惩罚我抄写错了的题目。我回家没有敢告诉爷爷，吃了晚饭就开始写，一直写到半夜一点，还有很多没有写完。爷爷可能也感到很奇怪，平时QQ群里发布的罚写作业消息，从来就没有我的名字。爷爷只是陪着我，也不说什么。直到我毕业了，爷爷才把当时和段老师的QQ对话给我看。

爷爷（6月29日0：58：51）：晓雯回来做家庭作业，写到现在，还有350个什么，N个什么句子没有写完呢！现在已经快1点了啊。

老师（6月29日5：38：42）：覃老师，你也是老师，你给我发这个真没必要，你怎么不问问她为什么多罚抄？她粗心，不按题目要求做，要求画斜线去掉，她画钩，白白丢了四分。还有最基本的常识问题，写错，本来应该九十分。我难道不应该罚她让她长下记性？以后考试就不会不按题目要求做。如果你觉得没有这个必要，可以让她不写了，家长觉得过得去，我也觉得过得去，我认为必要的惩罚是可以有的。再说了，这个作业，我留了三天时间，别的学生比她错得多很多，也是一样的，在学校白天也可以挤出时间改的，覃老师，你给我发这个信息，是觉得我不应该逼着她成长？

老师（6月29日5：47：17）：我一心为了孩子能够更好，但家长不能理解，我觉得很不值得，心里也不好受。我上学期间，凡是罚抄的内容，我都记得清清楚楚！我后来挺感谢老师的惩罚，吃一堑长一智……我也被罚抄过单词，曾经写到半夜。哪个学生没有这样的经历？晓雯同学在我心中是优秀的，我寄予了希望，才不允许她犯这样不应该有的错误。

我不知道爷爷会保存这些对话，后来，爷爷才说："老师对你寄予多么大的希望啊。你仔细读读，'晓雯同学在我心中是优秀的，我寄予了希望，才不允许她犯这样不应该有的错误'。'要求画斜线去掉，她画钩，白白丢了四分。'"

其实，我懂段老师的良苦用心，我们都很喜欢段老师。教师节，会自觉给她送小礼物，比如一枝康乃馨，自己做的贺卡。离别的那节班会上，一群"皮猴子"点了一首歌叫《离人愁》，唱得段老师哭笑不得。

离开段老师几年了，我时常想起她满面春风的笑脸，以及催我奋进的一幕幕。

她让我迈出第一步

谭江峡老师是我三年级的语文老师,她浓眉大眼,上课时戴着黑框眼镜,说话中气十足。

最初的语文老师姓张,说话很温柔,可能生病了,大概教了我们一个月。

谭老师来的第一天就让我就感觉到了什么叫雷厉风行和严厉。她到班上的第一件事就是自我介绍,然后马上叫我们准备方格本,目的是让我们写成方块字,不能超出格子也不能太小。若是发现不符合要求的,就会重写。经过她的监督,大部分同学的字,确实越来越方正漂亮了,即使是班上写字最丑的男生,后来写字也规矩了许多。

她每周都会给我们讲作文。她说,三年级语文考试中,作文正式有了一席之地,每个同学都要努力。那时我们一个周有两节作文课,周三、周五各一节。周五的那一节,她会将自己出的作文题写在黑板上,然后找几篇范文来讲,之后把这作文题当作周末的家庭作业,叫我们自己写一篇。然后她会一本本批改、打分。写得好的,她会在周三的作文课上让那位同学来念,然后点评,告诉我们哪里写得好,哪里需要改进。很荣幸的是,我也被点名上台念过三次。虽然知道老师不会每次都点我,但总希望她下一次还点我,所以,我每次写作文都非常认真。

特别值得一提的是,她教我们写作文,不是说随便写,而是要用心写。要怎么围绕标题去写开头和结尾,去写真实的想法。开头要交代清楚时间、地点、人物和事件,结尾要和开头紧密联系。平时要留心观察周围的事物,要写好的事物,歌颂好的事物。

谭老师的雷厉风行和严厉给我留下了很深的印象,正是她的雷厉风行和严厉才让我们迈出了学好语文的第一步,也是走向辉煌人生的第一步。

愿化红烛照人寰

她像一把钥匙，打开了我们懵懂的心扉；她更像一根红烛，点亮了我们多彩的童年。她中等身材，一头短发，一口标准的普通话，语速适中而饱含激情；平时来去风风火火，似乎始终是一脸倦容，说明她特别劳累。她就是我六年级的语文老师——董小琳。

她的教学风格与众不同。她的课，不仅不会让人感到枯燥无味，还时感风趣幽默，每节课都会有不同的感受。她能调动上课的气氛，让我们精神集中，并认真思考问题。她声情并茂地朗读课文时，我们都仿佛身临其境。

最独特的是，从第一节课起，她就叫我们准备笔记本。我曾经记过笔记，但是由于记笔记的速度跟不上老师讲课的速度，后来也就放弃了。但在她的课上，她会把重点的内容抄写在黑板上，让我们做笔记，等到我们抄好了，她就擦掉，再抄别的上去。而且，那些笔记她向来是亲自抄的。这样，六年级我一共抄了整整两本笔记，其他的同学有抄三四本的。那么多的笔记，怎么记得住呢？她自有办法。每个星期，她都会留出几节课来，让我们背诵默写。比如今天要默写五条笔记，你可以分五次、三次、两次、一次写完都可以，只要在今天之内完成就可以了。若是有人没完成任务，她就会将他们叫去，监督他们完成。虽然我们并没有完全记住，但是考试的时候碰到和某一条笔记相关的内容，绝对是能写出来的。

每一次作文课，她都会教给我们写作方法和技巧，然后要求我们写作。每次拿到作文本，都会看见她认真写出的批语。在我爷爷和她的一次交谈中，我也才知道，她是学校领导干部中最忙碌的一位，而对于我们的作业，她都是挤用自己的休息时间去批改的。

突然想起一句诗：甘为人梯育桃李，愿化红烛照人寰。董老师就是人梯，载着我们步步登高；她又是红烛，照亮我们前行的路。她以崇高的品格、独特的方法，让我们不仅喜欢上语文，更从中获取人生的教益。

亭亭玉立

Miss Li（李小姐）是我的第一位英语老师，秀美端庄，口齿伶俐。

她第一次走进教室时就说，英语学习最重要的就是口语和语法。她先带我们认识了书上的小伙伴们——Mike（麦克）、Sarah（萨拉）、John（约翰）、Wu Yifan（吴一凡）、Chen Jie（陈洁）和动物小伙伴大熊 Zoom（佐姆）、小松鼠 Zip（兹普）。

第一节课，是学习怎么向别人介绍自己，以及询问别人的名字。她反复教了我们好几遍"What's your name?（你叫什么名字?）""I'm…（我是……）""My name is…（我的名字是……）"，然后她叫起来一个同学，示范道："Hello, I'm Li-Tingting. What's your name?（你好，我叫李婷婷，你叫什么名字?）"那个同学很紧张："My name is…"但最后还是成功地说了出来。李老师鼓励道："很好，下次声音可以大一点。"之后，她点了一组同学，让他们一个接一个地自我介绍，并询问后一个人姓名，那一组除了个别同学卡壳，李老师又教了几遍以外，其他人都说得很好。

对于我来说，遇到这样一位老师是幸运的。她为我的英语学习打下了坚实的基础，让我在后来的英语学习中如鱼得水。至今，李老师的形象常常出现在我的脑海中：她一遍又一遍认真地教我们读单词，一本又一本耐心地给我们批改作业，每逢节日还在作业上送来英文的祝福……

2012年11月2日，在科技幼儿园活动中任主持人

美丽的使者

李萌老师太漂亮了，太有趣了，太让人喜欢了，以至于离开她这么久了，脑海里总是闪现她的样子：高个子，大眼睛，长睫毛，双眼皮，以及一头乌黑的瀑布般的长发，她快乐的样子就是一个小姑娘，就算生起气来也会给我们带来欢笑。

每当她走进教室，我们就开始兴奋。她有很多吸引我们的方法，比如把学过的英语单词编成歌谣教我们唱，就算有些不会读的学生也会被她吸引住。她就像一个美丽的天使在起舞，又像是一只可爱的百灵鸟在歌唱，她的大眼睛眨呀眨呀，长睫毛忽闪忽闪，满是快乐。忽然，她会拉起一位同学互动，让你不动都不行。偶尔，她会叫出我们相互取的外号，逗得你必须大声跟着她读书。

有时，她也会生气。其实也不怪她生气，反反复复教了好多遍，我们还会记不住。"点你名起来读，怎么就不开口？点你名是不放弃你，是希望你有点理想，长点自尊。你好意思吗？你怎么还不开口？"有次竟然和个小眼睛对上了，那真是"大眼瞪小眼"啊！时间在飞逝，全班都已经笑翻了，但他还是不开口！"李牙膏，你怎么半天憋不出一个音来啊？"你看，都叫学生外号了。"牙膏"者，平时上课回答问题不利落也！故得此美名。全班仍然在笑,他还是不读。"牙膏是早就挤完了?那回去再装点来吧!"她便这样说了一句,又说,"都要互相挤一挤,一起大声读!"大家在笑声中又认真读起书来。

啊,有这样美丽的老师陪伴,有这样活跃的课堂相随,谁不感觉快乐和幸福?要是不信,你现在可以去问"李牙膏",他肯定会说:"是……啊!"惹得你笑喷!

那些小贴纸

亲爱的潘金金老师，您还好吗？每当捧起英语课本，我就会想起以前英语课本里的那些小贴纸，想起您的心怀。都怪学生当时不争气，没有达到理想的目标，让您的心血付诸东流。那次网络口语大赛，我得到了宜昌市一等奖，可惜在省级赛上没有冲到前面。

您告诫我们，一分耕耘，一分收获。也鼓励我们，要想赢，要想取得好成绩，就要坚持不懈地努力。

您教的知识，是我们今后学好英语课程的基础。您曾经将要记的一些语法之类的编成口诀，比如"I 用 am，you 用 are，is 用于他她它"。读单词也带着读了中文："pear，pear 就是梨""apple，apple 是苹果""ice cream，ice cream 冰激凌"等。这样读的好处便是，当你看到某个单词，它的中文自然而然就在心里念出来了。现在读英语，不再连着中文一起读，容易把一些词弄混淆，甚至是记错，只能靠反反复复地去读、去记。

记忆最深刻的是，每当我们背书过了关或是在课上回答问题答得好，您就会在那个同学的书上贴一张小贴纸。这张贴纸可不是普通的贴纸！到了期末的时候，得到贴纸最多的三个人，可以得到一份珍贵的礼物。为了得到这份礼物，我们都积极地背书，认真地听课。记得有一学期，三份礼物分别是一个倒进水就能发光变色的玻璃杯、一个笔筒以及一盒明信片。但挺可惜的是，我最终只从您那里领了一张明信片。我知道，那是您对我们学习的肯定和鼓励。

那些小贴纸与课本一直被我珍藏着，而您的心怀早已化作了我前进的动力！

曹伍梅老师印象

在公园路小学的老师当中,给我留下记忆最深的就是曹伍梅老师。她是我的第一位班主任,也是我的第一位语文老师。

曹老师中等身材,脸微胖,她最大的特点就是既慈爱又严格,说话常常带着笑容,不过严厉起来也有点"凶"的样子。她希望我们班始终是先进班级,平时要求我们遵守校规校纪,勤奋学习,力争比别班的学生成绩好。所以,每次学校评比,我们班总是先进班级。

现在想来,我写作的基础应该是从她那里开始打下的。最初,她要求我们想象写话,例如看图说话。后来就要求写具体真实的事,讲最近发生的新鲜事,然后写在小本子上,她一个个地为我们批改,还告诉我们怎样写话才会通顺连贯,才能表达出真情实感。特别是她要我写入队申请书,参加全国书信大赛,那时我还不懂得什么叫作文,听她说了很多,回家问爷爷。爷爷说:"你这么小,老师就要你动笔写文章,说明老师很厉害。"后来,我的书信得了奖。爷爷又说:"你看我说老师很厉害吧。二年级学生参加小学生组去评奖,能够评上奖,有你自己的努力,更是老师指导得好。"

开始,曹老师让我当小组长,后来她为了鼓励我,还让我当了班长。班长可不好当，班上的事做不好，责任就在班长。有一次，为了一件事，老师要我停职反省，当时我觉得很委屈，我也是努力了的啊！但后来，我也认识到，出现了错误，班长就是负有责任。老师这是在教育我，从小就要学会有担当。

曹老师一直很喜欢我。我还算争气，集体荣誉感很强，每次考试成绩都名列前茅。

如今，每当我想起当时那段紧张而快乐的时光，首先就会想起曹老师对我的关爱和教导。

超 哥

枝江作协有这么一位老人，热情和蔼，乐观豁达，爽朗直率。我感觉，我所见到的人都愿意与他交流。他就是"超哥"。

"超哥"这个称呼并不是按辈分来的，而是他的网名，大家喊习惯了，似乎忽略了他的本名——黄继超。他有次当众说，不论是谁都可以喊他"超哥"，包括我这样的小辈，还有自己的孙子。但为表尊敬，我倒是常常称呼他"超爷爷"。不过，这名字也让我想起动漫里的超人，超人有着与生俱来的超能力、极强的正义感与同情心，超哥的身上总是散发出和善与正义的光辉！

2013年2月3日，我第一次接触超哥，他特别热情、特别亲切，还专门跟我留影了呢！

这几年，我常常在作协活动见到他，他与人交流总是满面春风，几乎所有人都亲切地叫他"超哥"。偶尔，我会与他一起吃饭。饭桌上，他和我爷爷一样，喜欢侃侃而谈。他说到写作时，总是停不下来，他说他年轻时就开始做通讯员，他的文章大都是通讯稿，写过不少先进人物，有不少枝江好人、道德模范，都是通过他的文章给推荐上去的。他写的童谣获得过宜昌市一等奖、湖北省三等奖，是迄今为止枝江作家中获奖级别最高的。他说他给作协推荐了好几位有才华的会员。大家都说他的文章写得很感人。我爷爷也肯定他的才华，说他的文章很独到，文风朴实，很接地气。我爷爷也提到，希望他慢慢改变，多写散文。他似乎听取了我爷爷的建议，文风有所改变。

谈论中，当与说话的人志趣相投时，他总是手舞足蹈，说着说着就站起来了，手势也打起来了，就如同一个领导人在高台上讲话，斗志激昂。而当说到一些现象时，他更是口快心直，打着手势，似乎要把对某种现象的不满一下子全宣泄出来。饭菜上桌了，他虽然没有那么激动了，但他还是不时会放下筷子，做上几个手势，比画几下，看起来挺有意思的。有时，我都会忍俊不禁。若是有酒，情况更不一样了，二两酒下肚，他的脸上会多一抹红色，额头甚至会冒出汗来，说话的音量也会高起来，似乎恨不得跳起来。总之，就是感觉他的身上散发出满满的正能量！

虽然我与超哥的接触不是特别多，但每一次，他都给我留下深刻的印象。从他的身上，我学到了很多东西。

2020 年 5 月 16 日

"老顽童"海爷爷

海爷爷叫程应海,在我的印象里,他就是个"老顽童",有着豪爽的性格,浑身充满青春的气息,即便是谈闲,他也会手舞足蹈。他的头发有些花白,见人就是笑眯眯的,每每此时,那些鱼尾纹就聚拢了,很深,像太阳的光线。

记不清跟海爷爷是哪天第一次见面了,地点好像是老王牌酒店,是宋东升爷爷打电话要我爷爷去参加什么年会。傍晚,爷爷带我去了。海爷爷拿着照相机,笑眯眯地迎接我们,先跟爷爷打招呼,两个人还笑着拥抱了一下,他看见了我,似乎半躬了下腰,说:"哈,小孙女都这么高了?多可爱呀!"爷爷连忙让我叫"海爷爷",我叫了一声,他还跟我们拍了照。

后来见面的次数多了,才知道他比我爷爷大几岁,但他始终充满活力,看到新奇的事物,他也会像孩子一样认真研究一番,说他"老顽童"真是一点不假!

海爷爷是一个大作家,他的文章我看过几篇,有一种说法叫作"文如其人",大约他的文章也是一种豪放的风格吧。他写的那首歌颂玛瑙河的诗歌,读起来让人陶醉。玛瑙河我去过几次,也逗留了很长时间，可我真写不出那种感觉。有次我写《虫虫王国》，修改时，爷爷要我把背景放在玛瑙河，但还是没写出那种感觉。

有句话是，物以类聚，人以群分。我爷爷和海爷爷，还有超哥，在这方面似乎是一样的。他们侃侃而谈，无所顾忌，特别是在酒桌上，喝着酒，他们能说的话更多，天南海北，古今中外，他们的骨子里散发着豪放、爽朗，甚至忘情。

海爷爷似乎更喜欢摄影，总是一副"老顽童"般的装束和做派。每次看到他时，他都背着摄像机，腰间绑着个大口袋，一直挎到大腿那里，好像要掉下来，有时还背着个大旅行包，走到哪儿，看到好看的风景、精彩的瞬间，他都要拍下来。每次作协采风，只要他参加，都是收获满满。令人印象深刻的是在安福寺的那次诗歌朗诵会，他给我和爷爷"偷拍"了很多照片，特别是我在那里看一位老爷爷画画，似乎看傻了，都被他抓拍下来，后来看见照片，我高兴得睡不着觉。

当然，我感觉他对摄影是很有些研究的，好像许多年轻人都比不上他，常可以看到他指导别人摄影，摆姿势。比如那次去石宝山，邓小燕阿姨向他请教，我就在旁边，听他告诉邓阿姨，先聚焦，就是轻轻按住快门，不能马上按下去。若是要拍花丛里、树枝下的人，也可以这么做。他还向我们展示了一下按这种方法当场拍的照片，我就他被抓去当了模特。他让我站在花丛后面，半蹲下身子，手轻轻抓住一朵花的花柄，做嗅闻状。他拍好照片之后给我看，我前面的那些花稍稍有些模糊，而站在花丛后面的我，连同手里那朵花则十分清晰，还带着一种梦幻的美感。看到令自己如此满意的作品，他还毫不谦虚地夸赞了一番，这不就是个"老顽童"嘛！

"老顽童"海爷爷，我希望能够经常和您见面，学习您的人品和文品，增长见识，更希望您健健康康，长命百岁，永远快乐，也带给大家欢乐。

2020 年 5 月 23 日

"闲人"龙伯伯

那次,枝江作协组织的仙女牛郎山诗会,我认识了一个人,叫龙江波。他第一个上台朗诵他创作的诗歌,操着一口不太标准的普通话,抑扬顿挫,激情飞扬。因此,我对他的印象特别深刻:中等身材,红光满面,带着微笑,很帅气,很阳光。

后来,他拜我爷爷为师,我便喊他"龙伯伯"。我爷爷说,那是他谦虚的,他的文笔很不错。是的,在作协组织的那次电视台采访中,他写的稿子就被编辑选中了。曾经,我隔三岔五就能见到他,一起吃饭,一起玩,我似乎感觉他是个"闲人"。通过多次接触和了解,我才感觉到,他其实是个"大忙人",经常来去匆匆,他原来是仙女小飞龙幼儿园的园长,还经营其他的项目,后来还当了仙女社区党支部书记。

他是一位品格高尚的人,特别是对公益事业无私奉献、默默付出。我经常看见爷爷为作协的活动操心,每一次活动的筹备都要好些天,像筹备牧华园的作协年会、仙女诗会、向巷村采风、宜昌名家来牛郎山访问等活动。有时,我爷爷找他开车陪同,每次要跑几个来回,他耽误工夫不说,还自己出钱,还不让说出去。我见过他写的一万多字的《抗疫日记》,几个月,他为保障社区居民的生命健康和安全,严格执行上级的指示,每天天不亮起床，深夜才回家，始终坚持在抗疫一线，自己的私家车也成了爱心车。后来，他被评为"枝江市抗疫先进人物"，我为他感到高兴和自豪。

他是一个能力很强的人。他的幼儿园办得特别棒，环境优美，设备齐全，师资力量雄厚，深受孩子喜爱和家长的好评。那次采风，我也专门进去看了，爷爷告诉我，那是全市最优质的幼儿园之一。我常常听他的谈话，当讨论到特别严肃的问题时，他的神情也很严肃，非常认真，特别有水平。他还经常向我爷爷请教，爷爷也会非常认真地回答。后来我才知道，他是枝江市人大代表、仙女镇党代表。他当了书记之后，爷爷有时约他出来小聚，他都婉言拒绝。先是几个月的抗疫，后来说是搞精准扶贫攻坚，他要带领干部们挨家挨户去走访，去调查，去帮扶贫困户脱贫致富。据说仙女社区的分布区域很特殊，居民结构很复杂，他工作的强度便可想而知了。

他是一位和蔼可亲、充满爱心的人。他经常帮扶幼儿园里的留守儿童，以及家庭贫困的孩子，还为他们免除学费，甚至补助生活费，而且每年都有。他特别关心我，即便在忙碌中，他对我的关心从未减少。每次见面，都是他先跟我打招呼，说话十分亲切，所以有些时候看起来，他不像是我的长辈，反而像个大哥哥。我那次写牛郎山作文，他挤出时间带我们去参观访问。特别是2018年暑假，他和李伯伯开车带着我们一起去旅游，去了岳阳楼、橘子洲、岳麓书院、韶山冲，还有井冈山。到井冈山的第一晚，我可能是吃坏了肚子，第二天早上便觉得很不舒服，上午吐了几次才觉得好些，又在原地坐了一会儿才上车。路上，他不时问我好些没有，不舒服就跟他说。第二天下午又驱车前往茨坪，他为我和奶奶找了个住的地方，让我们休息，等到晚上来叫我们吃饭，我觉得好了很多，他很高兴，劝我再吃一点。旅途中，他不时地问我喜欢什么，好给我买。我都是婉言拒绝，但他还是给我买了一些东西。他后来去桂林，给我带回两个娃娃，草编的帽子，圆形的脸，手臂和腿是用珠子穿的，脚是两个铃铛，摇的时候就叮叮地响，很是珍贵，我一直珍藏着。

近来我发现，他的头发开始花白，可他才四十多岁。我想，那是他为党和人民的事业操心劳神，为了培养孩子勤苦工作的缘故吧。"闲人"龙伯伯，您也不要太辛苦了，身体健康很重要，要学会忙里偷闲。

2020 年 5 月 17 日

雪 梅

"日暮诗成天又雪,与梅并作十分春。"读过卢梅坡作的《雪梅》后,我不由得感叹:雪和梅真是不可分割啊,有雪无梅显得凄凉,有梅无雪显得平常,若是有雪有梅,则显得雪分外白,梅格外红,更显出梅的傲霜风骨!

曾有幸看见过雪中的梅,那时,我才懂得了雪与梅之间的关系,梅花瓣上的雪,更显洁白;雪花下的梅,更显鲜红。这还不是最要紧的!最要紧的是,这样的雪,沾染了梅的香气;这样的梅,涂抹了雪的洁白,真是相得益彰啊!即使是融雪,梅也香气袭人;即使是落梅,雪也冰清玉洁。融雪落梅,虽然带给人一些凄凉,但更多的是感叹,感叹对雪的不舍,感叹梅的不畏严寒!

这就不由得让我想起了一个人——雪梅。可谓人如其名,她像雪,冰雪聪明;又像梅,傲雪斗霜,梅与雪的气节和气质在她身上展现得淋漓尽致。精致的身材,飘逸的秀发,白皙的面庞,还有那双亮晶晶的眼睛,可谓天生丽质、貌若天仙。我奶奶都说她是待嫁的美少女呢。

更重要的是,当你了解到了她的人生轨迹,会感到很震撼。她从长阳的山岭中走出来,到了省城,而后又来到了枝江。她靠自己的双脚,一步步向前,这不正体现出雪与梅的气质吗?现在，她工作稳定，生活幸福；她靠自己的才识胆略，得到了领导的肯定、赞赏；她靠自己的努力奋斗，得到了更多人的赞美。读过她文章的人，都赞不绝口。我爷爷更是对她称赞有加，有次对我说：你瞧雪梅阿姨，就跟她的名字一样美丽、有骨气，从大山中出来，靠自己打拼，并有所成就。

我去过雪梅阿姨的老家，那里叫贺家坪。给我的第一感觉就是空气特别清新，便想起了"一方水土养一方人"，也想起人们常说的"山中出美女"。雪梅阿姨说，别看贺家坪现在的道路四通八达，在她求学的那些年，那都是羊肠小道，每天天不亮就要起床走很远的山路去上学，那种艰难可想而知。我去过她家的老屋，从她现在的新居所一直走到山顶，是那种弯弯折折的土石路，她的老爷爷、老奶奶还在那里坚守着。我爷爷讲，当年我爸爸读二年级时，每天上学、放学都要跋山涉水走二十多里山路。不难想象，一个小女孩当年经历了怎样的艰辛。或许，正是生活的磨炼，才让雪梅阿姨内心变得更加强大。

突然想起唐代黄檗禅师的诗句："不经一番寒彻骨，怎得梅花扑鼻香。"此诗借梅花傲雪迎霜、凌寒独放的性格，勉励人克服困难、立志成就事业，我想，雪梅阿姨一定深谙其中的道理，并自勉自律，也才拥有了无比绚烂的青春人生。

我能遇见这么一位容貌端庄、性格刚毅的才女阿姨，此生有幸也！

2020 年 6 月 3 日

亲亲罗阿姨

我见到罗一鸣后写了篇《幽默哥哥》的作文，根本没看出他是单亲家庭长大的，因为他几乎遗传了他妈妈的基因，十分阳光、坚强和独立。

他的妈妈叫罗华艳，是我爷爷的学生、我大姑姑的同学、我爸爸的小师妹，我可以叫她"罗妈妈""罗姑姑"，最常叫她"罗阿姨"。

罗阿姨体态轻盈，面如桃花，气若幽兰，乐观向上，真诚善良，坚忍独立，堪称人间大爱的使者。罗阿姨说过，当年，是我爷爷对她的启发和教导，才让她走出了自卑的阴影，变得阳光自信起来，从此开启了新的青春人生。现在，她要竭尽全力打造全市最优质的早教中心，更好地服务社会和大众。

她创办的枝江市欣爱宝贝爱育幼童脑潜能开发中心，是枝江市首家专注 0 至 18 岁亲子及家庭教育的早教机构，在枝江非常有影响力，赢得了众多家长和孩子的喜爱和尊敬，知道她的家长和孩子都亲昵地叫她"猪猪老师"。

我爷爷曾组织作协的同志去"欣爱宝贝"那里开展活动，我有幸参加。我看见了她的忙碌和自信、辛勤和慈爱。她很耐心地教小孩子们做手工、陪他们玩游戏、分发点心，旨在开发孩子的大脑潜能。孩子们都十分认真、专注和开心，并没有因为外人的到来而感到紧张。她在那群小孩子和家长中间，是一位母亲、一位老师，巧妙地控制着课堂的节奏，又像是一个小孩子，和那些孩子打成一片，时而顽皮，时而欢笑。她还邀请我们一起参加孩子们的游戏，将课堂的气氛推向了最高潮。

由于对事业的追求和忙碌，她偶尔感慨，自己为了大家的孩子，亏欠了自己的儿子，儿子从小很懂事，现在大了，有时做作业不太认真，有的科目成绩不理想。其实并不是这样的，我所见到的"幽默哥哥"，虽然有一般孩子身上的顽皮和不足，但他发展全面，十分独立。有好多次，罗阿姨要他做什么，他马上就去了，这一点连我都做得不够好。还有，他可以一个人在北京参加培训班。

她对我挺好的，对我的教育和影响可以说不是妈妈胜似妈妈。我们见面，她总会给我带些好吃的东西，而且特别关照我。比如蛋黄酥，一盒里边总共才八个，就给了我四个。又比如一共买了四个很贵的橘子，愣是给了我一个，其他人是一个人分了几瓣尝了一下。

留在我记忆深处的还有两件事：

第一件，那年，学校要开亲子运动会，每个班要组成十个三人家庭参加比赛，班主任组织了几天，全班有几个是"留守儿童"，爷爷奶奶做不了，其他大都是妈妈在家照顾孩子，我爷爷感觉这样下去班级在这个项目会自动弃权，便跟我说，我们请罗阿姨来组成爷孙三人家庭，一打电话罗阿姨就答应了。最终，我们班在比赛中获得了第一名。

第二件，我爷爷到龙泉参加一个重要活动，他原本想报到后回来接我，结果现场要求参加的人不能缺席，于是爷爷给罗阿姨打电话，罗阿姨便开车去学校门口等我放学，然后送我去龙泉，晚上八点才吃上晚饭。爷爷要她在那边宾馆住一晚第二天回来，她却要返回。是啊，除了"幽默哥哥"在家，她第二天还有工作呢。

爷爷多次跟我讲，罗阿姨不光是对我们这样，对所有人都是这样，她有一颗金子般的心，她深怀感恩之心，奉献社会，服务他人，做了许许多多的好事，而且从不张扬。

亲爱的罗阿姨，我想对您说，您是一位善良慈爱的母亲，一位具有家国情怀的早教导师，是我心中的女神，我人生的向导！

2020 年 5 月 30 日

给梁春云奶奶的信

敬爱的梁奶奶：

您好！

我是雯雯，我非常感谢您一直关心我、鼓励我。我从您的话语和举手投足中学到了很多做人的道理，也从您那么多的优秀作品中，感受到了您的伟大。

好几次想给您写信，真不知道该怎么说才能表达我的心情。这一次，也是爷爷说，你要给梁奶奶写封感谢信呀！可我以前没有写过感谢信，只能大胆尝试了。

我平时的作文打90分，偶尔打95分，但其实我的写作水平是不行的。我写的文章，爷爷老是说没有写好，没有写出细节，没有写出真情实感。爷爷说，我讲的时候绘声绘色，就是写出来不行，这就是没有用功的体现。其实主要还是我对自己要求不严，贪玩，也缺乏持之以恒的精神。很多时候，我只想完成老师布置的任务，就觉得万事大吉了。

不过，我是有很强的上进心的，也下了一些功夫，平时在学校的表现也经常受到老师的表扬。我每学期都会被评为"金色阳光少年"。但这离我的目标还差得很远，我还要继续努力。

您几次给我寄的书，我都特别喜欢。

我读了《海底两万里》，我仿佛和皮埃尔·阿罗纳克斯先生、龚塞伊、尼德·兰、尼摩艇长一起乘坐"鹦鹉螺号"，在整片大海之中，遨游了两万法里（八万里）！在这本书中，我到过太平洋、大西洋、地中海，还有红海；我见过巨大的章鱼、沉没的船只、美丽的珊瑚丛，以及海下正在爆发的火山；我听过大海的怒吼、受伤动物的呻吟、螺旋桨拍打水面的音符，以及鲸鱼呼吸的旋律。在这场惊心动魄的旅行中，我见证了三个人同甘共苦，在危急时刻都想着他人；我见证了一个仆人（龚塞伊）对主人（皮埃尔·阿罗纳克斯先生）忠心耿耿，在缺氧时甚至想把氧气全部给主人，而自己则断了呼吸；我见证了"鹦鹉螺号"上几个人的死亡，那个时刻，平时冷酷无情的尼摩艇长流下了眼泪……

　　我翻阅了《泰戈尔诗选》，感觉里面的很多句子太优美、太富有诗意了。比如，我要使你清晨散步的花径永远鲜妍/你的双足，将步步受到甘心舍命的繁花礼赞相迎/我要摇荡在七叶树间荡秋千的你，傍晚的月亮将竭力透过树叶来吻你的衣裙……

　　滴水之恩，当涌泉相报。爷爷也常跟我说起这句话。每个人都要懂得感恩，对于别人的帮助要记在心里，日后加倍报答。

　　敬爱的梁奶奶，我会报答您的恩情，我会永远牢记您的教导和鼓励，努力进取，不断完善自己，争取变得更加优秀，将来做个对社会有更多贡献的人。

　　爷爷说，南宁是很美丽的城市。

　　敬祝

您在南宁身体健康，天天开心！

雯雯
2019年6月3日

最美枝江人

放学的时候，班主任曹老师要我星期日写一篇"谁是最美枝江人"的征文，这可难住我了。回到家，我就问爷爷。爷爷说："你见过很多的人哪！比如，警察叔叔在太阳下指挥交通，环卫工人保护城市整洁，还有你的老师……他们谁最美啊？"

我好像明白了，我对爷爷说："我认为老师是'最美枝江人'，这个'最美枝江人'，不是光说他们漂亮呢。"爷爷说："嗯，很好！现在，你就要好好想一想，你认识哪些老师，你觉得他们在哪个方面很美。"我便跟爷爷讲了许多。

我在幼儿园托幼班的时候，是刘老师、张老师教我们的。好多小朋友每天哭闹，老师们总是又抱又哄。冬天，有的小朋友把大便拉在裤子里，老师也不怕脏。后来，胡老师教我的时间最长，她很漂亮，说话特别亲切，我们午睡的时候，她总是守候在我们的身边。后来在大班，孙老师、董老师教我，还有罗园长，她们经常教我们要养成好习惯，告诉我们要勤奋学习，长大做有用的人，还让我当旗手，要我主持毕业典礼。我离开幼儿园那天，她们还说，以后取得了好成绩要跟老师汇报。

我到了公园路小学，认识了很多的好老师，他们都对我挺好的。我觉得他们是"最美枝江人"。

有一次，我进校门的时候，遇上一位头顶头发稀少的老师，前面一个姐姐在叫"何校长好"。还敬了个礼。我知道他是校长了，也叫了一声，敬了礼。可是，何校长的声音是嘶哑的。后来，我听他开大会讲话，声音也是嘶哑的。我问爷爷，这是怎么回事呢？爷爷说，何校长每天一定挺辛苦的，他要管理学校，是要跟老师们、同学们说很多话，嗓子就哑了。我觉得何校长真的很辛苦。

我遇上了班主任曹老师，还有教我的龚老师、张老师、杨老师、两个李老师，我觉得他们都挺辛苦的。特别是曹老师，每天要跟着我们，生怕我们出事，她为了我们，每次吃饭都很迟。她要我担任文艺委员、"小老师"，告诉我一些规矩，鼓励我好好学习。我取得了好成绩后，她就会表扬我。

我跟爷爷说了一会儿。爷爷说："嗯，就是嘛，你的老师真的很美。他们为了你们健康成长，不知吃了多少苦，受了多少累，有的老师头发都花白了，有的老师都得了很多病。"

最后，我大声说，我的老师就是"最美枝江人"！

一（4）班覃晓雯
2014年5月8日

此文是曹老师要求我写的征文，是爷爷跟我一边聊着，一边写出来的，因为当时太小，根本不懂得什么叫征文，也不懂得什么叫作文，爷爷慢慢问，我就将我知道的都说出来，然后就"凑"成了一篇文章，爷爷打印出来，还配了拼音。不晓得后来评上奖没有。

爷爷后来告诉我，参加征文活动就是锻炼。无论是否获奖，我都会有所收获。

小镇里的庖丁

"庖丁解牛"的故事我听过很多遍,却从没见过故事中所讲的庖丁。今日,在长阳贺家坪这个小镇,我意外见到了一位"活庖丁"。

我没有见过"解牛",却常见"解鸡",就是把鸡开膛破肚,掏出内脏,把鸡身剁成小块儿;也见过"解猪",几个人忙活一阵子,就能见着猪头、猪蹄、内脏和几大块猪肉了。这当然称不上"庖丁"。

这次见着的,是一个身材矮小的老头儿,看上去跟我爷爷一般年纪,脸上皮包着骨,手上青筋扭着,但他手里的尖刀在猪的骨肉间挥洒自如,有着四两拨千斤的"神力",令我十分惊讶。

猪毛褪净之后,那把尖刀在白白的猪脊上划出一道口子,又在猪的颈部下刀,"呼啦"一剌,两只手揪住猪头一拧,"咯嘣"一声,猪头便脱离了猪身。马上有链子铁钩从猪尾伸进去,电门一开,猪身就倒挂在了梁上。突然"刺啦"一声,尖刀迅疾地划了一下,猪肚裂开了,猪的内脏随即"溜"了出来。又连续"咯嘣""咯嘣"响了几下,四个猪蹄子离开了猪身。随后是大砍刀从猪尾处沿着猪脊劈下,猪身变成了两半。

下一幕更神了,尖刀在猪骨的轮廓间、猪肉的纹理间飞舞,

第二章 桂馥兰香

刺了几下，猪油、猪腰子全掉了，"嚯嚯嚯嚯"几声，紧贴着猪肉的脊骨、排骨、大骨等全脱落了；又刺了几下，猪肉成了一条一条。特别是那尖刀在猪头上"嚯嚯"几下，猪的头骨、牙骨全部裂开了。

　　古代庖丁凭借高超的解牛技艺，让梁惠王"得养生焉"，即懂得了养生的道理。而今，住在偏远山区小镇的这位"活庖丁"不也体现了自己的价值吗？他用那娴熟的技术告诉我们，要想在社会上立足，必须有高超的技艺，而高超的技艺必须要靠多年的勤学苦练才能取得。

2019年12月7日

生活中的美

我们小区里有一群忙碌的清洁工人，他们默默无闻、无私付出。虽然，没有人为他们"点赞"，但他们勤劳的身影经常浮现在我的脑海中。

夏天，当我们还在甜美的梦乡时，清洁工就已经开始忙碌工作了。他们早起打扫小区卫生，就是为了大家醒来后，有个清洁舒适的环境。当太阳公公调皮地跑出来，烘烤着大地，我们在家里吹着空调都还嫌热时，他们却在认真地清扫着。阳光透过树叶照在他们脸上，珍珠般大的汗珠从他们的额头上滴下，此时此刻，他们劳动的身影是多么美啊！

秋天，许多树叶纷纷飘落，清洁工们更是忙个不停。他们总是拿着一把扫帚，把飘落的树叶扫成一团，再用袋子装起来。这样的清扫每天都要重复做上几遍，路面才会干净，因为树叶很调皮，扫了后又飘落。扫完落叶后，他们虽然已经很累了，可还要用水再冲洗一遍街道。一边冲洗，一边清理打扫死角，直到路面都变得一尘不染。这虽然是简单重复的动作，但在我心里是那样优雅而美丽。

冬天，我们都冷得瑟瑟发抖，清洁工们还是坚持清扫。他们迎着寒风，一下接着一下地仔细扫着，从来没有一句怨言。清理垃圾桶是最辛苦的，人们路过时都要用手掩着鼻、疾步绕道离开，可清洁工每天都要收拾那臭气熏天的垃圾桶。他们弯着腰，把手伸进去，一包一包地拿出来，放到移动垃圾车里，然后将每一个垃圾桶擦洗干净、套上一次性塑料袋，最后才能推着小车离开。他们不怕脏不怕累的背影深深地烙在了我的心里。

一年四季，年复一年，清洁工们无怨无悔地付出，为我们创造清洁的环境，让我深刻地感受到了劳动最美、劳动最光荣，这也是生活中的美啊！

2021 年 4 月 25 日

晒晒我们班的牛人

我们班的牛人可谓不胜枚举,但我觉得最牛的一位,是我的小学同学、现在的组员、曾经的同桌胡涵阔。他怎么个牛法?就是他言谈举止会让你开心。

他可不是一般的阳光、乐观、知错就改、态度端正!

平时,他的脸上总是堆满笑容,说话都很客气,走路都是跳着的,有时明明在教室的后面,"哧溜"一下,就会在你的耳边呼哧呼哧地喘气。看到他刚从食堂走出来,一闪就去了小卖部,抱出一堆零食,"哧溜"一下,零食不见了,都被他塞进嘴里吞进肚子里去了,动作之迅捷,就像神舟五号进太空。你要问他吃得这么多这么快不撑吗,他会说:"还好吧,我的嘴和胃容积很大呢!"乖乖!让人真心佩服,又忍俊不禁。

他做作业的那个速度简直让人惊叹、激动不已!老师刚布置了作业,他的笔就在作业本上飞奔,就像马拉松运动员的腿呼呼呼、唰唰唰地在作业本上奔跑着,我这个组长还在写,他就把作业交上来了。我心里当然高兴啊,咱同学交作业这么积极,也该鼓励鼓励啊。"谢谢!""不客气!"他还跟你笑一下,很天真烂漫的。

当然,他更牛的是他的态度。我看他的作业,有的不是汉语,也不是英语,也不是阿拉伯数字,那是"胡语"啊!"回来哟!"他当然听见了。"看看，胡语!"他看了后，老老实实拿着作业本趴在课桌上一笔一画地重写，写完了，双手递给我。嘿，跟之前简直判若两人！我当然还要指出错误，他连忙说："马上改正!"知错能改，善莫大焉！

"胡涵阔，伙计，你昨晚上又是怎么搞的啊……"这是老师批评的开场白。他居然笑了，这还笑得出来？但等老师批评完了，他不笑了，很认真地说："对不起，老师，我一定将作业补齐。"然后就望着我笑："帮帮咱们哪！""哎，老师批你了，你还笑得出来？"他却说："批一次，脸皮不就厚了一点吗？其实吧，你成天愁眉苦脸，还活不活啊？"听听，他的这种逻辑牛不牛？

诗人李白在《赠孟浩然》中说："高山安可仰，徒此揖清芬。"我们班的牛人胡涵阔虽然没有达到那样的境界，但我相信，他如此阳光、乐观地生活，将来一定会更牛，牛出花样的青春年华。

2020年6月21日

我的同伴

　　一双大大的眼睛,一头乌黑的头发,一张樱桃小嘴,以及一双灵活的小手,这就是我最好的朋友,我叫她"薛"。俗话说,物以类聚,人以群分,我们之所以会成为好朋友,是因为我们有着相同的兴趣和喜好。

　　薛经常做一些小手工,我见过最多的就是折纸了。一张正方形的纸,对折、对折、翻一下……一会儿就变成了小桌子、小花儿、小千纸鹤等,就连一张长方形的纸,她也能折出钢琴、青蛙呢!我记得她教我折蝴蝶结时,拿出了两张纸,递给我一张,然后把她的那张裁成了正方形,我马上照做。有一步特别难,但也很好玩儿,那一步折完之后,翻过来,就成了小气球,她把我的手指放到气球上,一按,那个包马上就被压平了。但是,我在折的过程中遇到困难了,那张纸偏软,我怎么也折不出那个小气球,她把我的手抓住,手把手地教我。后来,我终于学会了。

　　她喜欢紫色,我也喜欢,如果我们一起买东西,看到了紫色的,而且我们都喜欢的,就会暗自竞争一番。但很多的时候,都是她把那个东西让给了我。

　　我也知道,她有一颗金子般的心,所以她人缘很好。一下课,王、周、许、肖都会围住她,她经常被她们弄得晕头转向,有时，施和我也会"加盟"，她就更措手不及了。所以，大多数时候，我会选择中途帮她解围。

这就是我的好朋友，她做事细心、谦让有礼、人缘好，有这样一位好朋友，我特开心，也特自豪。

2018 年 6 月 9 日

小学毕业合影

吾班大将

吾班几位"调皮大将"常惹是生非。不信,汝等随吾来观。

场景一

时间:某节语文课上;地点:六(5)班教室

人物:语文老师、"大将1号"、班长、众同学

事件:语文老师正上课,众同学正听课,"大将1号"趴在桌上,似乎恹恹欲睡。老师走过去,说:"你是听课还是睡觉?"他突然站起来,走到教室后面,对班长说了两个字,班长站起来回复老师说:"听课。"老师没反应过来,涨红了脸,隔会儿才说:"孺子不可教也,其他人可教,唯你不可教……"

另类评点:懂得层级管理体制,让人刮目相看。

场景二

时间:某节英语课上;地点:六(5)班教室

人物:英语老师、"大将2号"、众同学

事件:英语老师提了个问题:"How old are you?(你几岁了?)""大将2号"回答:"I'm…I'm…I'm…(我……我……我……)"他支吾了半天,众同学笑。老师脸有怒色,直呼其外号:"李牙膏,你连几岁都不知道是吧?"他涨红了脸。老师又问:"How tall are you?(你有多高?)How heavy are you?(你有多

重?)"他又支吾了半天,老师这下彻底火了:"李牙膏,你是不是才一年级?你连自己的年龄、身高、体重都不知道了……"教室鸦雀无声。

另类评点:用力猛了,牙膏早挤没了。

欲知"大将"后事如何,且听下回分解。

2019 年 1 月 19 日

淡紫轩,你还记得我吗?

　　帮助,给人温暖,给人幸福,给人关怀。童年时,天真无知,却没有缺少帮助。

　　当时与同学们相处都比较融洽,印象最深刻的是一位叫淡紫轩的同学,因为她给予了我莫大的帮助。记得我上一年级时,她总在我伤心时,轻轻地安慰我;在我孤独时,默默地陪伴我;在我无助时,静静地鼓励我;在我开心的时候,她会和我一起笑;在我生气的时候,她伴我一起生气。我有什么心里话都说给她听。

　　下课后,她就像胶水一样黏着我。我们最常玩的是翻绳,谁输了,便要挨一下打,但其实是"雷声大,雨点小",都舍不得用力去打对方,输的那个还假装嗔怪道:"要真用力啊。"但都不会真的怪对方。比赛呢,是看谁挨打的次数多。虽然后来我又有了许多朋友,但她永远是我最难忘的。她乐观向上,待人友好,脾气也好,是值得我学习的。

　　她经常在吃完午餐后陪我玩,体育课也一样。让我印象最深刻的是一次体育课,我们一起玩的时候,有个同学来喊我们一起玩,结果不知道为什么,那个同学突然骂了我,便喊其他人走了。我哭了。只有淡紫轩留了下来,并安慰我说:"不要理她们,她们每次都这样。"我望了她一眼，只见她脸上带着微笑，又继续说："我们两个玩吧。"说完就拉着我，去我们经常去的地方——教学楼后面了。我问她："你为什么要这样?"她说："做朋友就要做到底，不能和她们一样，动不动就说'我不跟你玩了'。"我说："嗯!"

但是二年级以后，我再也没见过她了。时隔几年，我仍然想她，如果再见到的话，我要对她说："谢谢你那时对我的陪伴与鼓励!"

2017 年寒假

幽默哥哥

最近，我认识了几位阿姨的儿子，其中一个我喊他"幽默哥哥"。他是单亲家庭，随妈妈姓，个子不高，偏瘦，有着乌黑的头发、如苹果般红润的脸、一双如星星般明亮的眼睛和一张很会说话的嘴，让我感觉到他大方、开朗、自信，印象最深的是他的幽默。

与哥哥第一次见面是在一家餐馆，那天是他妈妈的生日，邀请我和爷爷去。他站起来给他妈妈敬酒，说："祝妈妈越长越丑！"我当时哭笑不得，哪有妈妈的生日，孩子会这么说的？他也笑，眼睛一眨一眨，好像在放光。谁知他妈妈说："谢谢儿子！"他坐下后，我悄悄问他："你是不是用的反语啊？"他说："不是呀！妈妈这么漂亮，再长丑点儿，别人不就感觉到他儿子更帅吗？"

后来，我听说他去学做饼干，就问他："你会做什么菜？"他说："我喜欢的菜我就做，不喜欢的就不做。""呃，我问你会做什么菜？""哦，蒸鸡蛋、煮鸡蛋、炒鸡蛋、煎鸡蛋、炸鸡蛋……""停，为什么都是鸡蛋呢？而且煎和炸几乎没区别吧？""呵呵，我就喜欢鸡蛋。有了鸡蛋，就可以蛋孵鸡，鸡下蛋，想吃鸡、吃鸡蛋都有了……"我忍不住笑了。他补充道："对，我还会炒鸡蛋饭！"在场的人都笑了起来。

　　前天又和幽默哥哥见面了，爷爷对他说："你妹妹一听说你要来，腿都跑断了……"他说："那是不可能的！"爷爷说："请问这是用的什么修辞手法？"他说："夸张。不可能跑断，最多骨折！"我忍不住笑了，说："那也不可能。我就从对面过来，咋会骨折哩？"他说："骨折了肌肉还连着啊！"大家都笑了。爷爷说："你的个子将来一定会长高的。爷爷直到读高中个子都很矮，集合总是站在最前面。"他说："那您一定是体育委员。"我们又都笑了。

　　哥哥就是这么大方、开朗、自信、幽默，总是给人带来快乐，特别讨人喜欢。我想，我们每个人要是都像他一样，生活就会更加多姿多彩！

2018 年 5 月 1 日

第三章

桑梓碧玉

枝江博物馆

8月16日上午,我在爷爷的带领下参观了枝江博物馆,体会到了枝江文化、楚国文化的博大精深。

那天天气很热,爷爷用自行车驮着我,一路和我讲关于枝江博物馆的事。爷爷告诉我,枝江博物馆里装的是我们枝江的悠久历史,有许多古代的文物。枝江古时候是楚国国都,叫丹阳。现在的丹阳小学、丹阳公园都是依据这个来命名的。我听着,更想飞到那里一探究竟。

枝江博物馆在南岗路南段,大门朝西,进去是一个院落。中间是水泥走道,两旁是小花园,走到约二十米处便是博物馆的主题建筑——三层,灰白的墙壁,深绿的琉璃瓦屋顶,显得庄重静穆。

我们沿着十几级台阶走进陈列楼一楼大厅。一位阿姨热情地接待了我们,并带领我们参观。

大厅内,正面是石雕,爷爷说,那是黑色大理石雕丙烯填线壁画《西楚沧桑》,两侧为浅浮雕石刻壁画,左侧是大溪文化制陶艺术的《陶韵》,右侧是体现楚文化风采的《楚风》。

接着在一楼参观枝江民俗风情展。风情展分为四时佳节、农事与工业、婚嫁礼仪、天人感应、民间文艺五个部分,每个部分都陈列着文物。

"四时佳节"主要是介绍枝江悠久的历史文化和楚文化的民俗民风两个方面。走进展区,可以看到沿江古镇的传统民居和古街,楚式建筑遗风,民风淳朴崇尚和谐,家具陈设尽善尽美,丰富多彩的民俗活动,彰显了深厚的荆楚文化内涵。"农事与工业"部分有犁、织布机、手动水车、长杆烟、蓑衣等展品,主要是一些纺织用品、农作用品、生活用品。"婚嫁礼仪"部分展出的是轿子、喜饼模、茶具等婚礼用品,寄托了人们的美好愿望。"天人感应"部分展出的是一些巫师跳神、祭祀的物品。一千多年前,楚人都是信奉神的,节日里,人们会请巫师来跳神,以驱赶邪恶的神,还会祭拜善良的神,反映了荆楚文化的丰富想象力和敢于与邪恶斗争的勇气。"民间文艺"部分里的展品也不少,有龙头、彩珠、皮影戏,还有锣鼓等乐器呢。

在二楼,我们参观了"开拓——枝江古代陶器与青铜器的记忆"展览。它分为三部分:陶韵——文化曙光;楚风——创业沮漳;楚风汉韵——汉砖艺术。大厅中央有一方大古鼎,正面墙上是大型浮雕画,古色古香。

"陶韵"中的展品皆为陶器,包括陶碗、陶杯、陶盘、陶罐等,使我感受到了楚国文化的伟大。"楚风"中的大多展品是青铜器,包括青铜鼎、青铜爵等。"楚风汉韵"中的展品大多为汉砖。汉砖与普通的砖的不同之处在于,它采用了浮雕技艺,动静结合。

参观结束,我与阿姨说了再见,就坐上了爷爷的自行车,和爷爷返程。这次参观,让我真正体会到了枝江历史文化的博大精深。

2017 年 8 月 20 日

石宝山游记

爷爷说，石宝山是座宝地，遍地是宝，说得人恨不得马上飞去那里。

想象中的石宝山一定都是悬崖峭壁，见到的却不是。那山并不高，地貌就像和尚敲的木鱼，北面的山势较陡，从山顶往东南是斜坡下去的。山上有一片片树林、梯田、凹进去的土坎、乡村公路，还有村委会和依山而建的农舍，东南方有一个人工湖，是新建的枝江市垃圾处理场。

传说，古时候，社神用金桌椅镇守，本地万物兴盛。突然，洪水泛滥成灾，九十九洲难保，同门社神前来借金桌椅一用，说好洪水过后就送还，可金桌椅不知所踪，社神便叹息"失宝山"，后来一秀才作文写成了"石宝山"。

又有传说，清初，清廷抗击吴三桂叛军，便将此地作为军事要塞并取得了胜利。后来，日寇进攻宜昌，选择此地作为重要的军事据点，建指挥所，挖战壕，开辟杀人场，但不久被地方游击队捣毁。听着传说，感觉眼前闪现出电视剧里的战争硝烟。

我们走到了山间的一家农家乐餐馆，是一个非常漂亮的鱼庄，两栋装潢别致的小洋楼，门前有两个鱼塘，水较为浑浊，有鱼儿搅动的波浪。我们在一旁采野花、摸野草、找蒲公英，扔进鱼塘，鱼儿吓得都游散了。蒲公英的种子到处飞，我追逐着，却难以捉住。房子的周围是柑橘园，还有各种花木、菜地。

石宝山竟然有樱花园！在我的记忆里，它是我家乡独一无二的美景。湛蓝的天空之下，阳光照耀着村庄中的小山坡、梯田，一大片一大片的樱花林、粉里透白的樱花，仿佛云彩飘在山谷。微风吹过，有樱花的花瓣飘落，像春天里的樱花雨。走在樱花林，自由地嗅着花香，沁人心脾。

慢慢往前走，眼前出现一座二层小楼，我见到了一个残疾人，叫薛家培，他在这里做农村淘宝客服，大家都说他身残志坚。屋后，一个天然养鸡场，让人大开眼界。一大片树林里，到处是散养的鸡，这些鸡没有人管，都在自由地觅食。往坡下走，有池塘、田块，也到处是鸡。在很破旧的鸡舍里，挨挨挤挤着很多毛茸茸的小鸡。我找来水和米粒，小鸡先往后退一点，然后在地上乱啄，把米粒向前推了一点，嘴便啄到了米粒，然后，嘴伸到了水里。最底下是一个冲，到处是玉米粒，小鸡们在自由地啄着。冲的一侧坡上是较大的鸡舍，一些母鸡正在下蛋，偶有公鸡在身边亮一嗓子，吓人一跳。

薛家培告诉我，他的人生可谓悲喜交加。当年，刚考取了重点高中的他，突遭横祸，一只手没了，与大学失之交臂。阴差阳错，一个山城妹子从羊城赶来做了他老婆。后来，他叔父搬家，把一片山林给了他，他就在那里养鸡，并把土鸡和鸡蛋通过网络销售到其他城市，成就了他的自强不息。他还带领一方农民致富，那里的土鸡、鸡蛋都去了城市。市委书记都在网上帮他推销土鸡、鸡蛋，他还成了枝江、宜昌的楷模。

大家都说石宝山人杰地灵，说话间，乡村公路上突然跑过几辆小轿车，还有几位漂亮的中年女人腰缠围兜，谈笑着走进一片橘园。

我很想继续寻找历史留下的遗迹，可惜时间不够了，有机会我一定要再来一次石宝山。

也难怪爷爷说石宝山遍地是宝呢，原来那里除了景色美不胜收，还弥散着不一样的空气！

2020 年 2 月 3 日

雨中的五柳湖

我喜欢阳光下的五柳湖，更喜欢雨中的五柳湖！

阳光下的五柳湖太过打眼。晨曦之中，它过于炫目；骄阳之下，它过于刺眼；落日映照，有成群结队的人沿湖走步，它又过于喧闹。而雨中的五柳湖，就像小孩子藏猫猫那般神神秘秘，给人一种朦朦胧胧的美感。

有个假日的中午，太阳很大，我们到了五柳公园，我一路蹦蹦跳跳，有树荫的地方很凉快，但上了拱桥就热得够呛，于是我们便去坐了小游船，没有开自动，几个人一起划到了湖中间，都出一身汗，我们让游船自由地漂，向四周看去，湖面不大，一切尽收眼底。

雨中的五柳湖则不同，羞答答的，是那么妩媚，那么撩人。我们到了团结桥，一阵微风吹过，飘起了细雨，雨密密的、细细的、斜斜的，随后就成了薄薄的雾气。湖的南部像一个椭圆的布兜，北部在凌波楼前面分叉延伸，左右都有一座拱桥，全笼罩在薄薄的雨雾里，犹如一个仙女头上盖着一层薄纱。湖面上，还有几片桃花瓣和几片柳叶静静地漂着，引得鱼儿从湖底游上来。一只鸭和一只鹅悠闲地游着，仿佛人散步一样。几只小游船划过去了，与鸭子、鹅逗闹，几个大人小孩踩着飞轮，逗得鸭子、鹅扑棱棱地跳啊叫啊。湖里的倒影更神秘，周围的高楼、垂柳、亭台，全都笼罩在朦胧的雨雾里。

公园里的人们四处躲雨，有的站在树下，有的站在湖边的屋檐下，有的躲去拱桥的一侧。也许是因为沉浸在美中，我们没有去躲雨，仍然沿着湖岸的小路走，路边有一段段木质栏杆，也有许多的树木花草。垂柳依依，枝条上刚刚萌发了小柳芽儿，在风雨中像少女飘逸的刘海。五仙桥、白鹤桥上，有人打着伞慢慢地走着，一边走还一边聊天。几只飞鸟从五孔桥洞中飞过，很轻盈的样子。湖畔的五柳亭、望柳亭里有人坐着闲聊、下棋、唱歌。五柳仙女雕像沐浴在细雨中，格外妩媚。

"雨中观湖，其实就是观人生。"我从爷爷的这句话中得到了启迪。再看湖畔，那长长的柳枝在风中舞蹈，是那么美，那么自然。还有几枝特别长的垂在水面上，好像在画着粼粼的波纹。

爷爷问："游览五柳湖，你有什么收获吗？"我说："我想起了一句古诗，'水光潋滟晴方好，山色空蒙雨亦奇'。雨中的五柳湖的确有不一样的美。"爷爷又说："一湖一世界，你知道是什么意思吗？"我仔细想，似乎不太懂，我想可能是面对一湖清澈，就会放下所有的喧嚣和烦恼，进入自己心灵的世界。

2020 年 2 月 3 日

美丽的狮子湾

8月12日,我和爷爷回到了我的老家——天螺寺村,因为刚下过雨,爷爷带我去狮子湾转了一圈。我感觉,狮子湾的变化太大了,现在太美了。眼前的狮子湾,几座小山上都长满了树木,层层叠叠,郁郁葱葱,里面还有许多白鹤、斑鸠、野鸡、丝毛雀等鸟类栖息。特别是那座狮子山,被树林占据着,不仔细看都看不出狮子的形状了。

我们边走边说。爷爷说:"以前,这狮子湾杂草、荆棘丛生,几座小山上树很少,特别是狮子山顶,光秃秃的。"后来,我祖爷爷带领一班人用扬镐、钢钎把狮子湾里的石头清走,垒砌了梯田,后来,那里面种上了树,渐渐地,狮子湾就变美了。

据爷爷讲,狮子湾是因为狮子山而得名,狮子山还有一个美丽的传说呢。从前,狮子湾里来了一只狮子,卧在一片土地上,睁一只眼,闭一只眼,望着长江对面的一块洼地。那洼地里,有五条从东海游来的龙,正在嬉戏。红龙发现了对岸的狮子,刚开始以为江北这边是一只老虎,想与它们比试武艺,蓝龙说那不是老虎而是狮子,青龙就从江那边游过来看了个清楚,黑龙用鼻子闻了闻狮子特有的气味,黄龙则用耳朵听出了狮子喘气的声音,都觉得狮子没有想比武的意思。于是,它们就向北游玩去了。后来，人们就把龙嬉戏过的地方叫作"龙窝"，把北面那里的一座山叫作"五龙山"。而狮子呢，还在原地盼它们回来，后来就成了一座山，人们就管它叫"狮子山"。

　　看到美丽的景色，听着动人的传说，我的心里非常激动，勤劳勇敢的人民把家乡建设得如此美好。我长大了，也要为建设家乡做贡献。

2017 年 8 月 13 日

神奇的牛郎山

夏雨如酥的四月,在牛郎山温润的怀抱中,我采撷那"青山不墨,碧水无弦"的意境;骄阳似火的七月,在牛郎山缠绵的情思里,我寻觅那"三峡水乡,田园枝江"的神韵。

神奇的牛郎山,让我百看不厌,流连忘返!

牛郎山,在枝江西北部的仙女镇向巷村。爷爷说,此山因传说中的牛郎曾来放牛而得名,是七仙女与牛郎相聚过的地方,也被称为"仙女山"。人们为了纪念七仙女,还修了一座庙,叫"仙女庙"。仙女镇因此而得名。

去年4月22日,枝江作协举办牛郎山诗会,我作为枝江市少年作协会员,参加了诗歌朗诵。

这是我第一次去牛郎山,乘着小轿车从县城出发,我的心早已飞向了那里。

约半个小时车程,我们驶入了新修的宽阔平整的柏油路。不久,映入眼帘的是个小山包,一块巨石横卧着,巨石上刻着"牛郎山"三个红色大字。据说这块巨石是因这里建了一个牛业特色小镇而立的。

沿着中心柏油路往前走,空气清甜,景色秀色可餐。小山逶迤起伏,树木郁郁葱葱,翠竹随风摇曳,木屋若隐若现。精致的亭台水榭静立在小池塘里，精美的儿童户外游乐场掩映在绿树丛中，几座漂亮的小楼和一排白墙蓝瓦的牛舍矗立在西北的山岗上。

柏油路的一侧有灰白色的柱式栅栏，栅栏上布满了野草藤蔓；另一侧的田地里、山坡上，庄稼在拔节，甚至听得见微微的声音。一片片有机橙子树挂着诱人的小果儿，让人垂涎不已。路边的野花竞相斗艳，招引着一只只蜜蜂、蝴蝶在花丛中忙碌地飞来飞去。

到木屋餐厅用餐是最令人惬意的。透过窗户、丝帘可见山峦苍翠，满池碧波，品尝牛排火锅，更是别有风情！突降细雨，雾时，空气更加清新，山林更加苍翠，池塘更加清澈，让人觉得这里就是一个天然氧吧。

7月16日，我跟着爷爷奶奶、龙伯伯再次踏上牛郎山。夕阳的余晖映照着青山绿水。我特别高兴，我在儿童沙滩乐园玩遍了各种器材，又躺在长椅上小憩了片刻，接着又去了小湖畔，那里面有鱼儿游动，我想垂钓可没有带鱼竿、鱼钩，便采摘了一些蔬果，然后我们又去牛舍参观。

在柔和的夕阳里，我们进入了一个暖洋洋的小房间，顿时感觉被浓浓的乳白色气体包裹，等到马上要喘不过气来时才被放出去，然后才进入牛舍区。牛棚很大，有很多的大牛、小牛在各自的房间里挨挨挤挤，还此起彼伏地哞哞唱歌，好像是一群特殊的歌者在歌唱，它们的歌声是那么忘情，那么自由自在，那么耐人寻味！

天空已经有星星在闪烁，我仍然不想离开。

今年4月和7月，我两次跟着爷爷去牛郎山。大人们都是边走边聊，而我喜欢看风景，偶尔听到他们谈论牛郎山的未来发展前景，虽然有些内容我不懂，但我知道，那里要与美丽乡村建设相辅相成，相得益彰。

　　11月10日，爷爷组织作家协会去向巷村开展"寻找中国美丽乡村"采风活动，也带着我去了。那里山清水秀，每个家里都建成了庭院。我听见大人们谈论牛郎山、仙女山、鹊桥的故事，说要打造农村新风尚。我想，要是那样，牛郎山可就更热闹了，到那里的人，不仅吃得满足，玩得也会非常高兴。

　　牛郎山，山美、水美、人更美。牛郎山，就是一幅美丽的水墨画，是一首令人回味无穷的山水田园诗。我爱美丽的牛郎山！

2018年7月22日初稿，2019年12月3日修改

景江华庭

　　景江华庭小区，面积不大，但干净整洁，景色宜人，环境优美，让人心旷神怡。

　　小区东接公园路，南挨沿江大道，北邻五一路，正门在东，中间是门房，右边是入车道、摩托车道和人行道，左边是出行车道。大门上面有"景江华庭"四个大字，还有一个图标，图标中间有个"景"字。

　　从正门进去，有一段主干道，两旁有几株高大的棕树，可谓"镇区之宝"，一年四季都充满生机，苍翠挺拔，好像一个个士兵守卫着我们的家园，陪伴我们开心度过每一天。它的主干笔直、粗壮、修长，有四五层楼高；叶子都向外舒展着，就像孔雀开屏，又像人的手掌，漂亮极了。小区里还有香樟、冬青树、红叶李、柚子树、万年青、枇杷树、广玉兰、月季花、大叶黄杨、葡萄藤等树木花草，把小区装扮得生机勃勃。

　　小区共有十栋楼，有三栋较矮的楼，其余都是十六层，很简单地排列着。小区的位置离长江很近，周围没有工厂，因而这里的空气十分清新。楼群间有一个中心小广场，那里有小鱼池、小花园、健身区，以及一个篮球场。正是由于太小，聚集的大人不多，但小区里常常充满了孩子们的欢声笑语。

小区很年轻,大概跟我同龄,里面有我的新家。三室两厅两卫,装修简单,住在里面也算舒适。在老家狮子湾,爷爷离开时的那个土屋是20世纪60年代初建的,后来在外漂泊了几十年,最后贷款买了一套房子,仍然是他一个人省吃俭用慢慢还清了贷款。爷爷说起这些眼里总有泪水,因为他只是一个普通教师,还要赡养老人、养育子孙,一辈子只有勤奋再勤奋。我以前不懂,现在仍然不很懂,只知道自己住在美丽的小区、温馨的家里,很幸福,很愉快。

景江华庭小区一年四季芬芳妩媚,我爱它,我更爱我的爷爷,更爱这个幸福的时代。

2017年2月26日初稿,2021年8月修改

家乡的秋天

百花盛开、百鸟争鸣的春天是可爱的，瓜果飘香、果实累累的秋天更可爱。我爱家乡的春天，更爱家乡的秋天！

秋姑娘轻轻地画上几笔，家乡的果园顿时变了样。各种果子挂满枝头，散发出迷人的香味。橙色的橘子你挤我碰，向人们绽放调皮的笑脸；紫色的葡萄像一串串玛瑙，在风中快乐地荡着秋千；黄澄澄的梨子像一个个小灯笼，好像在庆祝丰收的节日；还有青里泛黄的柚子，把树枝都压弯了，好像在跟树枝说着悄悄话。

秋姑娘重重地抹了几笔，家乡的菜园瞬间变了样。辣椒一个比一个红，好像在比谁更漂亮；茄子一个比一个紫得发亮，像是在比谁更有趣；萝卜一个比一个大，就像小孩子排队一样看谁更神气；红薯一个比一个顽皮，好像在玩捉迷藏，看谁先把土壤拱得疏松。

秋姑娘浓浓地涂了几笔，家乡的田野里的景色突然变了样。稻田里翻起了金色的波浪，那是沉甸甸的稻穗在和秋风嬉戏；坡地上一片片高粱涨红了脸，好像害羞的姑娘跳着《小苹果》；地里金黄的玉米吐着须子，像一个个长胡子老人在讲动人的故事。

秋天是个美丽的季节，我爱家乡的秋天。

2015 年 10 月 19 日

小城旋律

清晨,鸟儿欢悦起来,沉睡的小城睁开了惺忪的睡眼,奏起了悠扬的旋律。

市场上

"卖菜咯!""这个怎么卖?""打折了!五至七折咯!"一派熙熙攘攘的景象。"卖青椒!五角一斤!""卖石榴了!十块三个!"听到这个,我那爱贪小便宜的奶奶肯定要买了。"给我来两斤。""给我拿三个。"这样的声音直至中午才能安静下来。

校园里

"詹天佑是我国杰出的……"这是我们班在晨读呢!"停一下,还有哪组作业没交?"这一定是课代表在收作业呢!"噔噔噔……"高跟鞋的声音近了,让我们班所有人的心里也跟着动起来,老师进了教室:"同学们,把××书拿出来,翻到第×页,看着第×题,在草稿纸上写,我等会儿请人来说。""唰——唰——"这是写字的声音。"好,×××已经写出来了,而且全对!""你这个不对，再想想。"这呀，是老师在点评同学们的作业。

再让我们瞧瞧大课间吧！"一二三四，五六七八……"同学们随着节拍，精神抖擞地做着操，有个男生一边讲话，一边懒洋洋地伸手踢腿。"那不是，你这个……"这样不和谐的声音飘进了我的耳朵里，也钻进了老师的耳朵里："×××，你再讲一句话看看。"

马路边

"嘀嘀！""呜呜！"车子们也唱着歌，四处奔来。商场的喇叭不停地叫着："打折了，走过路过千万不要错过！""本店清仓，本店清仓！现在全场半价！""××饮料，第二杯半价！"这样的声音引起了人们的注意："买一杯吧。"

夜幕降临，它给天空穿上了一件黑衣，还绣满了星星、挂上了月亮，小城静了下来，准备迎接新一天的到来。

2018 年 10 月 7 日

表姐，来看我的家乡吧

亲爱的静蕾表姐：

你好！一直很想你！这次学校要举行书信比赛，于是我就给你写信了。

我的家乡叫枝江，长江从中流过。我住的县城马家店，这两年街道都修好了，还建了很多高楼，以及五柳公园、滨江公园、七星广场。每天有很多人在公园、广场中跳舞、唱歌、奏乐、溜冰、看演出、画画、赏菊花。前不久，我和爷爷去县城的北边找春天，看见了"创业园"、新修的318国道。爷爷说，这条国道是我国最长的国道，从上海到西藏。沿江种着多种植物，广告牌上写着"湖北省文明城市"。

我的老家顾家店正在开发，清明节回去时，看到有很宽的公路，也在建工厂。我太太的老房子被拆了，搬进了安居房。去年，我和妈妈去顾家店野炊，江中有一个小洲叫关洲，就是大人们常说的"关关雎鸠，在河之洲"，这是个古老的故事。

我出生在安福寺，那里的桃花园变得更美了，漫山遍野的桃花，吸引了很多游客前去欣赏。玛瑙河上修了大桥，河水哗哗地流，水中的白鹅、野鸭一飞一跳，岸边的大水牛、山羊在悠闲地吃草。听说河滩上有玛瑙石，我还想去找一块寄给你呢。去年，我还跟着爷爷去那里参加了枝江作家的赛诗活动。

　　我跟着爷爷去问安参加艺术节，那里有大片的油菜花，有刁子鱼、土鸡蛋，还有个关庙山，爷爷说那是我们祖先居住过的地方，有六千多年历史了。我还去了七星台，那里有望不到边的麦田，绿油油的。跟爷爷坐飞艇去了百里洲，百里洲是全国最大的江中岛，有大片大片洁白的梨花，好看极了。

　　枝江还有很多美丽的地方，够你看的。你来就坐高铁在枝江北站下车，我去接你。

　　最后，祝你天天开心！

你的表妹：雯雯
2015 年 4 月 27 日

春来了

春来了，我心中的枝江小城又在改变她的容颜和气质。

几年了，我每天都和这座小城的脉搏一起跳动。花木是城市的名片。阳春三月，这座小城总会换上绚烂新装，公园里、街道边、小区中，群英初绽，木兰、樱花吐露芬芳，随即便会迎来草木繁茂，百花争艳。到了夏季，市树香樟，还有梧桐、绿柳、冬青、雪松成荫，市花紫薇开始显露峥嵘。秋季，整座城市层林尽染，枫树、银杏自成风景。冬季，街角暗香浮动，蜡梅悄然绽放。如此风景，让所有居民，也包括我，都感到无比温馨、甜美和愉悦。

天刚蒙蒙亮，很难得，我和妈妈去晨跑。妈妈很少回家，回家待几天又匆匆离别，我们很少一起谈论对这座小城的感受。偶尔会一起去看江景，看落日，看渐渐成型的滨江公园。妈妈说，这片大地将小城拥入怀抱，给予她充满柔情的摇篮，养育她茁壮成长。

微寒的风中夹着丝丝柔和，慢慢地、轻柔地抚摸我们的脸颊。它很害羞，当想捕捉它时，它便从指缝中溜走了；它又很慈爱，慢悠悠地吹拂，把一丝清凉灌进人的心里；它也很活泼，当鼻息有点急促，它总会送给清新的空气。

突然，寂静中出现了此起彼伏的鸟鸣，很多不知名的小鸟在闹腾，一展歌喉，唱几句，再从这根树枝跳到那根树枝上，有的鸟儿似乎在相互应和，相互打趣。街边的一排排常绿乔木绿叶如盖，似乎正舒展腰身。湖边垂柳的枝条上冒出了点点新绿。还有几株桃枝上结出了星星点点的红色花苞。那绿，绿得亮眼，绿得肆意，绿得自在；那红，红得隐晦，红得妩媚，红得可爱。我好像感受到了它们跳动的脉搏，以及浅浅的呼吸。

高楼林立的街道上，渐渐地，出现了车流、人流。公园、集市也都开始热闹起来。跑步的，打球的，散步的，玩耍的，还有卖菜的商贩，都不再缩手缩脚，都放松了身体，脸上都洋溢着笑容。最热闹的是集市、早点铺，还有我的校园，全都熙熙攘攘，全都再一次焕发出勃勃生机。

刚刚得知，枝江小城已经成为"全国文明城市""国家园林城市"，我激动不已。我深深地爱着这座小城，爱她的一草一木，爱她的繁星灯火，更爱她的人文风俗。我希冀她与春常伴，与新时代同行，走向更加文明富强的明天！

2021年2月5日，后有修改

第四章

火树银花

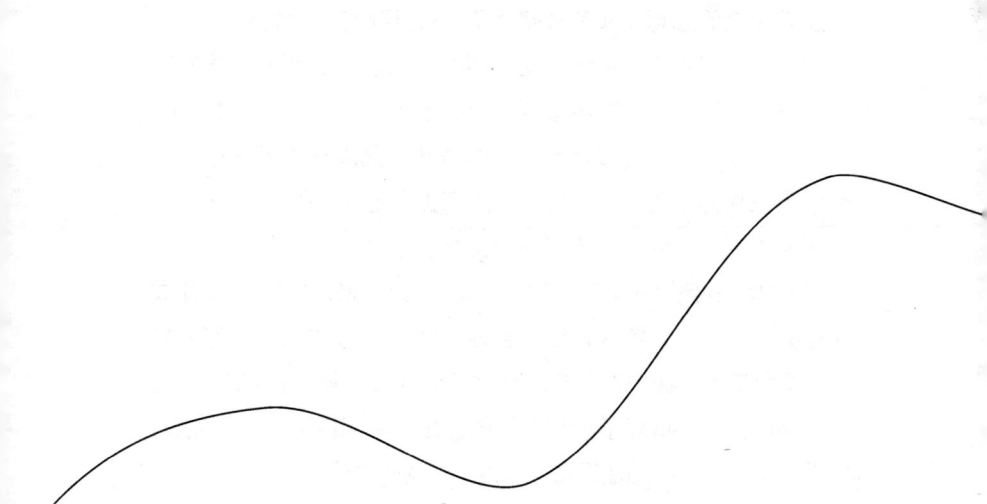

美丽中国，我的梦
——读《美丽中国》

最近，我读了《美丽中国》一书，学到了不少知识，也懂得了一些道理。我知道了，中国梦就是中华民族伟大复兴。

我国有五千多年的历史，是四大文明古国之一，有名扬世界的四大发明——造纸术、印刷术、指南针和火药，有瓷器、丝绸，还有伟大的思想家和教育家孔子，对世界有很大的影响。

我国曾经很强大，由于封建王朝的腐朽而受到西方列强的欺辱。后来，千万革命前辈不惜牺牲生命进行斗争，1949年10月1日，新中国成立了。经过六十多年的奋斗，我国有了十三亿多人口，城市乡村都发生了巨大变化，国家正在走向富强。

美丽中国，我的梦。要实现中国梦，每个中国人都要团结起来，努力建设好自己的家园，建设漂亮的城市和新农村，全面建成小康社会。我作为一名小学生，要按照学校和家长的要求，好好学习科学文化知识，保护大自然，保护好动物和植物，注意安全，遵守交通规则，还要做好学校和家里的卫生，做到懂文明、讲礼貌，为实现中国梦，为祖国建设做一些力所能及的事情。

2013年11月17日

红色之旅

暑假,我去了好几个地方,而其中的"红色之旅"令我难忘。

这次红色之旅,我去了韶山和井冈山。爷爷要我缅怀革命历史,记住革命前辈为了民族解放事业做出的巨大贡献,珍惜今天的幸福生活。"现在的孩子,有很多不知道'红色''革命'这些词是什么意思,所以我要带她去一些与革命有关的地方,其他的地方,让她长大了自己去。"我记得爷爷是这么跟与我们同行的两个伯伯说的。

是毛主席带领红军战士翻越了雪山,跨过了草地,渡过了江河;是毛主席带领中国人民得解放,成立了新的中华人民共和国;是毛主席与入侵者、谋反者斗争,带来了今天的辉煌!于是,我轻轻地翻开历史,跟随毛主席的脚步,出门去看一看。

先去橘子洲,再去韶山,最后到了井冈山。毛主席在橘子洲写出了《沁园春·长沙》,橘子洲头树木葱茏,还有一座为纪念毛主席建的巨大雕像。

在韶山,我们先参观了毛主席的故居,然后又去了树立着毛主席铜像的广场。

毛主席的故居很简单,每个屋子里都几乎只有张床,个别屋子里还有椅子、桌子，连堂屋都是与邻居合用的，而且堂屋还兼做吃饭的地方。

在毛主席纪念广场上，毛主席的铜像树立在广场中间，铜像后面有五十六棵松树代表五十六个民族，这是我听旅游团导游讲的，我还意外地捡到了一颗松果呢！

那天下午，我们前往井冈山，晚上才到达，那里的天气有点奇怪，刚刚天气还很好，但我们逛美食街时突然下起了大雨，我们只好去吃晚餐。吃完晚餐，雨停了，我们赶到了挹翠湖公园，我问龙伯伯："这个'挹'是什么意思？"龙伯伯说："这个字，是'捧'的意思。"捧起绿色的湖？我瞧了瞧旁边的湖，水果然很绿。

第二天我才发现，这里有几个旅游团统一着红军服装，让我仿佛回到了战争年代，红军战士正在这里埋伏，准备与敌人斗争。

随后，我们去了大井和黄洋界。

大井也是毛主席的故居，这里的陈列也很简单，朱德、彭德怀、陈毅等也都在这里住过。门前一块大石头，被人称作"读书石"，听导游说，毛主席每天上午都坐在上面读书。每个屋里都有一张床、一把椅子、一张桌子。在黄洋界，我们又遇到了身穿红军服装的旅行团，他们的装束让我们觉得回到了那个激情澎湃的年代。

这天下午，我身体不舒服，就没有去别的地方，爷爷回来告诉我，他们去了会师广场、龙江书院，以及毛主席和贺子珍结婚的尼姑庵。爷爷特别说到，那个尼姑庵叫象山庵，里面只有当年的几件破旧家具，毛主席和贺子珍在战火纷飞岁月里结为夫妇，共同战斗。象山庵见证的是一部革命爱情史，更是一部坚贞血泪史。

第三天吃过早点，我们来到八角楼。那里依然是毛主席故居，刚开始，我和龙伯伯以为是像黄鹤楼那样的房子，后来才知道，原来是因为二楼顶上有一扇八边形的天窗而得名的。一楼有个水池，里面养着狗鱼，也就是娃娃鱼，先前我以为只有一只，后来发现，除了那只特大的，还有一只中等的，以及几只小的。毛主席当年在八角楼上为革命、为红军的生死存亡操劳，指引了中国革命的航向。

　　这次红色之旅，令我终生难忘。我不仅感怀毛主席等老一辈革命家的丰功伟绩，更加懂得要珍惜今天的幸福生活，学习他们的精神，好好学习，将来报效祖国。

2018 年 9 月 10 日

革命摇篮井冈山

早听说过井冈山,那里是令我神往的地方。爷爷说要去井冈山,我恨不得一下子就飞去那里。井冈山,我心中的革命摇篮!

井冈山又分为茅坪和茨坪两个主要风景区,我们先到了茨坪。

那天天气晴朗,龙伯伯的车在高速公路上飞驰,突然右前方出现了一座高高飘扬的红旗的大型雕塑,我们下车去观看,四面群山蜿蜒起伏,眼前有一大广场,雕塑像一块屹立不倒的巨石,又像一团熊熊燃烧的火焰,红旗中间镶嵌五角星、镰刀斧头和"井冈山"三个字,让我想起了毛主席说的"星星之火,可以燎原"的名言。井冈山是我国第一个农村革命根据地,为中国革命武装夺取政权开辟了一条农村包围城市,最后夺取城市直至全国胜利的正确道路。

我们瞻仰了一会儿,留了影,然后上车,在下午五点多时赶到了茨坪镇。

茨坪镇被群山环抱,重峦叠嶂,古木参天,虽然天气炎热,却感觉空气清新。集镇不大,在一小广场边上,有一座井冈山雕塑,让我肃然起敬,我在那里留了影。茨坪镇是一个花园小镇,环城公路,街道整洁,楼房庭院依山而建,高低错落,掩映在湖光山色之中，显眼处有较高的毛主席塑像。

我们在天街美食城找了一家大排档吃了晚餐，又去了木雕市场，然后去了挹翠湖公园。

那公园绿树成荫，四周街道环绕，山水林木，湖光倒影，如一抹浓淡相宜的水墨，清新妩媚。挹翠湖平静得如一块美丽的翡翠，晶莹剔透。夜色降临，登临湖心岛，山岩谲奇，翠竹绿树间，小亭古色古香，木栏曲折回环，不宽的石子路经石拱小桥横过湖的窄处，蜿蜒转入绿荫丛中。炫彩的霓虹勾勒出亭台楼阁的轮廓，映在静静的湖面上，如诗如画，格外迷人。湖对面有很大的电子显示屏，正在演绎大型实景电影《井冈山》，再现当年井冈山的革命岁月，让人仿佛身临其境。

第二天一早，爷爷说不去爬山，也不坐空中游览车，选了大小五井去游览。据说大小五井分大井、小井、中井、上井和下井，是五个位于山间盆地的村庄。谁知自驾车不让进，多买了车票，也误了时辰，最终我们去了大井。

游人一批批，多半有导游讲解，他们大多成群结队穿着红军服装，让我羡慕不已。

大井四周层峦叠嶂，青山环抱，大片的平地上除了停车场、售票小屋、休憩棚，就是羊肠小道、村庄、房舍、商铺长廊，显得格外清静，似乎又有种神秘感。

一棵大柏树前竖着一块巨石，上刻"大井"二字。一个蓬门，上方刻着"毛泽东同志故居"，两边有小瓦房，进去是稻田、草坪、菜地、鹅卵石铺的很宽的路。一排老式的平房，白墙黑瓦翘檐，坐北朝南，土木结构，五个院子联成一排整体，中间有院子、小天井，有堂屋、厢房，似乎是厨房、客房、卧室、杂屋，还有红军医务所。

毛主席住的是第二个院，卧室不大，一张床、一把椅子、一张书桌、一盏马灯、一个斗笠,床上有一套旧军装,袖口处好像破了。余下的是朱德、陈毅、彭德怀、滕代远、宛希先所居卧室,都是一床、一桌、一凳等简单的家具。

在那排旧居前,有毛主席和读书石的塑像,屋后有两棵大树,干枝粗壮挺拔,遮阴如伞。有导游说,大井村是1927年毛主席率秋收起义部队到井冈山的第一个落脚点,是农民自卫军首领王佐腾出的兵营,叫"邹屋",毛主席住其东厢房。后来,敌人窜入大小五井,烧毁了这里的全部房屋,只留下了四样原物:毛主席的读书石、旧居的一堵残墙和两棵树。

从大井的陈设,可以想象出当年的革命斗争是何等艰苦!

上了车,车窗外一片苍茫,很快就到了黄洋界。

一块巨石上,有毛主席手书的"黄洋界"三个字。从黄洋界游客服务中心进入,里面有很多图片和文字,也有影像厅。再沿着一条很陡的台阶上去,就可抵达黄洋界哨口。那里有一座碑,正面刻着朱德写的"黄洋界保卫战胜利纪念碑",背面是毛主席手迹"星星之火,可以燎原"。碑前有大理石屏风,一面是由朱德书写的"黄洋界",另一面刻着毛泽东的《西江月·井冈山》。站在平台举目远眺,群峦叠翠,地势险峻,弥漫着云雾,好像汪洋大海一望无际,蔚为奇观。森林之中,顺着台阶,是当年的哨口工事,乱石间架着一个破旧的迫击炮,前面一个石碑上刻着毛主席手迹"黄洋界上炮声隆"。那周围尽是山岭和各种高大的树木,应该就是当年打伏击战的地方。

有导游说,黄洋界哨口工事是1928年夏天修建的,由三个工事和一个瞭望哨组成,1928年8月30日,著名的黄洋界保卫战就发生在这里。当时红军以不足一个营的兵力,打退了敌人四个团的进攻,保卫了井冈山。毛泽东为此写下了《西江月·井冈山》这首词。1929年1月底,湘赣两省敌军对井冈山发动了第三次"会剿"，因敌众我寡，哨口失守，工事遭到破坏。哨口的营房是红军第四军在黄洋界哨口的营房，1928年夏修建。1929年，黄洋界哨口失守后被烧。1964年，由当地政府重新修建，为杉皮土木结构的五行一厅九间民房。

当年的黄洋界炮声隆隆，如今的黄洋界是那样静谧。我们驻足，缅怀先烈们的光辉思想和革命精神！

第三天上午，我们到了另一间毛泽东故居——茅坪八角楼，那里还有朱德、陈毅等人的旧居，是红四军士兵委员会旧址。起先，我们以为八角楼是有八个角的楼，来了才知道，这是一栋土砖结构的两屋楼房，楼上有一个八角形天窗，当地群众称之为"八角楼"。毛主席的故居有客厅和办公室兼居室，还有床、桌凳、竹椅、大砚台、竹筒铁盏青油灯等物品。那盏轻便而简朴的竹筒铁盏青油灯，是当年红军在井冈山时用过的，一个不高的竹筒做托儿，上面放一个盛有灯油和灯芯的小铁勺，两侧还有一个便于手提的竹皮拧成的竹梁。在那盏被熏得黑黑的、靠灯芯燃出豆点亮光的油灯下，毛主席写下了指导中国革命的宏伟文章。

我第一次来到井冈山，了解到了一些关于井冈山人在井冈山所做出的巨大牺牲，进一步懂了今天的幸福生活来之不易。作为一名中学生，要树立远大的理想，刻苦学习，发奋努力，将来成为建设国家的一分子。

2018年8月5日

红岩魂

1949年,新中国成立了,但还有一些地区处于黑暗之中,许许多多的革命志士仍然与国民党反动派做着殊死搏斗。其中,山城重庆的革命者们用他们的鲜血,将黎明前的黑暗照亮,铸就了永恒的红岩魂。

2019年,新中国成立七十周年,爷爷带我抵达山城重庆,寻访红岩魂。

渣滓洞,在重庆一个叫歌乐山的山脚下,三面是山,前临深沟,眼前所见的是有高墙、岗亭,以及整修过的两层牢房,每一间牢房里都标记着曾经被囚禁的英烈姓名。刑讯室里的审讯台、铁锁链、竹签、老虎凳等刑具依稀可见。渣滓洞,说起来就让人痛心疾首的地方,曾经关押了很多的革命者,不管他们的身份是什么,是不是共产党员,但他们都有一个共同的特点,那就是都拥有坚定的信念和钢铁般的意志!江姐,受了毒刑拷打,十指被竹签贯穿,但她说:"毒刑拷打是太小的考验!竹签子是竹做的,共产党员的意志是钢铁!"她在牺牲前说:"如果需要为共产主义的理想而牺牲,我们每一个人都应该,也可以做到脸不变色、心不跳。"在楼下第二号牢房墙壁上,曾经写着"我希望有一天,地下的烈火将我连这活棺材一起烧掉,我希望在烈火与热血中得以永生"，那是叶挺用热血谱写的最壮丽的红岩之歌。还有在狱中写下那一份份《挺进报》的陈然，敌人要他招供时，他大义凛然写下"任脚下响着沉重的铁链，任你把皮鞭举得高高，我不需要什么自白，哪怕胸口对着带血的刺刀……"表现了一个真正共产党人对党的事业坚定不移、至死不渝的革命信念。

　　白公馆，当年是四川军阀白驹的别墅，被特务改建为看守所，原一楼一底的十余间住房改为牢房，地下储藏室改为地牢，还起了一个非常有诗意的名字——香山别墅。然而，那里面曾经关押着一些非常重要的人，他们在白公馆这样压抑的环境中学会了无声的抗争，学会了对周围的一切保持警惕，但对自己的同志极度信任。还有一个八岁的小孩小萝卜头，他还是个乳婴的时候就随父母被关在了白公馆，他在监狱中成长，也在监狱中学会了礼貌和正直。年幼的他也学会了斗争，他也是一个小小的革命者。还有华子良，装疯数十年，只为了在党和同志们需要的那一刻挺身而出。

　　还有无数的革命者，许云峰、成岗、刘思扬、余新江、孙明霞、陈松林、华为……他们这些红岩英烈的精神早已凝固在历史的长河中。

　　红岩魂广场，巍巍耸立在歌乐山脚下，气势恢宏。瞻仰区的赤色花岗石烈士群雕伟岸挺拔，与其顶端覆斗形的"11·27死难烈士之墓"，以及烈士诗文碑林和《血与火的洗礼》大型壁画相呼应。纪念区西端有一水晶汉白玉砌成的碑体，上面镌刻着邓小平题写的"重庆歌乐山烈士陵园"，中轴线外两侧列有十八根花岗石纪念柱，纪念柱南北两侧是宽敞的斜面草坪，轴线东端有《不朽》浮雕墙衬托着刻有《红梅赞》词曲的喷泉音乐壁。

　　红岩魂陈列馆，曾经是"中美合作所"阅兵台。一座不小的陈列馆，展出了众多的图片、实物，诉说着红岩魂——白公馆、渣滓洞革命先烈的斗争史！当我参观完"禁锢的世界""从来壮烈不贪生，许党为民万事轻""愿以我血献后土，换得神州永太平""失败膏黄土，成功济苍生""血与泪的嘱托""烈火中永生""烈士血凝万代心"等展厅，心里有悲愤，更有崇敬与景仰。

山城重庆，我在那里找到了红岩魂。伟大的革命者坚信共产主义必胜的信仰，为了民族解放，他们坚贞不屈，敢于同敌人斗争，把希望留给人民的那种精神，就是伟大的红岩精神。

在新中国成立七十周年之际，我来到了山城。我为了红岩魂而来，携红岩魂而归。

2021 年 8 月 24 日

大国重器，当惊世界殊

一部《大国重器》纪录片，让我们领略了新中国工业崛起的长歌史诗；一次三峡工程研学旅行，又让我们回味了"大国重器"的恢宏画卷！

三峡水利枢纽工程，我们来了！葛洲坝水利枢纽工程，我们终于见到你了！我们的目光伴随着三峡游轮的行驶而移动，我们的心伴随着研学导师的讲解而放飞。

"更立西江石壁，截断巫山云雨，高峡出平湖。"紧靠着游船的护栏，看着巍峨高耸的三峡大坝，我仿佛听见毛泽东主席站在武昌的江岸吟诵着气势雄浑的诗篇。

大国重器，当惊世界殊！二十多年后，人民领袖描绘的宏伟蓝图铺展开来，神奇的葛洲坝工程竣工，大坝耸立，洪水止步，国人早已将梦想的电灯电话变成了现实。三十多年后，世界上规模最大的水电站、雄伟壮丽的三峡工程竣工，高峡出平湖，五级船闸让一艘艘巨轮畅通无阻，震惊世界，震撼全球！

郦道元在《三峡》中说："至于夏水襄陵，沿溯阻绝。或王命急宣，朝发白帝，暮到江陵，其间千二百里，虽乘奔御风，不以疾也。"那是古人的认知和记述，包含着无奈和叹息，然而也有赞美和期盼。曾经的四大发明足以证明，中华民族是聪明智慧的民族，中国人民是勤劳勇敢的人民！

  大国重器，当惊世界殊！现如今，我国不仅仅只有三峡工程的神奇和壮美，还有令我们骄傲的神舟升天、航母出海、北斗傲苍穹的磅礴与伟岸。新时代的号角早已吹响，中华民族伟大复兴的新蓝图正在铺展！我们深信，在不远的将来，泱泱中华，新的奇迹就如眼前的三峡工程一样，定会惊艳世界！

2021 年 10 月 27 日

勿忘国耻，振兴中华

敬爱的老师，亲爱的同学们：

　　大家好！今天，我演讲的题目是：勿忘国耻，振兴中华！

　　在世界的东方，有一个古老而强大的民族——中华民族，她有着五千年的文明，创造了无数不朽的文化，创造了四大发明造纸术、指南针、火药、印刷术。

　　然而，我们永远也不会忘记，中华民族那屈辱的历史。外国侵略者在中国的土地上横行霸道，犯下了滔天罪行。清政府腐朽软弱，把台湾交给了日本，把香港借给了英国，把澳门借给了葡萄牙，还眼睁睁地看着八国联军烧毁圆明园。南京大屠杀，三十万无辜的中华同胞惨遭日本侵略军杀害。中华儿女奋起抗争，辛亥革命推翻了清王朝的统治，十四年抗战赶走了日本帝国主义，建立了新中国。有无数仁人志士为了建立新中国、保卫祖国而壮烈牺牲。

　　少年强则国强。作为祖国未来的建设者和接班人，我们怎能忘记那些屈辱的历史？怎能忘记革命前辈用鲜血和生命换来的今天的和平？

　　今天，我们置身于这美丽的校园，让我们从现在做起，从小事做起，肩负历史使命，继承和发扬革命传统，用智慧和勇气扬起理想的风帆，为了祖国灿烂的明天而刻苦学习，练好本领，发愤图强！无论什么时候，都要勿忘国耻，为国争光！

　　我的演讲结束了，谢谢大家！

2017 年 12 月 18 日

从积极追寻健康的生活方式做起

一本十一万字的《健康中国（中学版）》读本，让我懂得了很多道理。作为新时代的青少年，我们更应该从积极追寻健康的生活方式做起，为汇聚建设"健康中国"、全面建成小康社会贡献力量。

我生活的这座小城，已成为现代化田园城市，正在创建全国文明城市、全国卫生城市，人们都在追寻健康的生活方式，我也积极地融入其中，除了自身养成良好的生活习惯，也在节假日参加文明、卫生引导志愿者活动。

毫不夸张地说，这座小城就是一座运动之城。校园里，单就大课间的运动就花样多多，我们一起参加足球、跳绳、健美操、跑操等运动项目，让校园充满青春活力。小城内，新建的县级体育馆、金湖湿地公园、五柳公园、滨江公园、白鸭寺公园、丹阳公园、四季港公园、杨家垱公园，还有游泳馆、健身馆，我大多都去过。周末，我和爷爷去的每一个地方，都早已人山人海。大家在林荫小道上散步，在环湖道上运动，在长椅上聊天，在儿童游乐场玩荡秋千，在广场滑轮滑、跳广场舞，跟着林间水畔拉二胡的展示歌喉……我也曾去过安福寺桃花园、青龙山森林公园、问安同心花海、七星台沮漳河和羊角洲等一些地方，伴随着涌动的人潮，呼吸着大自然赐予的新鲜空气，既锻炼了身体，又愉悦了身心。运动给这座小城带来了活力、喜气和祥和。

除了运动，人们最喜爱的当属舌尖上的健康了。小城的传统美食很多，腊肉、香肠、鱼糕、汤圆、粽子、糍粑、糯米酒、兰花豌豆、炖鸡蛋、串串等；街头的早点也十分丰富，有豆浆、油条、米线、热干面、肉包子、米酒等。无论是去街头吃早点，还是参加聚餐，我比较喜欢清淡一点的饮食。我们学校制作的是营养餐，我吃第一顿的时候就觉得味道特别鲜美。我家的餐桌上，每天必有一盘青菜，我爷爷总对我说要多吃青菜，这样对身体有好处。我曾去枝江市融媒体中心参观，听到了"枝滋有味"这四个字，后来才知道那说的是枝江玛瑙米、脐橙、土蜂蜜、土鸡蛋、压榨菜籽油、一品牛肉、长江刁子鱼等，其实都是我经常吃的美味食品。很多枝江人喜欢品茶，我爷爷喜欢绿茶，他说在茶香四溢中人会神清气爽，喝绿茶还可以预防癌症、消炎抗菌、延缓衰老、促进消化。我偶尔也喝点茶，往杯子里放上两朵干菊花，闻着一股清香，一小口一小口地品着，觉得精神愉悦，充满着乐趣。我跟爷爷去过茶肆，在那装修别致的茶室里品茶，欣赏茶艺师泡茶的手艺，感觉温馨而浪漫，让人流连忘返。

至于安住、衣着等方面，小城有一种朴素与时尚的融合。就如我们小区，少有装修特别豪华的房子，我家房子装修得简单又环保。在衣着上，有打扮得花枝招展的，也有保持乡下人的"土气"的。我比较喜欢时尚而朴素的衣着，不张扬，也不媚俗。

突然想起习近平总书记说的话："没有全民健康，就没有全民小康。"是啊，我们每个人都要积极地追寻健康的生活方式，这样不仅会让自己的身体保持健康，也会凝聚成一种磅礴的力量，实现枝江小城成为全国文明城市、全国卫生城市的目标，从而推动全面实现"健康中国"乃至小康社会的目标。

2020 年 5 月 6 日

从小自觉培养爱国情怀

——读《祖国在我心中》有感

最近，我读了魏天无、张莹主编的《祖国在我心中（小学中、高年级版）》（湖北教育出版社出版）一书，有很大触动，联想到自己的言行，觉得我们从小就应该自觉培养爱国情怀。

老师跟我们讲了读书要求。回到家里，爷爷要求很严格，要我联系自己的实际去读书，不仅要读懂书中的内容，还要悟出其中的道理，这样才能让爱国情怀融入自己的血液中。于是，我便认真地读完了这本书。

《祖国在我心中》一书告诉我们不管将来走到哪里，都不要忘记历史，都要热爱祖国。全书共分为英雄儿女、思乡游子、圆梦少年三大部分，有名人写的诗歌（歌词）、散文，还有小学老师写的诗歌。我觉得，文章的内容非常丰富，每篇文章都从不同的角度表达了作者的爱国情感。比如艾青《我爱这土地》借鸟的形象代之以诗人的自身形象，直抒胸臆，衬托出了诗人那颗真挚、炽热的爱国之心。季羡林《怀念母亲》告诉我们，没有祖国母亲，生身之母就无法给予我们安宁和幸福。还有巴金的《生与死》，丰子恺的《中国就像棵大树》，乔羽和刘炽词曲、郭兰英演唱的《我的祖国》等，都从不同的角度表达了对祖国母亲的崇高敬意和真挚情感。

我更加喜欢李少白的《中华少年》，因为他表达了我们青少年的心声：

不期望脚下处处阳关道/不幻想头顶一片艳阳天/不迷恋父兄给予的蜜罐温床/不忘记"最危险的时候"战歌飞旋/要做旗舰去长风破浪/要做火箭去推动飞船/要像利剑把贫穷斩断/要用爱心把世界相连……

是啊，我们不能只喊口号，要有行动，要从现在做起，从身边的点滴做起，把自己融入祖国的血液，做一个立志报国的好少年。

我们可以从书本中去了解。我读过很多著作，四大名著、《上下五千年》《雷锋日记》《十万个为什么》等，经常被书中讲的中华民族五千年灿烂文明的历史所吸引。我们可以从网络、电视上去了解。我看到神舟飞船升天、中国航母下海，就激动不已，感受到了祖国的强大。我们可以从旅行中去体会。我跟着爷爷游览过三峡大坝、天安门、颐和园、故宫、长城、中华世纪坛、中国军事博物馆、十三陵、武当山、秦始皇兵马俑博物馆、骊山、半坡遗址、黄鹤楼、岳阳楼、橘子洲、岳麓书院、韶山、井冈山……领略了祖国的大好河山，从中获得了很多知识。我们还可以从学校组织的活动中去感悟。学校组织吟诵《少年中国说》，研学旅行到金湖、东方年华等地，都震撼了我们的内心。

总之，祖国的明天将由我们掌握，祖国的未来将由我们谱写，中华民族的伟大复兴的重任将由我们去继续承担，所以，我们必须时时刻刻自觉培养爱国情怀。

农家书屋，托起农民书香中国梦想

新时代阅读季，我走进了一座农家书屋——仙女镇向巷村农家书屋，打开了新世界的大门。原来只是听说，而眼前正弥漫着书香，走进小康生活的农民已然成为构建新时代书香中国最令人羡慕的人！

那是我随枝江作协去向巷村采风的日子，也是我这个"小书虫"对新农村、"书香中国"深刻认识的日子。

秋高气爽，鸟语橙香。向巷村党员群众服务中心就在一座新建的漂亮平房中，里面有一间屋子，窗明几净。几个书柜里装满了书籍，有文学、党史、农业科学、种养殖技术、政治、法律、美食、健康、少儿读物等，还有几张阅览桌、办公桌，一些凳子、靠背椅，以及饮水机。

图书管理员王阿姨说，这个农家书屋建于2015年，藏书七千多本，每天开放八小时，为村民提供免费借阅服务。平时，党员干部带头，形成了一种良好的读书风气，阅读也成了村民生活的一部分。特别是开展党史学习教育活动，除了领导会议、党员大会学习，每次都有二十人以上参加学习活动。来的人，有的喜欢看报，有的喜欢红色经典，有的喜欢小说，有的喜欢农业科技……总之是各取所需。

来农家书屋读书的人，大多是中老年人，喜形于色，有的还戴着老花镜。有人一边翻看书本一边赞叹，我想大概是被什么内容吸引住了吧。有的还认真地记着笔记。有个人读着，仿佛已经热血沸腾，似乎下一秒就要上战场，凑上去一瞧，原来读的是《野火春风斗古城》。还有几个人一边看一边讨论着什么，一听，是在研究种植脐橙和虾稻，那是向巷村的支柱产业，有的摇着头，有的点着头，一会儿似乎有了结果，说说笑笑散去了。还有几位阿姨拿着食谱，说以前做饭菜好吃不好吃全随缘，现在可是要讲营养。还有几个人人在谈枝江的早期革命史、中国革命史，感叹中国共产党的伟大，甚至联系到疫情防控，说到了咱们社会主义制度的优越性，还说到了新时代的未来乡村将会更加美丽富足。如此场景，的确是一道别样的风景线。

记得有句名言："书籍把我们引入最美好的社会。"向巷村为什么会成为中国美丽乡村，桔缘合作社的脐橙、柑橘为什么每天能销售八千多单，向巷村的虾稻米为什么供不应求，村内牛郎山的雪花牛肉为什么那么值钱……这些大概与向巷村人热爱读书密不可分吧！

说到这，最典型的是该村一组村民何万友，2015年养肉牛，牛却接二连三地死亡，让他束手无策，当年亏损近10万元，一下触了霉头。村支书周代年得知情况后，要他去村农家书屋找书读："你掌握了肉牛养殖技术，就不会出现这情况了。"他去农家书屋借了《科学养牛实用技术》，刻苦攻读，从2017年开始，他年收入近10万元，2020年收入竟达到近30万元。他逢人就说："农家书屋就是致富法宝，读书真能改变命运。"

王阿姨还说，村里还在谋划，不远的将来，要建成"书香乡村"，进一步扩大书屋规模，增添设施和书籍品类，构建电子阅读平台，满足全村老少的阅读需求，为建成"书香中国"做贡献。

离开了向巷村农家书屋，我仍然沉浸在乡村那浓郁的书香中。作为出身农家的儿女，未来不管走向何方，一定得去各地的农家书屋走一走，去领略新时代农民的追梦生活，分享书香中国的快乐与幸福！

2021 年 6 月 5 日

"扫黄打非",我能够做什么

学校要写"扫黄打非"的征文,我不太懂什么是"扫黄打非",我能做什么呢?

爷爷为我做了讲解:我国是文明古国,现在是社会主义国家,改革开放后,一些不健康的东西也进入了我国,一些商家想多赚钱,就违背国家法令,生产了一些有凶杀、暴力情节的图书、光碟出售,有的还利用互联网发表不健康的东西,毒害青少年学生。国家成立了专门的组织,号召全社会团结起来,共同把这些不健康的东西消灭掉,这就叫"扫黄打非"。

爷爷的话给了我很大的启发。我们要参加"扫黄打非",首先就是要弄明白它的意思。我查了一下资料,"扫黄"是指扫除有黄色内容的书刊、音像制品、电子出版物及网上淫秽色情信息等危害人们身心健康、污染社会文化环境的文化垃圾。"打非"是指打击非法出版物,即打击违反《中华人民共和国宪法》规定的破坏社会安定、危害国家安全、煽动民族分裂的出版物,侵权盗版出版物以及其他非法出版物。

其次要搞好宣传。在学校,我可以告诉同学,不要买非法出版的图书,也不要读这样的图书。我可以在办手抄报、画漫画、写书法作品时,写上这样的内容。我也可以邀请同学们都来做,可以在教室办黑板报。还可以把这些发到网上去宣传。在居住的小区、家里，我都可以进行宣传。爷爷奶奶、叔叔阿姨们听到一个小学生都在说这些，他们也会更在乎这件事情了。

最后就是要有行动。我保证一定不买盗版图书，要读正版图书，做到文明上网。要是遇上卖盗版书的店，我会告诉老师，由老师再报告学校，学校报告政府有关部门。我还要积极参加学校组织的"扫黄打非"活动，认真完成老师布置的任务。

"学宪法、讲宪法"节目观后

今天下午,我观看了央视十二频道播出的《社会与法》节目——央视"学宪法讲宪法"2017年总决赛直播节目,被六个代表队的大中小学生场上的表现感动,更为他们对宪法的理解折服。我觉得,作为二十一世纪的少年,我们应该知法、学法、守法、懂法、用法,学会用法律来保护自己的合法权益。

首先,我们要知法、学法。宪法是我国的根本大法,是治国安邦的总章程,是国家众多法规的母法。老师要我们看这个节目,就是为了让我们明白宪法的内容,了解宪法的作用。学校平时开展学习法律知识的活动,就是让我们知道法律的知识和重要性,从而遵守法规和制度。我们可以通过上网、听讲座、读书看报、看电视、问老师和父母等方式学习法律。只有做到知法、学法,才能知道什么样的事是我们应该去做的,什么样的事是法律禁止做的,才能真正做到懂法、守法。

第二,我们要懂法、守法。作为一名少先队员,要遵纪守法,从小做起,从小事做起,从遵守小学生守则和学校的规章制度做起,从不迟到不旷课做起,从不闯红灯、不乱穿马路、不乱扔垃圾、不随地吐痰做起。只有这样,我们才能成为懂规矩、守纪律的"阳光少年"。

第三，我们还要学会用法律武器保护自己，增强自我保护的意识和能力，增强社会责任感。在日常生活中，我们会遇到许多违反法纪的事，有的伤害自己，有的伤害他人，有的危害社会。遇上违纪违法的现象，我们不能视而不见，而要选择合适的方式加以阻止，可以叫大人或打110请民警来处理，及时向老师和学校反映。总之，我们要学会运用法律来保护我们的合法权益不受侵害。

我希望，我们做学法、守法、懂法、用法的好少年，在中国特色社会主义法制的蓝天下健康、快乐地成长。

2017年12月4日

观《开学第一课》有感

9月1日晚9时,我和爷爷观看了央视播出的《开学第一课》,我为我国博大精深的传统文化而深感骄傲。

本期《开学第一课》以"中华骄傲"为主题,共分为五节课,分别为字以溯源、武以振魂、棋以明智、文以载道、丝绸新路。这五节课讲了很多感人的故事,有小学生认甲骨文、王宁教授讲汉字的起源、"汉字叔叔"研究汉字、围棋世界冠军讲他与人工智能的对抗、钢琴少年与意大利机器人的比拼、九十六岁翻译家许渊冲教授翻译中国古代诗词等。

最让我感动和震撼的故事是"汉字叔叔"——理查德·西尔斯爷爷研究汉字的故事。他为了研究汉字,不愿回自己的国家。他花了二十年时间,花光了自己的全部积蓄,把甲骨文、金文、小篆等字形整理好,将《说文解字》电子化放到网上供人阅览,以互联网方式传播了中华文化。还有巴基斯坦的米斯巴教授,她学习汉语四十多年,因为受中国的常老师、杨老师夫妇的教育和感动,这一生中都在当中文老师。巴基斯坦会说中文的人基本都是她的学生,她已经六十岁了,为传播中华文化还在坚持,说要教到教不动为止。

最让我感兴趣的故事是拼字游戏,通过游戏的方式,我们体会了汉字的神奇与魅力。

看完《开学第一课》，我为中国传统文化的魅力感到骄傲，为中国人不屈不挠的精神感到骄傲。

2017 年 9 月 3 日

2016 年 4 月 9 日，参加枝江市少年作家协会成立大会

观《新春第一课》有感

开学第一天，老师组织我们观看了宜昌市《新春第一课》录播视频，感觉那些画面和故事深深触动了我的心。

今年《新春第一课》的主题是"践行生态文明，守护美丽宜昌"。宜昌是座美丽的城市，守护她的美丽，要靠我们每个人的共同努力，要从小事做起。

习近平爷爷说："绿水青山就是金山银山。"他强调了生态环境比任何财富都重要。这次《新春第一课》讲了三个要点：环保是一种习惯，环保是一直坚持，环保是一种探索。给我印象最深的是第一点，习惯是靠平时养成的，不是天生的。

那个养成了好习惯的女生给我很大的启发。变废为宝，是她养成的一种好习惯。她把家里的废旧物都变成了宝贝。她的草稿纸，先用铅笔写一遍，再用黑笔、红笔、蓝笔分别写一遍，而且写完后，她会把它们留下来。同学不用的本子，她也要捡回来，当草稿纸用；同学不要的橡皮，她也会拿来继续用。我也想像她一样，坚持环保，养成一种好习惯，做到东西用到不能用，或用完为止，更要学习她变废为宝的巧思。

第二、第三点都很重要，每个人都要坚持环保的信念，多付出一点就会多得到一点；还要探索科学技术的发展，这样一来，环保意识才能在人们的心里生根发芽。

  如果人人都有环保意识，都有环保的自觉性，那么，我坚信，生活一定会更美好，宜昌的生态环境也一定会更秀美多姿！让我们携手共进，从小事做起，为守护宜昌的美丽贡献力量。

2018 年 2 月 26 日

读《在人间》有感

《在人间》是高尔基所写的自传体三部曲的第二部，读过此书，我很有感触，尤其是它让我认识到了沙俄时代下人间的真善美和假丑恶。

《在人间》讲述了主人公阿廖沙由于外祖父的破产而被迫外出打工挣钱谋生的曲折经历。阿廖沙十一岁时，他的母亲不幸去世，外公也破了产，无奈之下，他只好走入社会、独立谋生。为了生活，阿廖沙去鞋店、圣像作坊当学徒，去绘图师家、轮船上做杂工，饱尝了人间的痛苦，受尽欺凌、侮辱、愚弄，甚至是毒打和陷害，体验了社会底层生活的艰辛，认识到人性的丑恶。在轮船上当洗碗工，阿廖沙结识了厨师斯穆雷，在他的帮助下读书，开始了对正义和真理的追求。

在曲折的人生经历中，阿廖沙认识了很多人，有鞋店老板、大伙计、萨沙、绘图师、斯穆雷等，他们中有善的人、恶的人、美的人、丑的人。比如他的外婆、绘图师、斯穆雷都是美的人，但萨沙是个恶的人，绘图师家的婆媳俩就是丑的人。

《在人间》中有这样的一段话："生活顽固而粗鲁地从我的心上抹去了美丽的字迹，恶毒地用一种什么无用的废物代替了它。我愤慨地对这暴行做强悍的抵抗，我和大家浮沉在同一条河里，但水对我是太冷了,这水又不能像浮起别人一样轻易地把我浮起,我常常说得自己会沉到深底里去。"阿廖沙在黑暗之中,不受黑暗的影响,"出淤泥而不染,濯清涟而不妖",他是一个善的人、美的人。

其实,在我们的生活中,有很多善的人、美的人,比如扶老人过马路的人;也有恶的人、丑的人,比如偷别人东西的人。今天,我们跟阿廖沙生活的环境完全不同了,我们生活在一个和平的社会、一个充满温暖的社会,所以我们要比阿廖沙做得更好,不仅从小就要学会区分真善美、假丑恶,不做丑的人、恶的人,更要敢于和坏人坏事做斗争,使自己成长为有理想、有追求、有文化的社会主义事业接班人。

2017 年 7 月 30 日

游岳阳楼

今年暑假，我游览了岳阳楼。

爷爷怕我游览没有收获，专门把范仲淹的《岳阳楼记》及译文打印出来要我读，读到"先天下之忧而忧，后天下之乐而乐"时，我感受到范仲淹有不一般的胸怀和气魄。

我们到了岳阳楼南门广场，首先映入眼帘的是一座装饰精美的门楼，门楼上悬挂着"巴陵胜状"牌匾，门柱上有副对联："洞庭天下水，岳阳天下楼。"看到这，我顿时就感觉岳阳楼名不虚传。

购票进了门楼，就是岳阳楼公园，面积不是很大，但有点空旷，公园内岳州府衙、双公祠、五楼观奇等殿阁气势非凡，掩映在树木之中，一条弯弯曲曲的石板路往里延伸。路旁有小溪，里面有很多小鱼自由自在地游动，还有几只人铸的金龟，背上点点金光，那是游客扔硬币附在上面的。再走就是雕塑、碑廊、传统风貌街，多不胜数的是名人诗文书刻牌坊，各种各样的字，楷书还好认，大都是草书，有的龙飞凤舞，有的行云流水，有的气势磅礴……

登上城墙，顿时感觉到洞庭湖的空旷辽远，远处的山时隐时现，我想起了刘禹锡的诗《望洞庭》，现场吟诵起来："湖光秋月两相和,潭面无风镜未磨。遥望洞庭山水色,白银盘里一青螺。"

岳阳楼的确雄伟壮观,楼盖是黄色琉璃瓦。共有三层,各有一块匾,上面刻着《岳阳楼记》。每一层的屋檐都有一些装饰,依次往上是龙、凤凰、祥云,寓意龙凤呈祥。爬上去,有种"欲穷千里目,更上一层楼"的感觉。旁边有一栋盖着绿色琉璃瓦的楼,它只有两层,屋檐上凤凰在龙的上面,楼里挂着一幅吕洞宾喝醉酒的画。

参观结束后,我们依依不舍地离开了,我仍然回味着范仲淹那句名言:"先天下之忧而忧,后天下之乐而乐。"

2018年8月4日

香溪源

夏日去神农架旅游是最好的选择。

刚进神农架就感觉到了一丝凉意,而香溪源的清幽让我惊叹不已。

神农顶、大九湖、天生桥、神农坛、官门山等地一一走过,无比感叹幽雅清静之景,感受炎帝文化之韵,感怀探寻野人之谜之憾,独有香溪源的清幽落入记忆深处。

一条十分怪异的幽谷小溪在奇峰竞秀、云游雾绕的林海深处曲曲折折穿行而下。顺着小溪一边通幽的曲径,我们向着溪流的上游走去。那是人工制造的曲径,有鹅卵石铺砌的,也有水泥铺砌的,有平坦的,也有陡峭阶梯状的,凹湿处都长满了苔藓,苔藓是天然的空气监测仪,而那些繁茂的苔藓令游人不忍去踩踏。

"树林阴翳,鸣声上下。"醉翁眼中的琅琊山间林壑尤美,那是他与民同乐的心态。眼前的香溪源,让我如痴如醉。郁郁葱葱的树林、突兀的山峰峻岭,总是伴随清幽的旋律。林木间的奇花异草,在星星点点的阳光下竞相开放。在头顶没有枝叶的地方,能看到一小片湛蓝的天空,偶有一丝云彩飘过。而溪中既有小潭略微平静的水面,也有云彩的倒影。伴随着草木的芬芳与悦耳的流水声,折转过去,便是小小的瀑布,瀑水拍打在突兀的石头上，顿时形成了飞溅的水花，落入小潭，挤出石缝，潺潺流淌。风儿拂过树叶，鸟儿开心地放歌，似与那小瀑布在合唱，各种声音组合演奏，给人无尽的遐想。

我从未见过如此清澈的溪水，溪底有许多五颜六色的鹅卵石。丝丝缕缕的阳光透过树叶的缝隙落在溪水中，折射出更加绚丽的光芒，让人忍不住去触碰。伸出手，触到的是一片冰凉，却又含着一丝暖意。水流轻轻柔柔地从指缝中穿过，像是母亲安抚着自己的孩子。依偎在溪边，夏日的燥热全部消散，甚至感到一丝丝寒凉，仿佛置身于天然的空调下。

突然想到香溪源的由来，得知那小溪就是香溪的源头，惊讶极了。我也听说过关于香溪的传说，据说古代四大美女之一王昭君出塞之前，曾回故乡省亲，路过溪边，在溪流中洗脸时，将一串珍珠失落其中。从此，溪水一年四季清澈见底、芳香扑鼻，故名香溪。昭君临别时，在船头手弹琵琶向亲人告别，悠扬婉转的琴声，倾诉着心中的依依不舍。两岸桃花纷纷飘落水中，随着琴声化作桃花鱼。鱼群围着船儿，一直护送昭君远去。

我沿着小溪寻找，虽然没有见着桃花鱼，但昭君的故事在心中荡漾。昭君是和平的使者，她身上散发的芳香弥漫着香溪，亘古不散。而香溪源的清幽被那种芳香所包裹，一起成为我永恒的记忆。

2021 年 8 月 23 日

在秀美的峡谷中蜕变

进了中学,是不是希望自己能够美丽蜕变,蜕变得更加坚强、更加优秀?若是,那得看你自己的行动了。

就说研学旅行吧。我从小就跟着爷爷出去旅游,到过很多城市,应该算旅行。在小学,我曾和同学们去过枝江青少年活动中心和"东方年华"训练营,是以班级为单位,统一食宿、统一行动,设定好体验项目,大家一起完成,有新奇、有快乐,还有团队的合作。现在想来,那大概就叫"研学"。

10月17日的研学旅行,我们七年级学生一起来到了三峡九凤谷。我们在天然的瀑布、溪流、峡谷中穿行,在高空玻璃桥、吊桥、滑道上体验惊险,在植物园区、瓜瓜乐园、农耕文化馆、丛林餐厅体验别样生活。一切的一切,让我感觉到自己一下子成长了许多。

沿途的楠树、常青藤、紫荆、紫藤、紫薇、桂花、茶花等花木的确很美,只不过之前大多都见过。峡谷、溪流、山径是独一无二的,但比起我去过的其他地方就感觉一般。倒是瓜瓜工艺品让我产生了兴趣,更为深刻的印象是我们成功走完了玻璃桥和滑道!

听介绍,那是一座由37块无色全透明玻璃铺成的桥,桥面宽3米，桥体长130米，从桥面到谷底垂直高度185米。我曾登顶武汉黄鹤楼和广州"小蛮腰"等高层建筑，感觉自己有点恐高，而此时站在桥头就觉得刺激、惊魂。上了桥，我不敢往下看，巴不得快点冲过去。走到中间，老师要我们拍照。拍了照，我抓住一个同学的背包，跟着一步步往前走。她说："你往下看，好漂亮的！"我试着往下看了一眼，桥下确实十分漂亮。我说："可我往下看，还是有点怕的。"后来，我经过两块玻璃，发现上面有玻璃破碎的图案，觉得奇怪。我刚走过，突然梆的一声，就像玻璃炸裂了，我吓了一跳，回头看时，后面的同学踏在那上面，也吓了一跳。后来我们猜想那应该是专门用来锻炼人的胆量的吧。我第一次成功穿越了玻璃桥，克服了恐高。

那滑道就像是幼儿园的滑梯，只不过它有800多米长，坡度较陡，弯道很多。这款集体体验游戏，设计很一般，但考验每个人的胆量，更考验团队的凝聚力。比如我既怕自己受伤，也怕撞到同学，要保持一定的距离，还要控制速度。我们穿上装备，戴上手套，坐上滑道，男生一个女生一个地接着滑。到我时，我双手抓住滑道两边，双腿打开，时时注意减速。后面的同学老是催："慢了不刺激啊！"比起刺激还是命重要，我没有听他的，速度不快不慢，安全抵达，这不是很好吗？只是卸装备时，我的手脚都不太听使唤了。

能够在一个秀美的峡谷收获成长和蜕变，这就是九凤谷研学旅行的魅力！我们一起在大自然中探求新知，在惊险中克服恐惧，在旅行征途中锻炼胆量、磨炼意志、培养合作精神，是不是非常有意义？

2019年11月2日

花儿为什么这样美

走进同心花海，我就被这里花儿的美艳所吸引了。那一大片一大片，粉的、白的、紫的、橙的、玫红的，让人眼花缭乱。我常常想，爱花之人，一定气质高雅，常常以花为伴，生活是多么惬意啊。

今天是研学旅行，活动的内容比较丰富，参观苗圃、搭高塔、用勿忘我干花制作贺卡、跟着《楚辞》识植物、制作艾包等，而我迷恋上了一个问题：花儿为什么这样美？乍一听，答案脱口而出，是阳光、雨露、土壤的滋养。若是追问，自然就说到了人工培育。

我们的第一项活动恰恰是移栽翠芦莉，我便格外用心。老师介绍说："翠芦莉花色淡雅，花姿美丽，能清热解毒，放在电脑旁边能减少辐射，不过放到有甲醛的屋子里会枯死。翠芦莉的适应性强，耐高温，幼苗移栽比较容易。"老师边说边给我们做示范，先往花盆里面放入泥炭土，不是满盆，再挖个小坑，将小苗的根部放进去，用土完全盖上，把小苗扶正，让它不要东倒西歪。

轮到我们自己动手了，每人分到一把小铲子、一个花盆和一株小苗，按照老师示范的步骤，每个人都小心翼翼地动起手来。

我感觉移栽翠芦莉既简单又不简单，简单的是步骤少，很快就移栽完了；不简单的是，想要那小苗不倒，还是要下一番功夫的。这不，我们好不容易完成了移栽任务，再看旁边的花盆里，一些小苗还是歪的呢。我在想，我们每个人仅仅移栽了一株翠芦莉就花了这么多的时间，而要种出这一千多亩地的同心花海，让花儿都美丽绽放，该需要多少时间呢？

花儿为什么这样美？通过这次研学旅行，我终于找到了答案。花儿的美丽绽放，除了大自然的恩赐，更需要汗水和心血的浇灌。由此可以想到，生活中许多光鲜美好的事物，必须要靠汗水和智慧凝结而成。

2020 年 10 月 22 日

古军垒阵法

我们来到三游洞景区研学，和同学们一道游览，我的脑子里顿时闪现出白居易、白行简、元稹三人一同游此洞的情景，以及"大江东去，浪淘尽，千古风流人物"的千古一叹！尤其是驻足在古军垒遗址，听着讲解，心却飞向了久远的古代，对古人更是赞叹不已。

看到白居易、白行简、元稹游此洞留下的千古名篇，时任夷陵县令的欧阳修留下的至喜亭，印章园里学习拓片，我的心里感慨万千。

老师仔细地为我们讲解，古军垒遗址，属于古代战争遗址，这里叫下牢溪南津关，东面叫峡口，南面是长江。古军垒南北长十余米，东西宽九米，高三米，均用几何纹和绳纹砌就，形若倒置的升斗。最初我感觉古军垒没什么传奇色彩，而敲开我心扉的是"古军垒初建于东汉晚期，沿用至六朝"这段记载，吸引我思考的是古军垒阵法。

古军垒阵法多种多样，千变万化，如雁形阵、鹤翼阵、长蛇阵、方圆阵、偃月阵以及八卦阵等。古军垒阵法在冷兵器时代是作战的制胜法宝。那个时候，行军打仗硬拼是不现实的，那样会伤亡惨重，必须靠排兵布阵去赢得胜利，这就出现了诸多阵法。

阵法分为摆阵和破阵。比如，宋江和公孙胜破高廉的八卦阵，先派花荣射死了高廉的副将，再攻破生门，打败了高廉。后人说也有高廉轻敌的因素。

爷爷曾告诉我，书上说八卦是诸葛亮发明的，阵按休、生、伤、杜、景、死、惊、开八门，从正东"生门"打入，往西南"休门"杀出，复从正北"开门"杀入，此阵可破。爷爷还说，这方面知识要想搞懂很不容易，但可以由此获得启示，我们每做一件事，先做好规划，才有可能做到更好。

老师后来讲，阵法在现在的生活中也有运用。比如上体育课，若是大家不排成队形，就是一盘散沙，无法进行集体活动。我不由地想到，我们的生活也与阵法有关，比如我们每天早上起床之后就要想当天怎么度过才最有意义，从刷牙、洗脸、梳头，到上学、放学，再到回家后写家庭作业，如同阵法环环相扣，安排得有条不紊，才不至于整天手忙脚乱。

常言道，一年之计在于春，一日之计在于晨。在生活中，所有的事情若像古军垒阵法一样事先都安排得井井有条，就会取得成效。否则，失败这个"敌人"就会攻破你的"防线"。

2020 年 10 月 18 日

让地球母亲永葆青春
——从垃圾分类做起

近期，我一直在关注垃圾分类。政府一直在倡导，村庄、街道、社区、学校都在宣传、督促，但总是有不尽如人意的地方。比如，到处是分类的垃圾桶，但人们在家里似乎没有分类，依然把垃圾随便丢进垃圾桶。路人也一样，不管可回收还是不可回收随便丢。清洁工人不好处理，也就把垃圾都装在一起运走。说白了，大家还是缺少垃圾分类的意识，没有养成垃圾分类的习惯。

要怎么彻底改变这种现象呢？

首先要继续加强宣传，提高人们对垃圾分类重要性的认识。要通过不同的方式去宣传，随处都能看到、听到，让人们认识到，地球是我们共同的家园，要让地球永葆青春，我们的行为必须要有节制。垃圾分类就是一种有节制的行为，对可回收的垃圾不浪费，对不可回收的垃圾正确处理，就可能有效地防止地球被污染。将有害垃圾分出来可以减少垃圾中的重金属、有机物污染，致病菌的含量，也有利于垃圾的无害化处理，并降低水、土壤、大气污染的风险，这些足以说明垃圾分类的重要性。人们的认识提高了，就能够自觉去做了。

其次，要有规章制度的约束。不管是街道、社区、学校、村庄都要有监管制度，要有垃圾分类公约，有奖惩措施，而且不能流于形式。对做得好的要表扬，对不能做到的要公开曝光、处罚，让人们觉得做好垃圾分类很光荣。久而久之，好的习惯就会慢慢形成，每个人丢垃圾时，都会下意识地看下垃圾桶上的标识或是垃圾桶的颜色。

第三，要从娃娃抓起。少年儿童的心灵是纯净的，他们看到美好的事物总会去学习。如果由学校、家庭联合起来做好垃圾分类工作，一定会收到很好的效果。而且小孩子一旦懂得了垃圾分类的好处和方法，还会督促大人做好垃圾分类。

总之，让地球母亲永葆青春，从垃圾分类做起，这不能只是一种宣传、一种口号。我们都生活在地球上，有责任、有义务从自身做起，相互监督，共同保护好我们的地球家园。

2020 年 10 月 18 日

第五章

疏影横斜

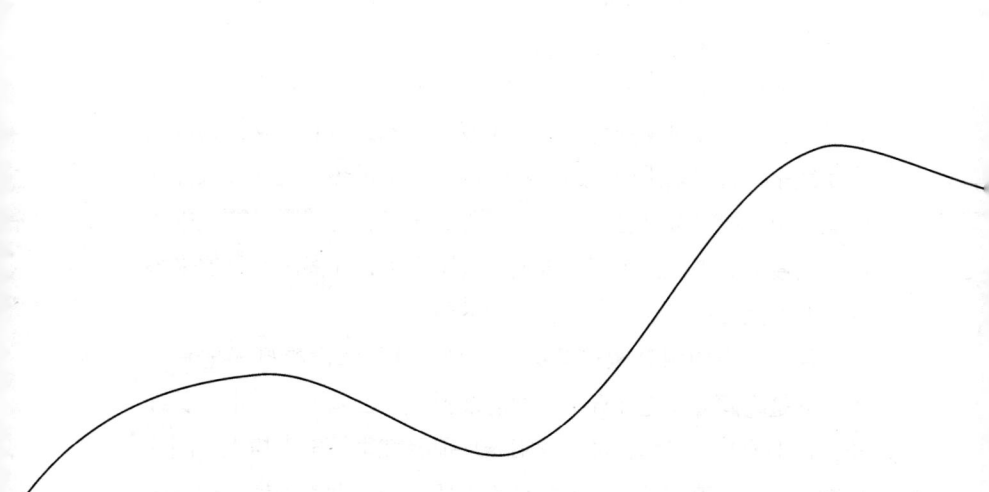

夏日炎炎

今年夏天，除了炎热，再找不出其他的词来形容了。

蝉儿们不似往年活跃，偶有三五只拉很长的调子，"吱——"渐渐弱下去，似乎有些口干舌燥。空中极少看到飞动的鸟儿，小区里早晨或傍晚偶尔看见一两只，公园里偶尔有几只落在地上、房上、树林的阴影里，或树枝上，找一片阴凉喘气。让人意想不到的是，空调机下有水滴落，有鸟儿张嘴去饮；一小洼水，有鸟儿蹲在里面洗澡。

狗娃可惨了，没有汗腺，靠吐舌头降温。野狗躲在街角，张着嘴，那舌头都快掉到地上了，唾液一直流到地面。宠物狗被主人用绳子牵着出来排便，还没有来得及感受炎热，就马上被拉回空调屋里。很少看见猫，小区门房外有一只，闭着眼，整天昏昏欲睡。乡下的猫在树荫下一直睡到太阳下山，才懒懒地爬起来喝几口水，然后找一处躺下去，一动不动。

街道两旁的树就像烤羊肉串一样，叶子都没精打采地耷拉着，只是晚间会在霓虹灯下微微舒展腰身。公园里的树木细长细长，顶上的叶子半蔫，炙热的阳光从那缝隙里钻出来烤人。湖水只剩下那一小碟，沿湖的垂柳也不再妩媚地与湖水打趣，怕被阳光灼伤，只在早晨和傍晚的微风里强打起精神迎接路人。

人们都想方设法避开炎热，旅游的人，中午都不再走路。人们最喜欢去的是江边，江水虽然很浑浊，但特别凉爽，待在水里时间长了，腿都会抽筋。

一位老奶奶拖着一大板车垃圾到中转站，全身的衣服没有一处是干的，那眯着的眼睛早已被汗水浸泡着。好几个戴着安全帽的男人站在高高的脚手架上给墙面上漆，警察在三角亭指挥着交通，几个电力工人正在抢修……

唉！夏日的太阳啊，你能不能把火气消消，给天下生灵，特别是给那些建设者一点儿凉爽呢？

2019 年 7 月 31 日

冬

我似乎越来越不喜欢冬天了。

小时候，一下雪，我就跑去雪地里玩，堆雪人，在雪地里印小脚印，有时候会和大人在雪地里疯跑，高兴极了。而现在，不知怎么的，我却不那么喜欢冬天了。

冬天仿佛成了隐形杀手。冬天一到，流行感冒就猖狂起来了，若身边有一个人病了，周围的人也容易被感染。冬天会刮北风，气温下降，人们都得穿着厚厚的衣服，不然就会冻得瑟瑟发抖甚至生病。有时还会下雪刮风，许多动物得赶紧钻进地下或是洞穴中藏起来，只能偶尔出来溜达找食物，有的干脆冬眠。南瓜、辣椒、白菜、油菜、麦苗等植物都被冻伤甚至冻死。

冬天又好像是无形的绳索。冬天来临，人们就懒惰下来。早晨躲在被窝里不肯出来，即便起来也会磨磨蹭蹭好半天。要是没有特别重要的事，就会窝在家里烤火或烤电暖器。上班族出行都要把头和身体包裹得严严实实，进了办公室要开空调。学生上课时手都缩在袖子里，或是戴手套，写作业手都会僵硬，写出的字也歪歪扭扭。下了雪，路上结冰，开车出行要安防滑链，还常常会有车辆滑到沟里，甚至相互碰撞出现死伤的情况。

冬天也像个薄情郎，它会让大地变成一片苍茫；让大树将陪伴了自己一年的叶子全部丢弃，只留下光秃秃的枝丫；让青青的草地全部变得枯黄，哪怕是常青树，也像生了病的老妪一样耷拉着脑袋，失去勃发茂盛的状态；让高压铁塔、不太稳固的民居等在大雪中垮掉；让清澈的湖泊、池塘，甚至水龙头全部结冰。

突然想起一句话，冬天来了，春天还会远吗？我于是问自己，冬天这般无情冷酷，不就是为了春天的到来吗？人生中只有接纳冬天般的洗礼，才会迎来春暖花开。

2020 年 11 月 21 日

月　夜

"露从今夜白，月是故乡明。"古往今来，多少文人墨客以"月"为话题，写下了许多诗篇，表达思念家乡、亲人的情感。在这月光朗照的夜里，我又想起了老家的月夜。

夜里，我常常去窗边向外望，每次看见的月亮都不一样，月牙儿、半弦月、满月……月一点点变大，又一点点变小。月从小到大再由大到小，时间在不知不觉中流逝，老家的月也一定在不断地变化。

有个夏日的晚上，天空有点浑浊，一弯月挂在那片高大的竹林的顶端，还有几颗不太亮的星星陪伴着。那片竹林原来是有户主的，现在都被划进了宜昌城区，户主早已搬去了新农村居民点。我和爷爷走在老家的小路上，向天空望去，除了月亮、星星，到处都是萤火虫。空中飞着的光像亮着的线，给人一种新奇感。突然，路边草丛里也有光，一闪一闪的。我问爷爷："萤火虫怎么也钻到地里了？"爷爷说："那我们看看吧。"他说着就去草丛里捡起一个发光的东西，我仔细一看，是一条虫子，尾巴上正闪着光。我尖叫一声，一下子蹿出了好远。我连忙叫爷爷把它丢下，拉着爷爷就跑。月亮一直追着我们，把那光投射在我们身上。到了小姨奶奶家里，也不想再说起那虫子了，我在想，古人说"月是故乡明",为什么今晚的月亮不鲜亮,倒是那萤火虫点点幽蓝的光很美呢?小姨奶奶随口问起我爸爸妈妈,爷爷说:"管他们呢。"也不知道他在回答谁的问题。我又想起了"人有悲欢离合,月有阴晴圆缺",看来,月亮是否明亮是随着自己的心情转变的。

又一个中秋节到了,我和爷爷奶奶去了太太家里,带去了爸爸妈妈寄回的月饼。太太家的老屋早已拆除,她住的是公家的安居房,很简陋,也还干净,周围都有小片的菜地。太太八十多岁了,身体瘦缩得像棵矮小的老树,但精神很好,生活起居都能自理。我们刚到时,她连忙拿出她早就买的那种酥月饼给我吃,笑盈盈地叫我宝贝。看得出来,我们的到来给她增添了无尽的欢乐。

晚上,一轮圆月升起来了,照得大地亮亮的。几辈老人兴致勃勃地讲他们小时候"摸秋"的故事,我在一旁听得津津有味,心里却若有所思。都说中秋节是全家团圆的节日,从我记事起,我们家却始终没有团圆过。每年中秋前,爸爸妈妈会寄回一些月饼,月饼是圆的,月亮也是圆的,就是人没有团圆!我从未对家人表达过这些,只能在这个夜晚,望着月亮,在心底诉说愿望,希望全家一起过中秋!

今晚的月亮是圆的,此刻我正对着月亮发呆。也许,留守在家的人跟我一样,在月夜都会思念在外的游子吧。

2020年6月6日初稿,2021年4月24日修改

童年趣事

童年的趣事，像海边的贝壳捡也捡不完，像天上的星星数也数不清。每当想起一件，我就会忍俊不禁，但笑过之后又觉得有点儿意思。

我从小就喜欢星星和月亮，喜欢看星星眨着眼睛，喜欢看月亮在云里藏猫猫。

有一天，爷爷给我唱儿歌："月亮走我也走，我跟月亮吃巴豆……"我想，这是真的吗？跟着月亮走，还能有好吃的东西？于是，到了有月亮的晚上，我就仰着头，看着月亮往前走，真奇怪，月亮真的往前走了！我停下来，月亮也停下来；我快步走，月亮也走得很快。我激动起来了。我就不信，我没有月亮跑得快！我拼命地跑起来，结果，月亮也像飞起来了似的。我跑得实在是没有力气了，上气不接下气，瘫倒在了一块草地上。看着月亮，它也一动不动了，好像在说："你真不错，还敢跟我比赛跑。"我想不明白，问爷爷，爷爷说："我们住在地球上，地球是绕着太阳转的，月亮是绕着地球转的。你看他在走，其实就是你自己在走。至于哪里有吃的东西，是大人逗孩子高兴，为了可以很快走完一段夜路了。"原来是这么回事啊！

还有一天，奶奶说爷爷："她（指我）要什么你就给什么，她要天上的星星，你也要摘下来吗?"这话引起了我的兴趣，我想，我们能不能摘下天上的星星呢？到了有星星的晚上，我盯着天上好多好多的星星，看着它们闪闪发光，有的是四个光角儿，有的是五个光角儿，好像离我很近，又好像很远。我便用手去摘，好像揪住了星星的光角儿，再看手里，却什么也没有。奇怪了，我明明揪住了啊，怎么就没有呢？不行，我得看仔细点儿，揪住了就不放手！我仔细盯着夜空，星星们似乎很得意的样子，有的向我挤弄着眉眼，鬼鬼地笑；有的好像提着灯笼在跑。突然，夜空里出现了乳白色，月亮突然钻出来了，星星们就像玩捉迷藏似的，一会儿有几个出来闪一下，一会儿又不见了。真扫兴！本来刚刚要下手的，月亮却来了。咦？月亮来了，星星怎么就不见了呢？我边想边低着头往家里走，突然看见小区的小池里有星星在眨眼睛，原来星星藏在这里啊！哈哈！看我不把你揪住！我赶忙下去捞，可是水面上竟是一片小小的光点。我突然想起了猴子捞月亮的故事，笑自己好傻。

爷爷知道了这件事，夸我爱动脑筋，还说，天上有个银河，很大很大，里面住着无数的大星星。星星是天体，很小的星星都要比地球大。不过，北京有个中国科学技术馆，里面有模拟的宇宙，倒是可以摘到星星的。

啊，原来是这样，我真想去看呢！

童年的趣事，给我留下了美好的记忆，也启迪了我的科学思维和探究未来的梦想！

2018 年 6 月 30 日初稿，2021 年 4 月 25 日修改

生命的蜕变

我和爷爷在讨论生命的话题时,就想到了蚕,继而又想到了生命的蜕变。我觉得,生命是美丽的。

我想到了我的一小盒蚕卵。当我仔细看时,差点叫出声来。那个盒子里面有一些黑色的、细细的、短短的小虫。爷爷问我这是什么,我告诉他,这些都是刚出生的小蚕。我让奶奶找一点桑叶来,给蚕宝宝吃。

这些蚕宝宝的父母,是奶奶找别人要来的,刚找来时,不比眼前的蚕宝宝大多少,但是已经蜕过一层皮了,变成了白色。

奶奶几乎每天都要弄一些桑叶回来,因为它们越来越大,越来越白,越来越长,它们的胃口也越来越大。

它们一共要蜕五次皮,才能变成蚕蛾。蜕皮时,它们不吃不喝,要坚持好几天,才把皮蜕掉。

过了一段日子,我再去看蚕,发现它们正在做茧。又过了几天,我去看时,发现它们已经把茧做好了。

我都快将它们忘了。有一天,我去阳台浇花时,看见了一只死去的蚕蛾和一些蚕茧,蚕茧上有蚕卵。原来,这些蚕卵被小蚕顶破,小蚕从里面爬出来了。

它们使我想到了杏林子《生命生命》中的一段话:"虽然生

命短暂，但是，我们却可以让有限的生命体现出无限的价值。"蚕蛾生出的蚕卵，孕育出了新的生命，而它们自己为了产出下一代而牺牲，说明它们是热爱生命的。

  我下定决心，要珍惜生命，绝不浪费它，也不糟蹋它，更不让它白白流逝，要让自己活得更加光彩！

2017 年 4 月 9 日

一次成功的尝试

我有过许多次尝试,比如煮面条、养金鱼、游泳、爬肋木、荡秋千、玩蹦极等。我认为,最成功的一次尝试还是做沙拉。

那是英语老师布置的一道家庭作业。老师说,按照英语课文的内容做沙拉,并拍成图片,然后拿到班上展评。老师的用意,大概是让我们通过做沙拉记住课文的内容。对于我们,却是一次考验。

我虽然没有做过沙拉,但我信心满满,回到家就跟爷爷说了。爷爷说他也没有做过沙拉,能做好吗?我说:"任何一件事,你不去做,怎么知道能不能做好呢?"爷爷赞扬我说:"没想到我孙女还能说出这么经典的名言啊,那就抓紧吧!"

我和爷爷立马去超市买食材,买了火龙果、苹果、香蕉、猕猴桃、橘子、沙拉酱。回到家,我找出水果刀、勺子、叉子、砧板、碗,奶奶给我打下手,爷爷在一旁拍照片。

我拉开了架势,开始制作了。我先洗了器具,接着将所有的水果都洗干净,削去皮,切成块,放入了碗中。然后拿起勺子,将沙拉酱一勺一勺舀入碗中,再进行搅拌。顿时,我发现,一碗色彩斑斓的沙拉呈现在我的面前。那火龙果的玫红、橘子的金黄、苹果和香蕉的淡黄、猕猴桃的青绿,还有沙拉酱的洁白构成的水果沙拉，简直就是一件上等的艺术品，让人一看就垂涎欲滴。我等不及了，拿起叉子戳着水果沙拉放进嘴里细细地品尝着，味道美极了！

爷爷在一旁拍照，一个劲儿地赞美道："没想到，你第一次尝试做沙拉就这样厉害啊！"我笑了，没想到我第一次尝试就成功了。

尝试是一阵风，它托着鸟儿飞翔；尝试是一朵云，它帮助孩子幻想；尝试是一朵花，它陪伴小蜜蜂采蜜。而我想说，尝试是一种勇气，是迈向成功的第一步。无论遇到什么，只要大胆地去尝试，不管结果如何，你都是个勇者！

2017 年 7 月 2 日

蚂蚁搬食

有一天，我在太太家和表妹一起玩，无意中在一个墙角发现了一个蚂蚁窝，我激动地说："快来啊，这里有个蚂蚁窝！"表妹看见了，说："我们拿块小饼干给它们吃吧！"我拿来了一块小饼干，用石头把饼干砸成小块放在蚂蚁洞前，表妹又拾起一小块饼干，用石头将其磨成了粉，堆在蚂蚁洞前，形成一座"饼干小山"。

这时，几只蚂蚁从蚁窝里钻出来，好像在侦察从哪里来的香味。有只蚂蚁往"饼干小山"上爬，表妹拿起饼干粉往蚂蚁身上撒，"饼干雨"压住了它，它费了九牛二虎之力，终于爬了出来。它似乎不甘心，和同伴们碰了碰触角，一起钻回了蚂蚁窝。

我和表妹很扫兴，正要离开时，一支蚂蚁大军从蚂蚁窝里钻了出来，在"饼干小山"周围爬来爬去，好像在商量什么。过了一会儿，一只蚂蚁咬住一块大一点的饼干，试图拖进洞中，可拖不动。几只蚂蚁连忙来咬住那块饼干，有的拉，有的推，有的在下面抬，饼干就慢慢地往蚂蚁窝的洞口移动。有只蚂蚁也许是弄错了方向，也许是忘了自己在做什么，竟然爬到了饼干的上面，和饼干一起移动。还有一些蚂蚁咬住一点饼干粉末往洞口送。

我们安静地看着，不再打扰它们，看着它们一起搬着饼干和饼干粉末进洞。

它们忙了一个上午，"饼干小山"就被搬去了一大半。大人喊我们吃午饭，我们才离开了蚂蚁窝。吃完饭，我们做完了作业再去看，"饼干小山"已经消失得无影无踪。

"姐姐，蚂蚁把'饼干小山'搬完了！"表妹吃惊地说。

"是啊，你别看蚂蚁那么小，它们一起搬饼干，力气就大得不得了呢！"我说。

通过看蚂蚁搬食，我明白了一个道理：在生活中，我们做任何事，个人的力量是有限的、渺小的，只有大家团结一心，齐心协力，才能克服困难，把事情做好。

2017 年 7 月 23 日

窃读记

又一个晚上,九点半,爷爷把电灯关了,出了我的房门。伴随爷爷的脚步声消失,我摸到布娃娃,打开了手电筒,我的目的可不是找东西,而是读书。

这时,门"吱呀"一声打开一条缝。唉,出师不利!原来爷爷就在门外。我连忙把手电的光挡住,差点儿被爷爷发现了。

门又关上了。我连忙拿起书,如饥似渴地读起来。我的习惯是睡觉前看会儿书。

我翻开林海音的《城南旧事》,一页,两页,我快速地读着,不知不觉看了几十页。我们刚刚学完课文《窃读记》,发现课文短了一些,内容与原文有些不同。比如开头,课文是"转过街角,看见饭店的招牌……"原文却是"转过街角,看见三阳春的冲天朝牌……"我想,林海音写的是她当时的真情实感,而课文选编时,可能是考虑让语言更准确精练一些吧。

其实,我晚上读书,心里十分忐忑不安,生怕爷爷会突然过来,把书没收。爷爷一直鼓励我多读书,但他不让我读书到很晚,是怕我第二天没精神。而我总是觉得,读书是很快乐的一件事!我读J. K. 罗琳的《哈利·波特》时才上二年级。从那时起,除了读《哈利·波特》,我还读了贝尔·格里尔斯的《荒野求生》

等几十本书呢。而且，每天晚上，我都会读书。最近，我在读《城南旧事》等书。

我知道，深夜偷偷读书会影响身体健康，也会影响第二天的学习。其实，白天的许多时间都被我浪费了。今后，我要改变自己，合理安排读书的时间，不让爷爷为我担心，也让自己在读书中享受快乐。

2017 年 9 月 9 日

布娃娃

在我的童年生活里，有许多物品陪着我长大，布娃娃就是其中的一类。我有个粉色的熊娃娃，毛茸茸的，在那稍显凌乱的毛里找不到一丝杂色，我特别喜欢。

我六七岁的时候，它来到了我身边，我喜欢得不得了，每天都抱着它玩儿，还抱着它睡觉，有时傻傻地和它说话。那时每天放了学，我都恨不得早点和它见面。回到家，书包一放，我就张开双臂抱住它。有时，我有了高兴的事，或是伤心的事，首先就会告诉它，在我眼里，它就是我秘密的倾听者，我总认为它会动起来，会张口说话，会……后来，人长大了，没多少业余时间了，偶尔也会抱抱它，甚至对它说话，也没有想很多，也许是一种习惯吧。

对了，还没说熊娃娃的来历呢，它是李奶奶从福建带给我的。李奶奶的老家在顾家店，当年她家境贫寒，为了儿子上大学，卖了全部家当去福建打工，在那边租房子住，日子过得挺难的。可她回来还专门给我这小孩子买礼物，这种恩情我要永远铭记在心。

我要好好珍爱熊娃娃，不让它丢失、损坏。因为看着它，我就看见了李奶奶那颗慈爱的心。

2018 年 4 月 7 日

烦 恼

有一个小女孩，她有许多烦恼，看她经常面带笑容，却无人知道那些笑容是她的面具。因为有些面具一旦戴上就不容易摘下来了，就连她自己似乎都忘了那是她的面具。

小女孩最初的烦恼是父母陪伴她的时间甚少，一年也只有春节或是暑假的时候才能见上一面，她总盼着见爸爸妈妈，总希望他们在自己身边多待几天。那时，她的笑，并不是她的面具。

她六岁了，该上小学了，她又遇到了更多的烦恼。刚开始上学的时候，她觉得周围的一切都是陌生的，她有些胆怯。不久，她和几个同学成了好朋友，但她胆子比较小，不太敢跟别人说话。慢慢地，她能在上课的时候大声回答问题了，和朋友们的话也多了起来，却还是遇到了一些矛盾。比如，偶尔会和同学争吵、作业有些难啊……

二年级时，她当了班长，有很多事情要做，平时说话办事都要管住自己。有的同学调皮捣蛋，她免不了要管，但有时会争吵起来，老师却找她，说她不能积极带头。她觉得很委屈，也不敢反驳，只能把烦恼吞在心里。

她真正的烦恼是从三年级开始的。她转学到了另一所学校，再一次感到了陌生。新的学校，新的教室，新的老师，新的同学……这也不是什么大问题,因为她慢慢都熟悉了。可每天要早起,这又是个难题。于是她的爷爷给她买了一个闹钟。刚开始呢,爷爷每天会给她定闹钟,以免她早上起不来,后来每天早上她不仅要自己起床,还要叫爷爷起床。有好几次,闹钟出问题了,起来晚了,要么差点儿迟到,要么就是迟到了。有时,闹钟响了,她也醒了,但感觉很困,就又睡过去了,结果就是迟到了。特别是在冬天,早上似乎特别容易入睡,没有大人提醒,早起就成了更大的难题。

到了五六年级,烦恼纷至沓来。作业更多了,难度更大了,起得更早了,平时还要帮老师做许多事,而且有些事就算难做也得做。还要负责管理那些调皮的同学,收齐组里的作业……说起来一言难尽,她只能以笑面对。从那时起,笑容便成了她的面具。

烦恼越积越多,为了保护自己,为了让自己更开心些,她只能戴上面具,将那些烦恼都掩盖在笑容背后。

都说童年是美好的、快乐的,殊不知有的孩子则不一样,少了爸爸妈妈的陪伴,就算生活无忧,又怎么能够快乐起来?

2020年8月15日初稿,2021年4月25日修改

虫虫王国的春天聚会

在玛瑙河畔，有一个昆虫王国，叫虫虫王国。虫虫们都想建设美好的家园，一致推举身体矫健的螳螂为国王。

每年春天，螳螂总是召集虫虫们聚会，商议国家大事。

又一个春天来临，玛瑙河畔的树叶儿绿了，花儿开了，鸟儿叫得欢了，虫虫们也活跃起来了。

螳螂便派蝴蝶去发请帖。

那天，风和日丽，空气清新。虫虫们陆续赶到了螳螂王宫。

螳螂站在一根树枝上，转动了一下那灵动的脑袋，抖动了一下那漂亮的小翅膀，向四周看，没有看见蜗牛，便说："这个蜗牛，他本不是昆虫，偏要加入虫虫王国。可参加聚会总是迟到。以后再这样，就要开除国籍了。"

蜻蜓说："大王别急呀！您不是说，要团结一切可以团结的力量，建设好我们的家园吗？我这就去看看。"

过了一会儿，蜻蜓回来了，悄悄对螳螂说："报告大王，他来不了了，因为今天的太阳太大，还有萤火虫在这里……"

"哦，对，我怎么把这茬给忘了呢？好吧，你过后把我们谈论的内容转达给他吧。"

螳螂宣布开会："诸位，都说说今年的计划吧！"

"我觉得今年来玛瑙河畔旅游的人类多了,我准备带领伙伴们将沿岸的花丛都装饰一番,那样就会给人类以美的享受。"蝴蝶张开翅膀,露出美丽的花纹。

"我们在空中飞翔,也是一种风景。古诗云:'早有蜻蜓立上头。'这沿岸有许多荷塘,我们会在荷塘上飞来飞去,为前来游览的人类增添观赏荷叶、荷花的情趣。"蜻蜓也抖动了一下翅膀。

"有的前来游览的人类喜欢在草坪上留下脏东西,我们会及时清理掉的。"蚂蚁说着,很傲气地伸了伸触角。

蜜蜂"嗡嗡嗡"叫开了:"我们会去花丛中唱歌,还要采百花之精华,酿造出最甜的花蜜,让前来游览的人类品尝。"

萤火虫露出了尾巴,振振有词道:"现在前来游览的人类,喜欢在夜里搭帐篷宿营,我们会在夜晚到来之前,整理好自己的灯笼,把夏夜装点得更加美丽。"

知了发话了:"夏天到了,我们会让前来游览的人类好好欣赏我们的歌喉。"

蜣螂拿出垃圾球向大家展示:"我们要把垃圾都收集起来,作为花园草坪的肥料。"

松毛虫抖动了自己的绒毛:"我们可是天气预报专家。我们出来,就表示天气很好;相反,则天气不好。"

听完虫虫们的发言,螳螂满意地笑了:"常言道,一年之计在于春。大家都有这么好的计划,看来我们虫虫王国今年一定能够得到人类的赞美!"

2020 年 2 月 3 日

巨人、老树和鸟儿

有个巨人自认为了不起,在山野建造了一座阔大无比的庄园,比玉皇大帝的天庭还要巍峨宏大,他以为自己就要过上最奢侈的生活了。可谁知遭遇了特大狂风暴雨的袭击,庄园差不多都被毁坏了。他偷偷地唉声叹气。一棵老树发话了,说:"你把我的种子种在庄园周围,会长出茂密的森林,能够挡住风雨的袭击。"巨人听了老树的话,就在庄园的周围种了许多树,很快就长出了茂密的森林。

巨人造好了庄园,青山绿水,环境优美,空气清新,满以为可以高枕无忧了,就在这时,飞来了一只鸟儿,叽叽喳喳地叫着。

巨人很厌烦,连忙将鸟儿赶走了。

可谁知,那森林里的树上有了虫子,有的树叶子都被虫子啃完了,没几天就死掉了。

巨人担心了,要是没有了森林,庄园也不保啊。就去问老树,老树说:"你不该将鸟儿赶走啊,鸟儿会吃掉害虫,拉的粪便还可以滋养森林。"巨人恍然大悟,连忙去找鸟儿。鸟儿问:"以后就不怕吵闹了吗?"巨人说:"肯定不怕了啊!"

鸟儿回来了,在这里的树上筑巢,一边筑巢一边唱歌。老树一边听歌一边轻摇着苍老的树枝、树叶。巨人被鸟儿的歌声吵醒了,跑过去看时,不断地夸鸟儿能干、歌声很甜美。鸟儿很高兴,很快就将巢筑好了。不久就有了很多小鸟,森林里更加热闹了。

到了冬天,鸟儿对老树说:"我要到南方去了,明年再来唱歌给你听。"老树说:"好吧。不过,我怕是等不到你来了。"巨人听见了,赶来说:"你们在说什么啊?"鸟儿说:"我要到南方去,可老树说它快要死了!"巨人说:"你不许走,就在老树的树洞里住,我送面包给你吃。我也会派人来给老树穿上厚厚的衣服,那样就不会冻死了。"

鸟儿和老树都望着巨人笑了。

2016 年寒假

嫦娥的新发现

嫦娥和吴刚一直生活在月球上，吴刚一直想完成他为嫦娥建造一座月宫的梦想，每天都去寻找各种各样的石头。嫦娥像往常一样抱着玉兔，想到外面走走，看有没有新的发现。

"哎呀，吴刚，你今天休息休息，陪我去看一个很稀奇的东西吧！"嫦娥说完，也不顾吴刚愿不愿意，拉上他就走。

走了很远，吴刚发现前面有一面红色长方形旗帜，上面还有五颗黄色的星星，吃惊地叫道："你看，那是什么……"嫦娥说："孤陋寡闻了吧！那是我们中国的国旗！1949 年，我们的故土就改名字了，叫中华人民共和国。"

"照你这么说，现在也有我们国家的人和我们一起生活了？他们怎么飞上来的？"

"当然啦！我们那时是混沌把我们卷上来的，是运气。现在不同了，都是用火箭、神舟飞船、月球探测器。还是用我的名字呢，叫什么'嫦娥一号'。"

前面，一个小车上面一闪一闪的，同时一个小屏幕出现了嫦娥和吴刚的影像。吴刚惊奇地问："咦？那是什么？怎么会出现我们的影像？"嫦娥说："那是玉兔月球车，可以把这里的东西都拍下来，发回地球。"吴刚说："这么厉害？"嫦娥说："那是当然，原来只有美国人来过月球，还刨了点土带回地球，只赠给中国一克。后来，我们中国人上来了，弄了好多土带回去了呢！"

这时，一个大家伙落在了二人面前，有一扇门打开了，走出来一个穿着厚厚宇航服的人，向他们招手。嫦娥说："那人叫杨利伟，是咱们国家第一个上天的，今天怎么又来了？那个又是什么东西？"

"嫦娥女士好，欢迎你们参观中国的空间站。"杨利伟说。

"啊，杨利伟，你好，这个是吴刚，我们中国建自己的空间站了，真是太好了！"

"你们要快点，我们马上就要离开月球了。"

他们随着杨利伟进了中国空间站，杨利伟说："前几次，我们的宇航员在空中向地球讲课……这个是月光灰，这个是我们中国的番茄、辣椒种子，现在把它们是种在月光灰里，看，发芽了，在月球，植物生长比在地球上快几倍呢！往后的两年里，空间站将至少增加两个舱。"

"哇！真是太棒了，我下次还能来看你吗？"嫦娥和吴刚从空间站走来。

空间站飘走了，杨利伟说："会的，将来我们要在月球上建太空基地，我们中国就要成为世界上最强大的航天国家！"

嫦娥望着飞船飞走，热泪盈眶，念念有词："我们的祖国太厉害了！有朝一日，我们要是能够飞回去看看，该有多好啊！"

2018 年暑假

选美大赛

鸟语花香的春天,桃红柳绿的春天,莺歌燕舞的春天,悄悄地,悄悄地近了。

花儿开了,鸟儿鸣了,树儿长了,虫儿叫了。花朵们一年四次的选美大赛开始了。

"首先,宣布本次选美大赛的主持人和评委名单。主持人是一年四季都开放的月季小姐;评委有勤劳的蜜蜂先生,美丽的蝴蝶小姐,善良的蜻蜓小姐。接下来宣布奖项与评分安排:十分为满分,获三十分的选手可参加复赛,复赛选出一、二、三名,其余为优秀奖!"燕子受森林委托,宣布选美大赛的事项。

"还有,请花朵们注意!只有春花才可以参赛!"燕子又补充了一句。

花们听见了这个消息,高兴极了,立刻装扮起来。

瞧!桃花穿着白里透粉、粉里透白的外衣;木兰花穿着外紫里白的外衣,跳跃了一下,白色就露了出来;梨花穿着白色的外衣,上面还点缀着粒粒金子;杜鹃花穿着上粉下白的外衣……大家都打扮得艳丽极了。

迎春花却格格不入,她穿着纯黄色的外衣,露出了微笑。

这时,要上台了,大家却发现角落里有一朵小野花在哭泣,花儿都躲开了，只有迎春花走上前去安慰她，并给她唱歌，并说："你等我一下好不好？我一会儿就回来。"

迎春花走到台下，对小野花说："你别哭了，总有一日，你也可以走上这个舞台！"

"今天的获胜者是——迎春花！"月季小姐大声宣布道。

大家都惊呆了，连迎春花自己都不相信呢。这时，萤火虫先生放出了那段录像。谁也没有料到，这一切，早已被萤火虫先生的录像机记录了下来，这是特意安排的心灵考核。

月季小姐说："大家请记住，我们需要美丽的外表，更要有美丽的心灵！"

2018年3月18日

登蓟北楼随想
——《登幽州台歌》改写

登幽州台歌
〔唐〕陈子昂
前不见古人，后不见来者。
念天地之悠悠，独怆然而涕下。

我独自登上这蓟北楼，举目远眺，山河依旧，却也苍茫，不禁感慨万千。

这九州之一的幽州，曾是燕国的地界，演绎过无数英雄史诗。想当初，姜尚得到周文武王倚重，成就了周室伟业；乐毅将军得到燕昭王礼遇，大破齐军，名垂千古；荆轲得到太子丹知遇，留下了壮士千古绝唱；魏征得到唐太宗重用，铸就了"贞观之治"。

而我，自幼深怀报国之志，多年苦读，二十岁进士及第。满以为自己的抱负将得以施展，怀着赤诚向武皇帝进言，提出治国理政主张，可不但没有被采纳，反而遭到了革职。我慢慢地等待，几年之后终于有了做官的机会，谁知又因参与北征受到牵连而蒙冤入狱。出狱后，好不容易谋了个洛阳右拾遗的差事，又遇到契丹人举兵攻下我三座营州，我奉命出征任参知军事，怎料主帅草包，战败连连，我苦心孤诣的良策未被采纳，反而被降职。

此时此刻，我真是想不明白，自己怎么就生不逢时，遭遇的都是如同尘芥一样的碌碌之辈，却没有求贤若渴的高皇贤臣，我的雄心壮志无法实现，雄才大略无法施展。眺望前方，宇宙是何等广阔无垠与永恒不息，而人生又是何等短暂与渺小，我要什么时候才能遇到旷世明君？孤独、悲愁和怅然，让我再也控制不住，涕泪纵横！

2020 年 3 月 14 日

《过故人庄》改写

过故人庄

〔唐〕孟浩然

故人具鸡黍,邀我至田家。绿树村边合,青山郭外斜。
开轩面场圃,把酒话桑麻。待到重阳日,还来就菊花。

一个晴朗的早晨,我收到了好友的来信,说他准备了丰盛的美味佳肴,请我去他的田庄做客。于是,我立刻策马前往。

到了他的田庄,我看见许多绿树环绕在村边,远处的青山横卧在村庄的周围。老朋友见我来了,立刻把我迎进了屋。在宽敞的屋子里,摆了一桌饭菜,鸡鸭鱼肉都有。我说:"这么丰盛啊,真是不好意思!"他说:"哪里哪里,家常便饭而已,就是老朋友聚聚。"

我们上了桌,他打开窗子,看着打谷场、菜园和大片的庄稼地,我们一边喝酒一边聊了起来。我问:"今年的收成怎么样啊?"他说:"你看那稻子、桑树,你就该知道今年是个丰收年啊!"我说:"我看你那菜园也是丰收啊。"他说:"是啊,今年的豇豆、白菜、萝卜、花菜、辣椒、茄子、莴苣产量都很高。"我说:"丰收了,粮仓肯定有问题了吧?"他说:"今年,我分了几个粮仓。第一间最大，是装稻谷的；第二间稍小一点，就用来存放蔬菜；第三间、第四间差不多大，用来装棉花等。还有几间，我就不一一介绍了。"他说着，脸上充满了喜悦。

酒过三巡，我说："喝多了，都有点醉了。"他却说："酒逢知己千杯少，来，这杯酒敬你！"他一饮而尽，我们碰了杯。他说："今年的重阳节，你一定要过来，我们一起观赏菊花、喝菊花酒。"我说："好啊，我一定来，到时候不醉不归！"

离开了朋友家，我在想，勤劳、善良的他生活在农村，把家园打理得这么好，还念念不忘我这位老朋友。

2016 年 11 月 28 日

假如我有七十二变（三稿）

第一稿

假如我有七十二变，我将变成一条小溪。哪里有稻田，我就流向哪里；哪里有动物，我就奔向哪里；哪里需要我，我就去哪里。我愿意四处奔走，浇灌田地，让农民保持笑容；我愿意缓缓流淌，平静温柔，给鱼儿做摇篮；我愿意受热蒸发，形成云朵，将我的水分带到更远的地方；我愿意日行万里，奔走忙碌，把我的水送到千家万户；我愿意一路向东，汇入海洋，让大海更加广阔。我贡献我的水滴，让喝不上水的孩子能够喝上干净的水，让战争中的难民能够休养生息，让缺水的地区都能有一眼清泉，让全世界都能有干净的溪水。我希望我这条小溪永不干涸，更希望这条小溪的分流能够流向全世界，为全世界带来好处。

第二稿

假如我有七十二变，我将变成一条永不干涸的小溪。哪里有稻田，我就流向哪里；哪里有动物，我就奔向哪里；哪里需要我，我就去哪里。我愿意环绕田野，浇灌田地，让农民保持笑容；我愿意缓缓流淌，平静温柔，给鱼儿做摇篮；我愿意穿过森林，凉爽温和，送动物一面镜子；我愿意流过草原，曲折蜿蜒，滋润溪边的花草；我愿意流入河流，汇入海洋，成为一朵浪花，载起远洋巨轮。我贡献我的水滴，让喝不上水的孩子能够喝上干净的水，让战争中的难民能够休养生息，让缺水的地区都能有一眼清泉，让全世界都能有干净的溪水……

第三稿

假如我有七十二变，我将变成一条永不干涸的小溪，日夜兼程，奔流不息，滋养万物生灵。

我愿意环绕田野，浇灌土地，滋养庄稼，让农民的脸上绽放丰收的喜悦；

我愿意穿过森林，滋养树木花草，给野生动物们一个舒适的家园；

我愿意流过草原，滋养茂盛的绿草，养育肥硕的羊群、马群，给游牧民族带去甜蜜和幸福；

我愿意流向池塘、湖泊，给鱼虾们做摇篮，也给人们带去欢声笑语；

我愿意流入江河，汇入海洋，载起远洋巨轮，连接"一带一路"，促进世界各国人民的合作共济。

总之，哪里需要我，我就去哪里，让我的每一滴溪水在地球村里永远闪耀着晶亮。

2020 年 7 月 10 日

读书可以使自己快乐成长

敬爱的老师，亲爱的同学们：

大家好！今天，我想和大家一起分享我读书的体会。

有人说："读书使人明智，读书使人聪慧，读书使人高尚，读书使人文明，读书使人明理，读书使人善辩。"书是人类进步的阶梯，书是我们的良师益友，读书可以使人快乐成长。

如果想快乐地成长，就要爱读书，多读书。你一旦爱上了读书，就会觉得生活很充实。读的书多了，你懂得的知识和道理就会逐渐增多，就会变得更优秀。我在幼儿园就喜欢上了读书，那时读《三字经》等。小学三年级，我开始读名著，久而久之，我感觉自己见识越来越广了。到现在，我已经读了六十多部中外著作。

多读书不是什么书都读，而是要读好书。我读中华传统经典，如《论语》《诗经》的部分篇章，《中华上下五千年》、唐诗宋词、四大名著；读英雄模范的书，如《雷锋日记》《红岩》等；读科学书，如《十万个为什么》《海底两万里》《地心游记》等；读外国名著，如《贝多芬传》《哈利·波特》等。爷爷要我看《新闻联播》，了解时事政治，关心国家大事。读好书，就能辨别什么是真善美，什么是假恶丑，促使自己做个好学生、好公民。

读书还得讲究方法，要选择适合自己的方法。我一般都会静下心来读书，有时跟着爷爷出门，现场很吵，我也能够沉到书里去。如果是只需要了解的书，我就是一目十行地浏览。对感兴趣的书，我会细读，一遍没读懂，会读第二遍、第三遍。读到对自己有用的书，我会尝试在书中做标记，以便用的时候查找。

读书的方法很多，但要以读懂为前提，保证读以致用。只有真正悟透了书中的内容，才能叫作读书。书中的好词语、好句子记下来，写作文可以借鉴。读懂了菜谱，就能做出美味佳肴；读懂了雷锋的故事，就能做一个心灵美好的人……

爱读书，多读书，读好书，读以致用，让我收获了成长和进步。我相信，继续下去，我将会成为一个学识渊博的人，一个对社会有用的人！

谢谢大家！

2019年5月12日（本文为读书分享会演讲稿）

悦读伴成长，书香润校园

尊敬的老师，亲爱的同学们：

大家好！今天的"国旗下讲话"的题目是："悦读伴成长，书香润校园"。

徜徉在这座美丽的校园，我们总能够听见琅琅书声；沉浸在精致的图书长廊，我们总能够嗅到阵阵书香；漫步在教学楼的走廊，我们总能够看见读书的身影。

这就是我们的马中，被"马文化"之美浸润的马中，被经典之魂陶醉的马中，被阅读之声滋养的马中！

"书籍是人类知识的载体，是人类智慧的结晶，是人类进步的阶梯。读书对于一个人的成长进步很重要。"是的，读书使人明智，读书使人聪慧，读书使人高尚，读书使人文明，读书使人明理，读书使人善辩。读书，可以为思想美容，让心灵更加精致。那么，就让我们一起读书吧，让"马文化"阅读装点我们的生活，让我们传承、发扬"马文化"所蕴含的道德观念和人文精神，展现时代风采，建设书香马中！

我们要养成多读书、多思考、读好书、好读书的习惯，做到读书有笔记，读书写心得，不断积累知识。要提高阅读热情，掀起读书的高潮，进一步建好班级图书角，举办读书漂流活动，举办经典诵读比赛，举办读书报告会，开展阅读、美术、音乐分享会，也可以开展国学经典、枝江方言诵读等活动。

腹有诗书，气有浩然。精读一本好书，犹如点亮一盏心灯；与经典同行，打好人生底色；与名著为伴，塑造美好心灵。

悦读伴成长，书香润校园。扣好人生第一粒扣子，建设文明马中、书香马中，让我们一起努力吧！谢谢！

2021年4月6日（本文为"国旗下讲话"演讲稿）

第六章

豆蔻年华

小小的我

常言道，人贵有自知之明。认识自己，才能改造自己、战胜自己，才能走向成功。认识自己其实是最难的。有很多关于认识自己的名人名言，值得我们借鉴。比如美国爱默生说："你，正如你所思。"英国毛姆说："胜己比胜人更加光荣。"德国歌德说："成功靠运气，失败在自己。"德国尼采说："先打量自己，再纠正自己。"法国蒙田说："要有所行动，然后认识自己。"德国席勒说："你的命运藏在你自己的胸里。"英国狄更斯说："我所收获的，是我种下的。"

爷爷说，人总是在苦水中泡大，在泪水中蜕变成蝶，然后才舞出华彩人生。我很想从丑小鸭变成美丽的白天鹅，与清风白云为伴，驾风翱翔于蓝天。

我在成长的征途中，一直有写关于我自己的文章，但有时还是不能做到深刻认识自己，从《爱"臭美"的我》一文开始，写的时候就只写喜欢梳妆打扮，而没有从"爱美是人的天性"说起，后来写的，比以往要深刻一些了，但由于缺少自知之明，这组文章表达的东西还是比较肤浅，而且没有将内心的东西表达出来，也不知道该怎样表达才更准确。比如，最美的自己是怎样的？有家国情怀、有不屈的意志等。

爱"臭美"的我

瓜子脸，水灵灵的大眼睛，粗粗的眉，长长的睫毛，樱桃小嘴，还有一头乌黑发亮的长发，这就是我——一个爱"臭美"的女孩。

说我爱"臭美"，其实就是爱漂亮。我喜欢把自己打扮得漂漂亮亮，戴上精致的发饰，穿上款式别致的衣服和鞋袜，与伙伴们一同学习、玩耍，享受着童年的快乐。我更喜欢为爷爷泡一杯茶、护送多病的奶奶过马路，或者为同学服务，为班级和老师争得荣誉，用一颗美丽的心灵去赢得鲜花和掌声。

爸爸妈妈总希望自己的女儿漂亮。妈妈在家的时候，早晨她都会给我梳头，无论我要梳什么样的发式，她都能做到。妈妈也会给我买新衣服和头饰。每年换季，她总会给我买好看的衣服和头饰寄回家。有一次，她给我买了三个发卡，我早上戴了一个粉色的，上面有粉翅膀和白珍珠；中午换了另一个粉色的，上面有白珍珠和粉花朵；晚上换了一个黑色的，带有白翅膀和白珍珠。妈妈也许觉得我漂亮，便笑着说："你可真爱'臭美'啊！"我听了心里美滋滋的。

然而，我并没有理解妈妈的话。有一天，爷爷也说我"臭美"。

我以为我理解了爷爷的话，其实不然。就说梳头和穿衣吧，妈妈不在家的时候，大都是爷爷给我梳头，爷爷也让我自己选衣服穿。特别是每年我的生日，爷爷都会带我去街上化妆，然后照纪念照。有几年六一节，爷爷也带我去化妆、照相。而且，爷爷每年都会将我的照片做成展示牌。至今我已经有二十几块这样的展示牌了，还有几本专门的影集。仔细算起来要花很多钱。

爷爷曾说，一个人，光爱打扮，不算是真正的美丽，要爱整洁、爱干净、爱学习、有理想，才是真正的美丽。那时，我才明白，爷爷、爸爸、妈妈都希望我做一个不光外表美，心灵更美的人。

学校每次举行大型活动，都要求穿校服。以前，我们都觉得穿校服不漂亮。后来，我才知道，穿校服是为了展示学校的形象。学校组织我们表演团队到宜昌参加比赛，还参加枝江市春晚，要化妆，要统一服装。最初，我们为了自己要打扮得漂亮些，后来才明白，我们代表学校的形象。

生活中也一样，大人们时时刻刻都宠着我们，给我们买漂亮的衣服，帮我们打扮，我们被称为"小公主""小王子"。以往，我认为生活得非常幸福，很得意。现在，我才开始明白，一个人，爱漂亮没有错，但心灵的美丽才是最重要的。我们不能贪玩，要独立完成作业，不懂就问，参加力所能及的劳动，比如自己做饭、洗衣服、收拾房间等。

这就是我——一个爱"臭美"的女孩，一个刚刚开始懂得什么是真正美丽的女孩。

2017 年 7 月 15 日

爱幻想的我

鲁迅先生曾说:"孩子是可以敬服的,他常常想到星月以上的境界,想到地面下的情形,想到花卉的用处,想到昆虫的言语;他想飞上天空,他想潜入蚁穴。"小孩子的想象力很丰富,爱幻想才会有未来。

不知我是否属于令人敬服的孩子,但我一定是一个爱幻想的女孩儿。

睡梦里,醒来时,脑子里总是喜欢天马行空似的幻想。譬如,桃花开了,那是春姑娘亲吻了她,所以她笑了;知了叫了,那是夏伯伯赞扬了他,所以他唱了;稻子黄了,那是秋奶奶抚摸了她,所以她美了;青蛙藏在老树根下面,那是冬爷爷安慰了他,所以他睡了。

有段日子烈日炎炎,地都快烤焦了。突然,天色暗下来,一大团一大团云朵快速移动,一阵狂风过后,一道闪电划过,随后一声霹雳,暴雨骤至,热气渐渐消散,田野的农作物,周围的树木花草,都泡在了雨水中,四周出现了一片汪洋。我望着窗外,想着一定是云朵娃娃又偷懒了,雷爷爷和电婆婆知道了,商量着,不教训教训这娃子,将来怎么才能为人类服务?谁知二位老人性子急,用力过猛,把云朵娃娃吓着了,云朵娃娃流下了伤心的眼泪。

有天晚上，天上的几颗星星闪耀着神秘的光芒，而月亮呈现出淡淡的黄色，让人感到一丝丝清冷。我想，星星们一定非常喜欢月亮姐姐，总是和她在一起玩。他们最喜欢玩捉迷藏了，月亮姐姐一来，星星们就藏起来了，不一会儿，月亮姐姐就能找出好几个调皮的星娃娃，这些星娃娃就坐在月亮姐姐周围，听她讲故事。

这样的故事虽然短，也好像很幼稚，但对于三四岁的我来说，已经是充满了想象力。

有一年春天，爷爷带我去问安。那里有大片大片的油菜花，许多蜜蜂在花丛里飞舞，一会儿落在这朵花上，一会儿落在那朵花上。油菜花说："小蜜蜂，我这花粉非常香甜，酿出的蜜是世界上最甜最甜的，欢迎你们经常来！"小蜜蜂说："知道了，我们一边采花粉，一边帮你们传花粉，过些日子，你们就会结出很多种子的。还有，你们这里是我们最漂亮的舞台，我们都特别开心。"油菜花笑得前仰后合。从此，他们就成了世界上最好的朋友。油菜花掉落的时候，小蜜蜂又来了，"嗡嗡嗡"似乎变成了"呜呜呜"，好像是在哭泣呢。

有一年我跟着爷爷奶奶去西安，参观秦兵马俑时，我对爷爷说："爷爷，它们为什么不动啊？"爷爷说："因为它们不是真的呀。"我说："那给它们装上心脏和大脑，它们是不是就能动了啊？"爷爷笑得眼泪都出来了。我还是想，那些兵马俑要是安装了心脏和大脑，他们就不会呆呆地站在那里了，即使当年被埋在了土里，他们也会想办法爬出去。

又过了些日子，我第一次接触了钢琴，我想，这是什么东西？它里面是不是有很多小精灵？不然那声音怎么这么好听？后来，我开始学弹钢琴了，心里仍然在想，一定是有很多小精灵在里面唱歌!

  这就是我,一个喜欢幻想的女孩,满脑子的幻想一个又一个地向外蹦。我的幻想虽然很"小儿科",但我总是幻想着我的幻想在未来能够实现!

2018 年 6 月 5 日初稿,2021 年 4 月 25 日修改

懂得感恩的我

小草绿了，花儿笑了，是因为懂得阳光雨露给了它们生机；羔羊跪乳，乌鸦反哺，是因为懂得羊妈妈和老乌鸦给了它们生命。"滴水之恩，涌泉相报。"这句话教育我们要知恩图报，而且要加倍报答他人的恩情。爷爷曾说，做人一定要懂得爱国和感恩。

我小时候似乎知道爱国便是心中装着祖国的意思，但对感恩的意思并不太懂。依稀记得，在幼儿园毕业典礼上，我们一群小朋友跳着学习了很久的手势舞《感恩的心》。这是我第一次接触"感恩"二字，当时只是听着音乐歌唱、跳舞，并不懂得感恩的意思。

记得小时候，别人给我零食、玩具时，我总是礼貌地说声"谢谢"。现在想来，算是懂得感恩的一种方式吧。

我十岁那年，爷爷将"感恩"二字作为生日宴的主题词，我还专门查了它的意思，"感"是"感谢，感念"之意，"恩"是"恩情"之意，所以"感恩"是指感谢别人，不仅仅是感谢，还要记住这份恩情，并懂得回报。

妹妹的生日宴，爷爷为我举办钢琴独奏音乐会，主题依然是"爱国"和"感恩"，也是用这种方式向所有亲朋好友表达感激之情。

爷爷说，爱国和感恩不是挂在口头上的，而是要付出行动，从小事做起。在生活中时刻要心存感激，感激这个和平的社会，感激培养、帮助你的人，感激自然界的赠予，你就会拥有美好和幸福。

是的，我已经开始懂得，我的亲人、老师、同学对我的关爱和帮助。我每到一处都会得到格外的礼遇。梁春云奶奶、卞芸叔叔给我寄来那么多的著作，那是为了鼓励我发奋读书。龙伯伯、王阿姨、罗阿姨、甘阿姨、龚伯伯、薛叔叔等为我举办生日宴会，那是为了激励我珍惜生活的美好。裴阿姨不辞辛苦教我钢琴，我成功获得十级证书，妞妞教我舞蹈，带我参加武汉国际拉丁舞大赛，那是为了激励我成为多才多艺的人。罗阿姨、张叔叔都去参加我的家长会，特别是罗阿姨还参加了我的亲子运动会，为我的成长增添了新的色彩。枝江作协的爷爷奶奶、叔叔阿姨们，跟着他们一起参加活动，让我懂得了许多做人做事的道理。还有好多好多的人对我的关爱，有的历历在目，有的虽记忆朦胧，但点点滴滴，真的感恩于心。

感恩不能只表现在口头上，还要体现在行动上。枝江这座小城给予了我生活的灵气，我的校园给予了我未来的希望，我所遇见的人给予了我成长的动力。我不会忘记所有的一切，尤其是不会忘记我的爷爷。我在心底祝福，祝福一切安好，我会用我的一生去报答。

爱动手的我

我是一个活泼好动的女孩,特别喜欢动手。当然,可不是动手打人,是手工制作。要是看到了我喜欢的手工艺品,我是一定要试试的。

比如折五角星,按照书上说的,我准备了五张长方形的纸。先折一下,再折一下,再对折一下……不一会儿,五分之一个五角星便出现了,然后再折四个一样的角,把它粘在一起,一个五角星就折好了。再如折爱心,我在网上看到了,觉得很好玩儿,就找来一张方形的纸,中间折一下,再折一下,两边折了几下,便成了个爱心。拉开,在中间写了几个字,好看极了。将亲手制作的爱心送给别人,也是一份有意义的珍贵礼物吧。

老师布置的手工作业,我都特别认真地去做。找原材料时,家里没有的就喊爷爷一起去找,有时会用到橡皮泥,有时会用到竹子、树枝,有时会用到胶水、颜料,有时会用到刻刀、石头和线。每到教师节、三八节等节日,我都会做贺卡、礼物送给老师、妈妈和奶奶,以及我的好朋友。

2016年12月4日,我学会了制作沙拉。我和爷爷去街上购买水果、蔬菜、沙拉酱等食材,然后将食材切好放进盘子里,轻轻搅拌,我做的沙拉色泽鲜艳、外形美观,与家人一起品尝,鲜嫩爽口，别有一番风味。

2019年五一劳动节期间，学校开展"我是小小劳动者之小小厨师"职业体验活动。我很早就会煮饭、洗菜、切菜、炒菜，甚至会切肉、剁肉泥、做肉丸子汤等。5月2日早上，我和爷爷到街上买了四条鲫鱼等食材，回到家，爷爷在旁边指导我，我先刮掉鱼鳞，掏出了内脏和鱼鳃，再将鱼洗净。同时，淘米煮饭，煎了鱼，做成了一道色香味俱全的红烧鲫鱼。我和爷爷、奶奶一起分享了自己的劳动成果，心里特别高兴。学校要推荐"劳动小能手"，老师推荐了我。

爷爷曾说，动手做一件作品时，首先要有想法，要有创新的思考，这样设计、制作出来的作品才是有水平的。

之前，我也没有太懂其中的深意，现在想起来，动手其实也就是动脑，很多精美的小制作是具有发明和创造价值的，像我国的刺绣、剪纸、根雕、竹雕等很多工艺技术的诞生，都是从爱动手开始的。当然，许多科技发明也是同样的道理。

爱动手是很好的一种品德，可以让自己变得心灵手巧。

2018年6月17日初稿，2021年4月25日修改

诚恳的我

爷爷曾说，待人要以诚恳为贵，处世要以谦逊为贵。我虽不聪明，但是诚恳。

在学校，我都是诚恳待人。老师的每一句话我都认真听取，老师布置的任务我都认真完成。记得小学毕业前夕，有一天，为了迎接教育局的检查，老师交代我做一些工作，我从五楼到一楼，一楼到五楼，来来回回跑了好几遭，跑得腿都软了，但还是坚持了下来。上中学后，需要干的事儿就更多了，大事小情，老师总是会找我帮忙，有时候要不停穿梭于四层的教学楼之中，还要帮老师改作业，人虽然感觉很累，但老师信任我，那就一定得努力做好。我和同学交往都是很诚恳的，所以大家都对我很信任。平时我还负责同学们的作业，首先自己要认真，同学们才会信任。有时可能有小矛盾，但因为我很诚恳，沟通过后就没事了。

在家里，我除了有时会闹小脾气，大部分时候态度还是很诚恳的。有时候，爷爷说，雯雯，今天你来当厨师吧，我立马就去厨房忙碌。爷爷说，帮我剪一下指甲吧，我就会去找指甲刀。爷爷说，阳台上的花草口渴了，我立马就去打水。爷爷把饭菜弄好了，让我喊奶奶吃饭，我马上去喊奶奶，并且把饭都盛好放在桌上。这样的事情还有很多很多。

我跟着爷爷出门，走亲戚时，除了和表弟妹们玩显得随便一些，对长辈我都是毕恭毕敬的，他们问什么，我都会如实回答。遇到作协的长辈，我都很少说话，有人问我什么，我也是想好了再回答。而和同学相约出门，则是有啥就说啥，真诚坦率。

爷爷常说，诚恳才能获得真正的友情。你若对人虚情假意，总有一天会被人看破，被人瞧不起。爷爷对任何人都很诚恳，对人有什么看法，也都是当面说，从不背地里说。这对我的影响也是很大的。

突然想起一句话：诚恳是一种为人处世的智慧。这话有点深奥，但随着年龄的增长，相信我会理解其中的内涵，做更好的自己。

2021 年 7 月 4 日

自信的我

爱默生说，自信是成功的第一秘诀。爱因斯坦说，自信是向成功迈出的第一步。我觉得他们的话都是经典，不过我还想说，自信是在困境中飞翔的翅膀。

我在学习上一直比较自信，从来没有上过补习班，没有补过课，但考试成绩一直很不错。小学三年级下学期期末考试，数学和英语两科都是满分；六年级两学期期末考试，数学都是满分；小学毕业那一次考试，名列班级第一名；进入初中后，拿过班级第一名、全市第二十名。这些成绩的取得，很大程度上都来源于自信。

爷爷一直担心我过于自信，成绩会滑坡，总是不厌其烦地在考试前絮絮叨叨，要我按照老师的要求去做。我自信地说："您就放心吧，应该没有问题的。"后来的结果也多半是这样。但考试的题目有难有易，有时也会粗心地看错、算错，可能是过于自信造成的吧。

到了初中，会遇到很多难题，但有一点可以肯定，当你丧失信心时，那题目就会更难。有时做家庭作业，明明想出了思路，但马上又否定了自己。爷爷提醒我，要对自己有信心。后来仔细一想，答案出来了，还吓了自己一大跳。

我做事，也是比较自信的。

就说用电脑打字吧，爷爷教了我一次，我就学会了。疫情期间上网课，经常需要回复消息，打字的速度也快了。老师有时要我帮忙打字、填表格，我也能很快地完成。有时，爷爷要我打少年作家协会的资料，我都积极去做，而且打字的速度比爷爷还要快。

我很快就学会了做饭。开始只会煮面条、煮饺子，慢慢地，我学会了蛋炒饭，炒各种家常小菜，还会蒸肉、烧鲫鱼、煮银耳汤、氽肉丸子汤……爷爷经常说："我孙女做的菜都好吃。"我知道这是鼓励我的。不过，我自认为还是做得挺不错的，有的菜不敢跟五星级大厨比，但应该比爷爷做得好吃一点点吧。

我经常整理房间，曾经还研究过怎么叠衣服、叠被子。有一次，在电视上面看见一位退役军人叠豆腐块儿，我还专门去找被子研究了一番，结论是家里的被子跟军人的被子不一样，偏软一些，叠不出豆腐块儿。至于衣服嘛，我到现在还没能找出一种方法，既能把衣服叠好，又能在拿的时候不弄乱，这是我最烦的事儿，不知到哪一天才会找到窍门儿。

未来的路上肯定有风雨、有坎坷，但我相信，自己有信心去战胜一切困难，走向成功。

2021 年 8 月 4 日

自律的我

有个叫韩枫的人说,怎样可以让懒散的人变成自律的人?你需要的不是方法,而是意愿。你要先回答一个问题:为什么你想改变自己?为什么你想改变拖延的习惯?

2018年3月4日,星期日,我写了个"攒钱计划":一、攒钱事项:(一)完成家务——2元;(二)倒茶——1元;(三)8点以前完成作业——2元;(四)9点以前完成作业——1元;(五)帮忙买东西——2元;(六)练钢笔书法——2元;(七)练毛笔书法——2元。二、用钱事项:(一)能够自由支配,但不能乱花;(二)自己要用的东西,都用此款购买。

我写这个计划,就是想手里有钱好自己支配,爷爷也认可了这个计划。没有这个计划之前,都是爷爷给我零花钱,但我好像管不住自己,喜欢把钱拿去买想要的文具,尤其是小玩具。就是大人说的"乱花钱"。爷爷说,有了这个计划,也就可以自我约束。订这个计划,我懂得了劳动才能获得报酬,自己要学会管理钱,也要学会节约。

今年过完年,爷爷要把我的压岁钱给我,要我自己管理。但没有像上面那样约法三章。半年后,爷爷问我,能够说出每笔钱的去向吗?扪心自问,我管理好钱了吗?没有乱花钱吗?

这件事虽然与上面所说的拖延不是一回事，但说的也是自律的问题。回到拖延的话题，我的房间有时很凌乱，而当我想改变它的时候，我会将它收拾得很整洁。我完成家庭作业有时很磨叽，而当我想用心完成时，也绝不会拖拖拉拉。我的写作有时会中断，而当我想主动写的时候，也会轻而易举地完成。这就印证了韩枫的说法——"你需要的不是方法，而是意愿"。

　　读到一篇关于美国著名小说家海明威是自律达人的文章，我才深刻地认识到什么是"自律的我"。海明威有一张打卡表格，记录自己每天写出文字的字数，如果一天完成的字数比较多，他也会奖励自己去海岸边钓鱼。

　　我听说过，很多人都做过"任务打卡表"，用表格记录每天背诵单词的个数、古诗词的篇数，或是考前用来记录复习的进度。如果以后我也能够做到这一点，或许才配得"自律"二字。

　　张九龄曾说："不能自律，何以正人？"自律是一种精神品格，也是一种基本素养，包含着自省、自警、自爱、觉悟等多重含义，要想成人成才，必须自律。

多才多艺的我

说起多才多艺，其实我有点不好意思，我的兴趣和爱好并不广泛，但也不专一，琴棋书画都会一点点，但没有在哪方面出类拔萃。

我三岁开始学跳舞，也经历过刻苦训练的阶段，也参加过武汉国际拉丁舞十二岁（我当时十岁，仅我一人）级别的比赛，还算比较成功。但上中学后，我就没有再去训练了。不过，我的基本功还算扎实，学校要是搞文艺表演，我可以做主力。

我六岁多开始学钢琴，六年级暑假，我成功考过十级，上了中学后也中断了练习。教我钢琴的裴老师为我付出了很多心血，我爷爷也对我寄予厚望，但爷爷说起这件事就摇头。爷爷说："做一件事就要彻彻底底做好，音乐可以陶冶人的情操，不能中断训练。"后来，我也只是偶尔练习一下。

我闲时还喜欢画画，喜欢听音乐，有时还跟着唱唱歌，但仅限于自己欣赏。

我不知道打字算不算才艺，我只知道我的手速还是挺快的，长年使用电脑的爷爷也比不过我这半个学期练出来的手速呢！

我写了很多作文，但老实说，我并不是一个喜欢写作的孩子。我在写作道路上留下的痕迹都是歪歪扭扭的，深一脚、浅一脚，我更不懂什么才是文学创作。不过，我想当灵感达到一定的程度时，文章自然会一气呵成，充满真情实感，那时写出来的才是最好的东西。像李白、杜甫，他们也都是有感而发，才能写下那些千古名篇；像朱自清、丰子恺，他们也都是一气呵成，才能写得那么通顺、连贯。

不经一番寒彻骨，哪来梅花扑鼻香。想要多才多艺，必须经过无数次的失败和挫折。可能今天的我还没有尝到过失败的滋味，所以才艺之花仍在含苞待放。

钢琴独奏会邀请函

我是条"虫"

啦啦啦，我是一条快乐的虫，一条快乐的书虫！我喜欢在书堆里钻来钻去，喜欢咬文嚼字，喜欢书海拾贝。

学校有图书馆、教室有图书角、家里有书房，我每天都被书包围着，书便成了我的伴侣。

我始终在书海中游弋，阅读了《红楼梦》《水浒传》《城南旧事》《草房子》《汤姆索亚历险记》《哈利·波特》《海底两万里》《地心游记》等几十部古今中外经典著作。

我结识了一百零八个英雄好汉，见证了林黛玉和贾宝玉的爱情，我和桑桑一起体会世界的美好，与儿时的小英子做朋友，我跟汤姆·索亚一起历险，陪哈利·波特渡过一道道难关，我让儒勒·凡尔纳陪我过暑假，跟他去海底、地心，我与海伦·凯勒一起领略盲人的世界，和小豆豆一起快乐地玩耍，我陪牛顿做实验，和贝多芬一起弹琴，我佩服阿里巴巴的智慧，痛恨洗染匠勾尔的奸诈狡猾……

莎士比亚说："书籍是全人类的营养品。"现在我已经深深地体会到了。每一天，我在书里面钻来钻去，不断汲取书中的营养，我在阅读的快乐里不断成长！

我是"小吃货"

我是一个"小吃货"。什么？你不相信？我可是一个小美食家，吃过很多鲜美的食物。你说看着不像？当然，我可不像我爸爸那样横着长，我可是向上长的。不过，有一点你可能想不到，我最喜欢的还是家乡的美食。

你要问我都吃过什么？那可多啦！不过呢，也没有相声贯口《报菜名》段子里说的那么多，那里很多的菜也吃不到，估计好多都是杜撰的。

北京烤鸭值得一提。制作工序不晓得，吃的流程我却熟悉：先拿一片饼皮，用筷子夹住鸭肉，蘸取酱料后放在饼皮上，再夹点黄瓜、葱条什么的放在饼皮上，包起来，咬上一口，哇！那真是太美味了，油酥酥，香喷喷！在北京吃的烤鸭的确比枝江的味道好得多！

麻婆豆腐要数重庆的味道最好。去重庆之前，我就听爷爷说那里的川味麻辣很吓人，头天晚上吃了麻辣鸳鸯火锅，第二天脸皮都还是麻的。我们是在重庆红岩魂广场附近的一家中等餐馆吃的麻婆豆腐，量很足，豆腐很嫩，色香味俱全，正合我的口味。后来在其他地方吃的麻婆豆腐，都没有那次的美味可口。

在西安吃面主要是出于好奇，就是想看看啥模样，后来才知道西安的面食文化也很丰富。面又宽又厚，犹如裤腰带，口感劲道，面汤上面漂了一层辣子，一碗只有一根，但我和爷爷奶奶三个人都没有吃完。这碗裤带面可是有典故的。传说，一位怀才不遇穷困潦倒的秀才来到咸阳，路经一家面馆，吃完之后又付不起钱，就急中生智地说："如果我写出来你们店的名字，能否换碗面吃？"小二说："可以。"秀才一声大喝："笔墨伺候！"只见他笔走龙蛇，一边写一边吟道："一点飞上天，黄河两边弯。八字大张口，言字往里走。左一扭，右一扭；西一长，东一长，中间加个马大王。心字底，月字旁，留个勾搭挂麻糖，推了车车走咸阳。"秀才写罢掷笔，满堂喝彩。从此，裤带面名震关中。

在长沙吃到了毛氏红烧肉，开始看着不敢吃，觉得太油腻，可桌上的人都吃得津津有味，我也来了一块，其味道甜中带咸、咸中有辣、甜而不腻。1914年，毛泽东进入湖南第一师范学习，据他的同班同学周世钊和蒋竹如回忆，该校每个周六打牙祭时吃红烧肉，用湘潭老抽加冰糖、料酒、大茴慢火煨成，肉用带皮的五花肉，八人一桌，足有四斤肉。从那时起，毛泽东就爱上了红烧肉这道菜。

至于西式快餐，吃过很多次，但就是打打牙祭而已，小时候常常跟爷爷去吃汉堡，爸爸妈妈在家时也会带我去，有时露露姑姑也会邀我去吃。

热干面是我们湖北武汉的特色食品，和炸酱面差不多，但两者的区别就在于酱料的使用。热干面的味道完全就是芝麻酱的味道，用芝麻香味浓厚且浓稠的酱拌出的热干面，味道简直无与伦比，芝麻酱的纯正决定热干面的味道。家乡很多早餐店有热干面，有几家的味道就很好，说明他们用的芝麻酱很好。我到过武汉几次，专门去吃了热干面，那些店都很小，里面环境也一般，味道跟枝江的差不多，也许都是得到了同一个师傅的真传吧。

我最想说的还是家乡的美食，那简直是一道很特别的文化风景。从关庙山出土的文物可以看出，几千年前在这里居住的人就注重美食，后来慢慢演变，也就成了风俗，包括除夕吃团年饭、元宵节吃汤圆、端午节吃粽子、八月十五吃月饼、秋收后吃猪尾巴，还有关于小孩子不能吃血花等禁忌，可能是大人的愿望，还有可能是怕小孩子偷吃编的吧，不管怎样也算是一种美食文化。

现在的枝江县城，早点很丰富，品种多，品质好。有馒头、包子、花卷、油条、油饼、油香、麻花、京果条、蒸饺、豆浆、稀饭、米酒、炒米粉、面条、包面（饺子）、馄饨、手抓饼和各种蒸菜，后来还有面包、蛋糕、蛋卷、拉面、热干面、炸酱面等。枝江的特色菜有烧鸡公、鱼糕、夹馍粉蒸肉等。

豆瓣鲫鱼是我的最爱。两条不太大的鲫鱼下锅开炸，加姜末、蒜末、盐、糖、醋、豆瓣酱、青椒，浇上水淀粉，撒上葱花，并排摆在盘子里，好像鲫鱼还在水草间游动似的，色香味形俱全，让人食欲大开！

到了乡下的老家，都是地地道道的"土货"，炸串串、炸苕筋果（薯条）、炸豌豆、腊肉、腊香肠、腊猪肝、土鸡蛋、盐菜、地卷皮、野菌子、刺苔、香椿芽、花椒芽、板栗、山楂、枇杷、脐橙、荸荠等，虽然在城里也都能吃到，但没有乡下那么"原生态"。爷爷曾说，现在不像他小时候在乡下吃东西那么香了，因为那时没有化肥、农药，比现在的食品更"原生态"。

我的幺奶奶、姑奶奶、姨奶奶和舅奶奶们都是做土菜的高手，她们做的菜很合我的口味，每次都会大快朵颐。我还有一个大厨明明叔，他做出的菜道道鲜美，那年在北京吃他做的菜，依然还是家乡的味道。

现在,我这"小吃货"也会独立做饭了,特别是做肉丸子汤、红烧鲫鱼、炒青菜、炒土豆丝、炒鸡蛋、炖鸡蛋、炸苕片、扎花椒芽、蒸肉、煮银耳汤等。只不过有时色香味俱全,有时会咸淡难测,但因为是家乡的味道,吃起来总是津津有味。

2018 年 6 月 3 日初稿,2021 年 4 月 24 日修改

附 文

附文一：

斗室之乐

　　学生时代，以求知为荣；终生不弃，以修身为要。身居斗室，其乐无穷。斗室之乐，在于博学、审问、慎思、明辨、笃行。

　　幽居斗室，读书使人头脑充实，讨论使人明辨是非，做笔记则使知识扎实，何乐而不为？

　　斗室在斗，古今有之。明末文学家张溥给自己的书房题名"七录斋"；东汉哲学家王充在家中的窗台、书架上安放了笔砚简牍，为学之用；清代焦循食时、衣时、寝时、栉沐（梳头洗澡）时、便溺时，皆学而思之；诗人臧克家也有"晚上躺在床，一盏台灯照我，读几首诗，聚精凝神，品味欣赏"的习惯；经济学家王亚南曾在斗室安放三腿床（拆去一床腿），以备床倒人醒时继续研读……

　　我谓斗室，仿效古今名人，其因有三。

　　其一为"四面楚歌"。斗室之外，可置斗室名号，以示警策。斗室之内，人之视线所到之处，均可悬挂或张贴当前所习重点内容。古今中外，天文地理，分门别类，应有尽有。甚至可用彩色纸张，于美感熏陶中求知。室内点缀当及时更换（以卡片装饰为宜)。这样，入室即观，观后即乐，乐中有得。

其二为"四到"，即"眼看、耳听、口念、手记"。斗室之乐，在吟诵、在笔记、在作文。一篇佳文妙语，诵之方出韵味，书读百遍，其义自现。身居斗室，眼、耳、口、手并用，往往会走出困乏，走出枯燥，走进兴奋，走进高效。必要时，不妨采用录音伴读或录音纠错等方式，增添情趣。

其三为"学后即睡，醒后即学"。斗室之乐，学寝之乐。如爱迪生"日寝五分钟足矣"之举我辈勿能为。身居斗室，当学当寝讲求节制。睡前平静学之一个时辰，而后上床闭目回味所学之得，以慢慢入眠，学之乐，梦之美。醒来定时，挨床回顾头天所学内容，效果颇佳。然后起床洗漱锻炼，再进入早自习，得之更甚。至于三腿床，头悬梁、锥刺股等学寝之乐，也可在特定环境下借鉴。

少年时光，稍纵即逝，理应珍惜。除了校园求知之乐，更应尝试斗室之乐，方可获得更多的学识，磨炼坚忍的意志，培养良好的习惯，形成高尚的人格。

斗室之乐，志在千里，陋而不陋，其乐无穷！

附文二：

我的家风、家训、家规

家　风

忠孝传家，勤俭持家，诚实守信，互敬互爱，艰苦奋斗，奋发图强。

家　训

永远牢记安全、责任。

家　规

第一条　站有站相，坐有坐相。谨开口，慢开言。

第二条　珍爱生命，保护好自己，保护好家人，多为家人着想。

第三条　讲科学、讲卫生、讲整洁。

第四条　不挑食，不挑穿戴。

第五条　无病早防，有病早治。
第六条　穷不丢猪，富不丢书。力求掌握一技之长。
第七条　勤扒苦挣，家务事主动做。
第八条　父母子女经济相对独立，商量行事，计划开支，不乱花钱。
第九条　孝敬长辈，爱护幼小，互敬互爱。
第十条　遵循法度，尊重他人。不做损人之事，多做公益之事。

爷爷的人生格言

用忠诚捍卫事业，用热忱铸造师魂，用慈爱演绎人生。

爷爷的"凡人凡言"（节选）

一个人，只要记住"安全""责任"四个字，就一定有成功的人生；只有记住了这四个字，才能够忠孝传家敢担当，勤勉自励不畏难，劳动致富生活好，奉献社会有作为。

古人讲"仁、义、礼、智、信"，爱人者，人恒爱之；为人正派，爱憎分明；谦和礼让，严己宽人；知者不惑，仁者不忧；诚实守信，一诺千金，这些仍然是现在必须传承和弘扬的核心价值观。要以大爱为怀，诚信为本，勤勉为基，简朴为要，立德立言，成就自我，启迪后辈。

我们工作、学习和生活，都要做到大事有规划，小事有计划，理事有章法，难事不害怕，好事不自夸。

要说自己有家国情怀，首先在于懂得家长里短与人间冷暖，而关键在于行动。

要牢记三句话：性格决定命运，态度决定一切，细节决定成败。

最大的竞争对手是你自己，要想实现自己的愿望，就要挑战自己。

良好的习惯才是成功之母。

成功是相对的。你考入名牌大学，是成功；你成为顶尖人才，是成功；你在学习、工作、生活中，执着追求，一直很努力，是成功；你能够最对一道数学题，是成功；你凭劳动致富，是成功；你摔了跤，爬起来，同样也是成功……你一生身体健康且高寿就是最大的成功。

成功是留给有准备的人的。不珍惜时光，不竭力奋斗，就会一事无成。

人来到世界上，生命不息，奋斗不止。若不奋斗，等待你的将是无尽的悔恨和遗憾。

人一辈子，最重要的是学会感恩。学会了感恩，就会获取更多的福报。

不能欠下人情债。不要以为人家送了人情，你得到了好处，就心安理得，那不是几个钱的问题，人情必须要在你闭眼之前偿还，而且一定要用感恩之心去偿还。

每个人都要严于律己，宽以待人，对人的真诚也不是挂在嘴上的。

前后的路有平坦也有崎岖，要随时眼观六路、耳听八方，那样才不会摔得太惨。

不求富贵闻达，但必须敢于直面生活磨难，铸造独立而高贵的人格，在平凡中多做有益的事情。

人生中最幸运的事，莫过于遇上好学校、好老师。

人与人之间，要相互珍惜、相互扶持、相互勉励、相互欣赏，即便是竞争对手。

有父母的家才叫家，任何时候，家才是你最温馨的港湾。即便你成了达官显贵，也不能忘记回家的路。

可以很自信，可以谈论自己的成功，但不可以自认为很了不起。

会阅读，才会写作；写作，伴随一生；会写作，你会更优秀。

写作，不等于创作。写出的文字，有的叫文章，有的叫作品，有的叫著作，有的叫著述，但有的什么都不是。

文如其人，是指一个人灵魂的写作，所写出的文章在世界上独一无二。

人往高处走，还要做到一步一个脚印。

憧憬未来，首先必须心怀"大我"，走出"小我"。

守望爱情、守望婚姻、守望一生，这只是人生最起码的追求，需要通过日常生活中的小事去实现。

家国之思是每个青年人必备的品质。有了这个思想基础，才会有对事业的追求，对美好未来的开拓。

一个人来到这个世界上，最重要的是要做一个负责任的人，无论是对家庭、对社会，都要有所贡献。

一个人成了家，就要有一种家庭责任感。夫妻的恩爱，要共同经营；生活的苦难，要共同承担；事业的成功，要共同努力；人生的幸福，要共同创造。

附文三：

爷爷的家书（节选）

雯子的抚育要放在第一位
——爷爷写给我爸爸妈妈的信

牵挂和思念让我用这种方式表达对你们的问候和祝福。

你们独立生活在一个陌生的大城市，要时时自省，互敬互爱，风雨同舟，切切不可因小失大，导致终身遗憾。同时，要注意人身安全，遇事都要冷静，出了事即便是维权也是很难的；尽量不饮酒，酒能成事，但多半误事；要加强学习，吸收供自己受用的知识；要时刻寻求和开辟新的创业途径。

雯子的抚育要放在第一位，要尽可能提供良好的早期教育环境，现阶段主要是引导她发掘动手动脑的潜能，要诱导她运动，可以经常按揉她的身体，然后引导她学习爬或走，学习识别各种东西和色彩，要充分保证她的营养。

有一件具体的事：雯子周岁时，是否回来，要想好。我的意见是回来一趟，因为众亲戚都在过问。你们想好了就跟我说。

太公、太太如前，奶奶的病也常犯，正在找医生用其他药物治疗，请不要挂念。

祝你们平安、健康、顺利、幸福！

2007 年 3 月 30 日

平安是福，和睦是福
——爷爷写给我爸爸的信

平安是福，和睦是福！不管在什么情况下，你们都要和睦相处，恩爱相敬。

守望爱情、守望婚姻、守望一生，这只是人生最起码的追求，需要通过日常生活中的小事去实现；不求富贵闻达，但必须敢于直面生活磨难，铸造独立而高贵的人格，感恩这个光明的社会，在平凡中做有益的事情。

家庭是社会的细胞，一个家庭的温暖和睦，从某种意义上说，代表着社会的文明程度。因而，家国之思是每个青年人必备的品质。有了这个思想基础，也才会有对事业的追求，对美好未来的开拓。

就你们的现实而言，我的观点是，无须考虑我们的事情，重心要放在主动担负起自己应该担负的责任和义务上，注重发展前景：一是要养育好孩子，二是要把现有的工作做好。如果有可能，可以考虑创业的方向和途径，因为仅靠打工的低工资收入，对于你们将来的发展是不利的。当然，我只是个提醒，你们要根据具体情况决定发展方向，也可以考虑投资、买商铺、研究股市、自开店面等。

时间有限，暂时说这些。祝你们天天都有好心情，事事都如意!

2008 年 5 月 31 日

人生苦短,当时时珍重
——爷爷写给我妈妈的信

上苍将你赐给了我们,你成了我们的子女。这是我们的福分!

作为父亲,我从来都是以一种特别的心态,给予你自由的空间,让你能够有好的心境,有人生的快乐!遗憾的是,我没有别的父母那样的能力,不能给你带来丰裕的物质生活,我唯一能做的就是承担起自己应该承担的责任。

作为父亲,我希望自己成为子女的榜样,唯恐自己做得不够好,也在经常鞭策自己。

自从你进了这个家门,我每天都在节衣缩食,辛勤劳作,想给你们创造一定的物质财富和精神财富。一方面,我要面对来自外界的一切压力;另一方面,我要应对这个家里里外外的大事小情。我每天都是在精神痛苦中挣扎,学校的工作任务繁重,社会的应对很复杂,家里的事情很苦恼,一切的一切,我都得承担,我又能向谁诉说?

其实,我从来没有向命运屈服,我知道我现在承受的经济负担非常沉重,但我从来没有向你们说过。我曾经向你们表过态,我一定要尽快把住房贷款还清。即便在我生命消亡的时候,也不会给你们留下任何经济负债。这就是我给你们留下的物质财富。

在精神层面上,我一直用我的言语和行动告诫你们:一个人来到这个世界上,最重要的是要做一个负责任的人,无论是对家庭、对社会，都要有所贡献。

一个人成了家，就要有一种家庭责任感。夫妻的恩爱，要共同经营；生活的苦难，要共同承担；事业的成功，要共同努力；人生的幸福，要共同创造。

生活中总有风雨和阳光，夫妻间总有摩擦和矛盾，问题在于，我们如何去面对、去承担！

人生苦短，青春稍纵即逝。因此，当时时珍重，加强学习，注重涵养，给后人做一个楷模！夫妻出门在外，实属不易，当相互搀扶，真情相拥，和睦相处，安全第一，工作至上。

时间有限，暂说这些。望细细琢磨，铭刻在心！祝天天开心！

2010 年 11 月 1 日

重要的是要管大事
——爷爷写给我爸爸的信

其实，你应该明白两点：一是，我跟你讲一些事情是让你从中获取启示，做人是第一位的，除了良善、孝道、执着、坚韧以外，还要有智慧。二是，生活琐事细节当考虑细致，但重要的是管大事。

大事是什么？是如何开辟个人发展之路。要认真解读社会、解读生活，要不断学习，不断吸取经验。

大事是什么？是雯雯的培养和教育。

这孩子有点聪明气，接受能力强，但缺少的是良好的家庭教育环境（主要是人文环境）。你妈妈不懂得如何教育和培养现代的孩子，因为个人素质导致她的一些言语、行为、态度等，对培养孩子的良好习惯不利，甚至有害。你妈妈的身上有许多优秀品德，善良、孝顺、吃苦耐劳、艰苦朴素、待人诚恳等，但最大的缺点是不懂的东西太多，又非常固执，不愿听取意见，总是把这些归为父母没有让她读书，所以，那些言语、行为、态度很难改变。雯雯正在成长时期，这些对她是不利的，即便我已经采取了一些正确的方式引导。

教育是靠合力的，一个家庭，教育观念不统一（你妈妈不知道这些），必然会带来教育的失败。所以，这个年关很重要，到时候如何跟你妈妈讲话，方式很重要。

2011 年 1 月 7 日

爷爷给我妈妈的 QQ 留言（节录）

看到了吗，雯雯确实是很乖巧的孩子，你应该能从雯雯的日记中看出来。雯雯的日记要坚持下来就好了，不管有多忙。这是一笔财富呢！

雯雯的势头还差不多，我也发现，雯雯比她同龄的小孩，比我想象中要好得多。我也很高兴，我希望永远都能这样。当然，也不能代表未来。现在我把雯雯带去每一个场合，人家都是赞扬，要看上了小学是个什么状态。

我要把雯雯的成长当作我的主要事情，目标只有一个，就是把雯雯培养成材。我是充满希望的。现在每天我都在关注雯雯的表现，不管我的工作多么重要，我都要花一定的时间跟她交流，可惜没时间和精力把雯雯的很多东西记录下来。

你们也要充满信心。幼儿园的事情，你也要放心，有不对的，我会找园长。他们其实做得不错，但细节上的事无法避免。

老年人的生活不是年轻人想的那样。奶奶跟你还是很投缘的，你慢慢劝她，比儿子要管用。你要从关心的角度，委婉地跟奶奶说，注意身体，尽量要愉快，特别要注意，奶奶没有文化，是受过苦难的人。奶奶不像我，在我这里，你怎么说都可以的。

　　新校长上任，有很多事我还没有明白，但新校长要我留下来，这个人很有能力，至少说明爸爸还是有用的老人。很多单位要人，无论选择哪个都有一笔不菲的收入，主要是带着老小的住宿、起居问题。还有，一中是我的"家"，做点牺牲和贡献也是应该的。其实，我也感觉很疲惫，有些力不从心。

2012 年 9 月 10 日

附文四：

爷爷的手记（节选）

雯雯的每一天（摘录）

雯雯 3 岁

2011 年 3 月 15 日

雯雯要画画，画彩虹，说彩虹是五颜六色的。

画完了，爬到爷爷身上。爷爷：为什么又爬我身上来了？雯雯：因为你是我爷爷，我蛮喜欢你！

雯雯 4 岁

2011 年 6 月 4 日

在乡下太太家附近的堰堤上，看见了蝴蝶，雯雯：这里为什么有这么多蝴蝶呢？

晚上，二爷爷家，看见蜈蚣往上爬，却爬不上去。雯雯：它爬不上来，它失败了。

2011 年 6 月 5 日

爷爷：我这个头可以这么左右摆了。

雯雯：本来脑壳就是活的。

2011年6月6日

爷爷：谁给你洗澡？

雯雯：奶奶给我拿了桃子，我自己洗澡，每个人做一件事嘛。

2011年9月8日

爷爷去上班。雯雯：你要早点回来呀！你要说话算数啊，你要是说话不算数，我就要生气了啊！

2011年9月14日

爷爷晚8点回家，雯雯拥过来：爷爷，我都想死你了！你昨天晚上又不回来。你想我没有啊？

2011年10月3日

晚上，爷爷给雯雯洗澡。雯雯：爷爷，你今天理了发，好帅啊！

2011年10月4日

早上，雯雯和爷爷去吃拉面，雯雯对师傅说：两碗拉面，家常味的。

2011年12月4日

雯雯看了一会儿《火星娃》，在屋子里转了转。爷爷：你在干什么？雯雯：我想了一个问题。火星娃为什么会飞啊？我想要一个火星娃的玩具，看它是怎么飞的。

2011年12月8日

昨晚八点多钟，雯雯自己把头发剪了。爷爷发现了。雯雯：我就是爱臭美！

2012年2月22日

爷爷：雯雯，还得吃点饭吧？这胡萝卜有胡萝卜素，白菜有维生素，吃了才能长高。

雯雯：胡萝卜素是什么啊？这饭里有什么素啊？

爷爷：胡萝卜素是一种营养物质，饭里有很多营养物质。

雯雯：那猪肉里有维生素吗？

爷爷：猪肉里含蛋白质和B族维生素，吃了长肉。

雯雯：那我不吃，我不要长胖，我妈妈也说不要长胖。

爷爷：吃肉才能长高。

雯雯：没有胃口……

爷爷：爷爷给雯雯熬点山楂汤喝，然后吃饭好吗？

爷爷熬了山楂汤，雯雯喝得津津有味。

2012年4月3日

雯雯：我只是怕摔倒而已。

2012年4月9日

雯雯：爷爷，你剪指甲要把小拇指的留着，要是不留着的话怎么掏耳朵啊？

2012年4月12日

早上，雯雯：奶奶，走啊。奶奶没有回话。雯雯望着爷爷说：没反应。雯雯又叫了一遍，又望着爷爷说：还是没反应……

2012年5月10日

雯雯：爷爷，你说昨天晚上谁给我打电话了？

爷爷：是覃畅同志吧。

雯雯：是覃畅先生，还有张琼女士。

2012年5月12日

枝江市工人文化宫大门前，爷爷和奶奶送雯雯学画画，老师还没有来，爷爷跟雯雯说了会儿话。雯雯：今天（星期六）要画画、跳舞，明天也要画画、跳舞。爷爷，我怎么没有星期天了？

爷爷：画画、跳舞也很愉快啊！

雯雯 5 岁

2012 年 7 月 2 日

晚饭时，雯雯：奶奶早上把一只小蝴蝶拍死了。

奶奶：那是飞蛾子。

雯雯：不是飞蛾子，是小蝴蝶。小蝴蝶死了，它妈妈要伤心的。

2012 年 7 月 12 日

晚上，雯雯用床单做大裙子，说：我是神仙美人鱼。菩萨说：神仙美人鱼会显灵的。穿过一条小河，越过一片大海，来到这里，是非常不容易的。这个豆豆知道，只要你问菩萨，它就会帮助你的。我天天在飞行，我看到远方，是绿绿的草原，我看到了鸽子在飞行。所以我就到你们这儿来了。

2012 年 7 月 14 日

中午两点出门去学舞蹈，走在路上，雯雯：爷爷，这风怎么卷着树叶飞啊？

爷爷：这是旋儿风，它让树叶跳旋转舞。

雯雯：树叶要么就跳旋转舞，要么就跳这样的舞（做动作）。

2012 年 7 月 18 日

玩了一会儿，雯雯：爷爷，你说，玩是要遵守游戏规则的，若是不按游戏规则，我们就无法玩了。

2012 年 7 月 28 日

别人在 QQ 称爷爷覃主任。雯雯：爷爷，主任是什么意思啊？你是覃老师，怎么是覃主任哪？

爷爷：主任是爷爷的职务。爷爷回 QQ：客气！

雯雯：爷爷，你怎么只说"客气"啊？应该是"别客气"，才是通顺的。

雯雯：爷爷，电视里说"饶了我"是什么意思啊？

附 文

爷爷：就是"放过我"，或者"不要为难我"的意思。词语的意思要根据当时的情况去解释。

2012年8月2日

晚饭后，爷爷：雯雯，你把做蛋糕的方法介绍一下，好吗？

雯雯：（动作）首先，把这些泡沫条用剪刀剪成方块，再放在这个圆盘的周围，把圆形（纸片）剪成扇形；然后（在圆盘上）放上蜡烛；最后把扣子放在蜡烛的周围。这样，美味的蛋糕就做好了。

爷爷：太精彩了！太棒了！你会用"首先……再……还……然后……最后……"了。今天，你写日记的题目就叫"做蛋糕"。

雯雯：不是，题目应该叫作"自己做蛋糕的方法"。

2012年8月4日

吃了晚饭，爷爷和雯雯去街上买苹果，到了小巷子里，看见一只麻雀从地上衔了一粒种子飞到电线上。雯雯：小麻雀从地上飞到电线上了。

回家后，爷爷：看一会儿动画片，两集，然后洗澡。

雯雯：好！假如我听话了，看了两集，爷爷就会说，还看一集吧，也是可以的，是吧，爷爷？

与星星对话（摘录）

鸟

雯雯的爸爸妈妈又离开了家，我带着雯雯去上班，遇见小树林里鸟雀叽叽喳喳。

路边的小树林里，叽叽喳喳
许多不知名的鸟雀嬉戏逗闹

一只鸟嗖地飞离温暖的巢
它上下翻飞,飞向高远的天空
身影矫健
翅膀在阳光下闪着金色

鸟儿羽翼丰满了,就要离开父母
远走高飞,寻找属于自己的树林
独自迎接电闪雷鸣,风霜雨雪
建筑新巢
创造新的温暖、快乐

2015 年 3 月 1 日

祖国是什么
雯雯说,她们在学校看了一部爱国电影。

祖国是什么
是鲜艳的五星红旗

祖国是什么
是端午节甜美的粽子
是中秋节团圆的月饼

祖国是什么
是天安门广场飞翔的白鸽
是川陕甘山区可爱的大熊猫

祖国是什么
是辽宁港口停泊的航空母舰
是茫茫太空飞翔的宇宙飞船
是塞北的雪,江南的雨

祖国是什么
是美丽富饶的小兴安岭
是一望无际的内蒙古大草原
是蜿蜒曲折的万里长城
是雄伟壮观的故宫
是黄浦江畔的东方明珠
是世界屋脊喜马拉雅山
是长江
是黄河

祖国是什么
是造纸术
是活字印刷
是指南针
是火药

祖国是什么
是敦煌莫高窟的壁画
是王羲之的书法
是郑板桥的竹子

祖国是什么

是井冈山的炮声
是两万五千里的长征

祖国是什么
是孔子的《论语》
是司马迁的《史记》
是孙武的《孙子兵法》

祖国是什么
是精忠报国的抗金名将岳飞
是虎门销烟的爱国将领林则徐
是舍身炸碉堡的解放军战士董存瑞
是征服体育界一举夺得六枚金牌的"体操王子"李宁
是"杂交水稻之父"袁隆平

祖国是什么
是张骞出使西域
是玄奘西行取经
是郑和七下西洋

祖国是什么
是上海浦东崛起
是香港澳门回归
是北京申奥成功
是"神舟"遨游太空
是上海举行APEC(亚太经济合作组织)会议
是中国顺利加入WTO(世界贸易组织)

祖国是什么
是哺育我的母亲
是我生命的摇篮

祖国是什么
是屹立在世界东方的雄鸡
是腾飞的东方巨龙

祖国是什么
岳飞歌吟八千里路云和月
苏轼放歌大江东去
文天祥在零丁洋里叹零丁
毛泽东慨然江山如此多娇

祖国是什么
是三秋桂子十里荷花的妩媚
是五岳独尊的高峻
是黄土地挂着红辣椒的窑洞
是黑土地猎户暖烘烘的木房

祖国是什么
是蒙蒙雨后的露珠和彩虹
是闪闪发亮的雪城朝阳
是夜泊水乡时的明月
是大漠孤烟中的一抹星光

祖国是什么
是罗布林卡的歌舞
是那达慕大会的赛马
是苗寨的火把
是葡萄架下的冬不拉

祖国是什么
是边防站值勤的哨卡
是广场上威武的军阵
是卫星发射基地上的中国制造
是罗布泊升起的蘑菇云
是国旗班挺拔的身影
是国徽下不倦的眼神
是战车碾不碎、军装裹不住的和平信念
是烧焦的征衣、烧红的炮管上的爱与情

2015 年 3 月 26 日

附文五：

覃晓雯当选宜昌市"新时代好少年"

覃晓雯，枝江市马家店中学 902 班学生。她乐观积极、自立自强。今年刚满 14 岁，就已经担任枝江市少年作协副主席。她曾获评枝江市"优秀学生"，她的文章《农家书屋，托起农民的书香中国梦想》曾在人民日报客户端发表，撰写的二十多万字著作《我和祖父这些年》即将出版。

一、自强不息，用文字传递向上向善力量

她一岁八个月开始跟着爷爷奶奶，开始了长达十四年的"留守"且拮据的生活。由于爸妈外出务工，她自幼跟着爷爷、奶奶一起长大。爷爷是一名普通教师，这些年来都是靠他一人微薄的工资照顾生病的奶奶和上学的覃晓雯。爷爷克勤克俭、勤俭持家，她从小耳濡目染，一直乖巧懂事，自立自强。她传承优良家风，孝敬长辈，照顾奶奶，捶背、剪指甲等家务活早已成为她生活中的一部分，爷爷不在，她也会做饭菜和奶奶一起吃。几次奶奶不慎晕倒在小区，她也能机智应对，会想办法联系上爷爷。

受爷爷的影响，她从小就喜欢读书和写作。"书卷多情似故人，晨昏忧乐每相亲。"她用课余时间阅读了中外名著五十余部，她总是将自己的成长和想法诉诸文字。

从三年级开始,她除了完成老师布置的作文,还坚持写了几百篇文章,表达了自己爱祖国、爱家乡、爱学校、爱老师、爱亲人的情感。部分文章在《初中生天地》《小学生天地》《丹阳文学》、中学生作文网、宜昌作家网、枝江作家网等媒体平台发表;参加"健康中国"征文大赛,《从积极追寻健康生活的方式做起》获得枝江市一等奖;"农家书屋、全面小康"征文大赛,《农家书屋,托起农民的书香中国梦想》在人民日报客户端发表;她将自己的成长经历汇成了一部二十余万字的图书——《我和祖父这些年》,即将出版。

二、热心公益,用行动传递大爱与责任

"枝江这座小城给了我生活的灵气,我的校园给予了我未来的希望,我所遇见的人给予了我成长的动力。我不会忘记所有的一切……我会用我的一生去报答。"——覃晓雯《懂得感恩的我》

覃晓雯从上学至今一直是班干部,担任过班长、文艺委员、生活委员、课代表等职务。她协助班主任和老师做了大量的工作,班级的大小事务,特别是在疫情期间,她在老师的指导下多次策划、主持线上班会,每天监督和统计学生体温测试,带头在家上好网课,并独立完成考试。她担任防疫、安全包保小组组长,积极配合老师工作,时刻不松懈。她在班上发出拒绝"手机控"倡议并号召大家签名。每当学校发起救助家庭困难学生的捐款时,她都会从自己微薄的零花钱中省出十元用于捐款。

枝江防疫、创城期间,她曾报名成为志愿者,和几位高中生、大学生包保了一段街道;对到访家庭的干部考评提问,她主动回答,且对答如流。她曾参加领秀之江社区开展的学雷锋志愿者服务活动,宣传学校和小区的好人好事……诸如此类,不胜枚举。另外,她为传承红色基因,多次报名参加枝江作协的烈士陵园、徐家花屋等红色采风活动，还专门去悼念杨大兰烈士，也到访过橘子洲、韶山、井冈山、遵义、歌乐山等地。她用脚步丈量红色土地，感怀先烈，用行动传播革命烈士的精神。

三、全面发展，用汗水浇灌成功与梦想

中小学生要立志成才，必须勤奋学习、提高综合素质，努力做到修身立德、志存高远，勤学上进、追求卓越，强健体魄、健康身心、锤炼意志、砥砺坚韧。覃晓雯懂得"扣好人生第一粒扣子"的真谛，树立报国之志，发扬学校倡导的奔马精神，用汗水浇灌成功与梦想，争当学习和实践社会主义核心价值观的小模范。

她爱好广泛，除了写作，还苦练其他才艺。她课余学习绘画、书法、舞蹈和钢琴，吃过很多苦，受过很多累，但所谓"梅花香自苦寒来"，她的努力结出了累累硕果。她的美术作品获得过全国三等奖；她参加过武汉国际拉丁舞大赛并获奖，四次参加学校舞蹈队赴宜昌大型会演，参加枝江市春晚文艺表演；钢琴十级，曾经在枝江国际大酒店举行"爱国、感恩"主题钢琴独奏音乐会。她曼妙的舞姿、悠扬的琴声，赢得了人们的称赞。面对成绩，她也从不骄傲，课余时间，她写作、绘画、跳舞，同时也注重体育锻炼，假期都不曾松懈，坚持每天跑两公里，也会练习其他项目。

她积极参加社会实践活动，培养创造精神和核心素养。她常常跟着爷爷到武汉、宜昌、枝江各地参观访问。作为小作家、小记者，曾参观访问枝江融媒体中心。每年植树节，她按照学校要求，专门和家人一起种树。在家里，她自己叠放衣服、被子，收拾房间。九岁学会做饭，十岁学会洗衣服，曾被学校评为"小小厨师""劳动能手"。

"爷爷驮我的脊背开始佝偻，我驮着爷爷的梦在飞。"覃晓雯希望自己考入一所优质高中、考入名牌师范大学,将来和爷爷一样当一名优秀的人民教师,把个人发展融入教育强国建设的历史洪流。她以大爱为桨、责任为舟,扬起青春人生的风帆;以心笔做剑、知识为矛,舞动新时代阳光少年的韶华!

"文明宜昌"公众号

2021 年 11 月 3 日